COLLECTION QUAI VOLTAIRE

EUSTACHE & HILDA

II

DU MÊME AUTEUR

Chez le même éditeur

TRILOGIE EUSTACHE ET HILDA :

La Crevette et l'Anémone, t. 1

Eustache et Hilda, t. 3

Leslie Poles Hartley

EUSTACHE & HILDA

LE SIXIÈME CIEL II

Roman

Roman traduit de l'anglais par Lisa Rosenbaum

Titre original : *The Sixth Heaven.*
Putnam & Co., Londres, 1946.

Éditions Joëlle Losfeld, 2002, pour la traduction française.

26, RUE DE CONDÉ, PARIS 6e.

editionslatableronde.fr

Comme la terre, pour toi : reste belle
Si pleine de bonheur…

EMILY BRONTË

I

Concerto pour deux violons

« J'IGNORAIS que tu avais une sœur, Eustache.

— Ah bon ? À vrai dire, j'en ai deux.

— Veux-tu m'en parler ? »

Eustache Cherrington hésita. Stephen Hilliard était un ami d'assez récente date. Ils s'étaient rencontrés au troisième trimestre, à la fin de la première année d'Eustache à Oxford. Eustache avait parlé devant une de ces nombreuses associations inter-collégiales consacrées aux arts et aux lettres qui s'étaient créées lors de la renaissance universitaire de l'après-guerre. L'esthétisme débridé de ces clubs rappelait celui des années quatre-vingt-dix. Surgissant comme des champignons, ils connaissaient leur heure de gloire. Leurs membres arboraient des cravates de soie aux teintes trop harmonieuses pour être confondues avec de vieilles cravates de collège. L'acceptation, ou le rejet, des candidats s'accompagnait d'innombrables pressions et intrigues. Les passions s'exacerbaient, des haines et des amitiés naissaient. Stephen Hilliard, président de cette association au nom aussi ambitieux que trompeur – *Les Libertins* –, avait félicité Eustache pour son intervention : *Mystiques du vingtième siècle.* Il l'avait ensuite invité à un somptueux repas. En se revoyant à la fin des grandes vacances, ils découvrirent entre eux des liens d'amitié, ce qui surprit Eustache. Il choisissait rarement ses amis, mais ceux-ci avaient un point commun : ils étaient plutôt riches. Stephen ne faisait pas exception à cette règle qu'Eustache avait inconsciemment adoptée.

Il passait pour riche et son appartement au High, dans lequel ils se trouvaient à présent, donnait de la consistance à cette rumeur. Stephen l'avait refait, aussi ne ressemblait-il en rien aux chambres miteuses qu'on louait en général aux étudiants. Ses couleurs vives, assez crues, n'étaient pas destinées à produire un effet harmonieux. Des taches rouges égayaient le tapis noir. Les coussins, mauves ou écarlates, étaient bordés de dentelle noire et une vitrine couleur ivoire ornée de figurines vieil or et de charnières en cuivre tarabiscotées se dressait entre les deux fenêtres. Au milieu de la cheminée était posé un objet en cristal monté sur un cube de marbre couleur miel. On eût dit un crâne, mais en le regardant de près, on constatait qu'il n'en était rien. Au mur opposé était accroché un long miroir au cadre noir. Dans ses mystérieuses profondeurs, Eustache apercevait son hôte plus la moitié de lui-même devant leur porto. Lui, du moins, car Stephen ne buvait pas de porto.

De ce dernier, le miroir receleur reflétait le maigre profil aquilin qu'on aurait bien vu coiffé d'un chapeau de cardinal et les gestes délibérés, plutôt affectés, avec lesquels il pelait sa poire. Par contraste, le demi-visage d'Eustache en clair-obscur paraissait replet, ordinaire. Eustache détourna les yeux.

« Parle-moi de tes sœurs, répéta Stephen, alors que son ami se taisait.

— Je veux bien, mais il me faudra remonter très loin dans le passé.

— Qu'à cela ne tienne », dit Stephen. Il trempa ses longs doigts dans un rince-doigts en cristal bleu-noir. « Les influences prénatales sont souvent intéressantes et toujours importantes. »

Eustache sourit. Les détracteurs de Stephen l'accusaient de tourner en dérision toute confidence qu'il recevait. Cela ne gênait pas Eustache : il éprouvait parfois un certain soulagement lorsqu'on prenait une de ses remarques avec plus de légèreté qu'il ne l'avait exprimée.

« Où que je commence, ce sera, je le crains, une très longue histoire. Je ne sais pas condenser. Je n'ai jamais été capable de faire un résumé.

— Ne perds pas ton temps à te dénigrer, Schéhérazade. Remplis ta coupe et reprends ton récit. Je suis tout ouïe. Mais installons-nous d'abord dans ce qu'on appelle des fauteuils plus confortables. »

Stephen avait l'habitude de mettre entre guillemets les clichés dont il émaillait son langage, une façon de discréditer les lieux communs, et Dieu sait s'ils étaient nombreux à heurter son attitude du moment, quelle qu'elle fût.

Son verre à la main, Eustache le suivit.

« Assieds-toi sur le canapé, je prendrai le fauteuil à rayures, psalmodia Stephen. Tu ne trouves pas charmant ce contraste de couleurs ? Nous laisserons l'autre fauteuil à la disposition de tout fantôme que ta recherche du passé pourrait faire apparaître. »

Quel fantôme ? se demanda Eustache. Son regard se porta sur l'objet de cristal luisant qui, en fin de compte, n'était pas un crâne. Le fauteuil vide fut aussitôt occupé par une silhouette. Cette forme sombre et floue, complètement déplacée dans cette pièce bien ordonnée, aux couleurs vives, le ramena droit à son enfance.

« Tout a commencé avec Mlle Fothergill, je crois, finit-il par dire.

— *Tout ?* demanda Stephen. Qu'est-ce qui a commencé, mon cher Eustache ? Sois plus précis. Dois-je supposer que Mlle Fothergill était une sorte d'Ève ? »

Cette légère critique décontenança Eustache. Son visage exprima la honte et le découragement.

« Désolé, marmonna-t-il, mais c'est ma façon de parler. Tu n'es pas le premier à t'en plaindre... Non, Mlle Fothergill était infirme. On la promenait dans un fauteuil roulant, sur les falaises d'Anchorstone où nous vivions enfants. Elle était... comment dirais-je ?... déformée et j'avais peur d'elle.

— Mais *qu'est-ce* qui a commencé avec elle ? À quoi, si je puis m'exprimer ainsi, a-t-elle donné naissance ?

— Eh bien, sans elle, ma vie eût été totalement différente. D'abord, je ne serais pas ici – je veux dire, ici, dans ta chambre.

— Je lui en suis très reconnaissant, dit Stephen, courtois. Mais comment me connaissait-elle ? T'a-t-elle donné mon adresse ? »

Eustache sourit.

« Eh bien, voilà comment ça s'est passé. »

Devant cette nouvelle imprécision, Stephen fronça le sourcil, mais Eustache ne le remarqua pas.

« C'est ici que ma sœur Hilda joue un rôle.

— Entre Hilda.

— Elle voulait que je parle à Mlle Fothergill, en partie parce qu'elle voyait là une sorte de discipline pour moi et aussi en raison de bons principes car la Bible t'ordonne de visiter les malades. Ma santé morale lui a toujours tenu à cœur. J'ai donc parlé un matin à Mlle Fothergill et ce contre mon gré. J'ai poussé un moment son fauteuil. Touchée, elle m'a invité à venir prendre le thé chez elle.

— Et, bien entendu, tu as sauté sur l'occasion.

— Pas du tout, j'étais terrifié. Tu ne peux pas imaginer les affres par lesquelles je suis passé. Mais figure-toi qu'avant le jour fatidique je suis allé au cours de danse de l'endroit. J'y ai rencontré une fille nommée Nancy Steptoe qui m'a persuadé de venir faire un rallie-papier avec elle au lieu d'aller prendre le thé avec Mlle Fothergill.

— Elle avait raison. Bravo, Nancy ! Bien entendu, *moi* j'aurais choisi le thé avec la Méduse. Mais j'avoue que courir n'a jamais été mon fort – sauf devant les Allemands, pendant la guerre.

— Même chose pour moi ! C'était là le drame. Je me suis fait tremper, j'ai eu une crise cardiaque et je me suis retrouvé au lit pendant des semaines. Tous étaient furieux contre moi. On m'a présenté cela comme une punition du Ciel.

— De toute évidence, ça l'était. Mais quand tu dis *tous*, de qui parles-tu ?

— Surtout de Hilda, de ma tante Sarah qui vivait avec nous depuis la mort de ma mère, et de mon père. Les grosses dépenses qu'a entraînées ma maladie ont été un coup dur pour lui. Nous étions pauvres, comprends-tu.

— Je vois poindre ici le début d'un complexe de culpabilité. Mais le docteur Freud était presque un inconnu à l'époque.

— Oui, je me sentais coupable. Je me sens toujours coupable, d'ailleurs. J'étais devenu très timoré, j'avais une peur horrible des conséquences de mes actes, au point que j'osais à peine traverser la rue sans l'approbation d'autrui. Mais je suis en train de surmonter tout ça.

— À la bonne heure ! Ce que je continue à ne pas comprendre, c'est pourquoi je dois ta présence ici à Mlle Fothergill – béni soit son nom.

— Après ma convalescence, elle m'a réinvité. Ne te moque pas de moi. Ensuite, pendant un an ou plus je lui ai rendu visite, deux ou trois fois par semaine. Je lui faisais la lecture ou nous jouions aux cartes. Puis elle est morte et m'a laissé de l'argent. »

Les plis de l'élégant smoking de Stephen semblèrent soudain se raidir. Stephen aimait se changer pour le dîner, fût-ce un simple repas entre amis, mais il n'en exigeait pas autant de ses invités. Il se pencha en avant.

« Puis-je te demander combien ? »

Eustache hésita. La somme paraîtrait bien maigre à son ami. En outre, on lui avait toujours recommandé de ne pas parler de ses finances. C'était une de ces choses que l'on gardait pour soi, comme, à l'école, son deuxième prénom. En informer les autres leur donnait l'ascendant sur vous. Bref, cela ne se faisait pas et Eustache craignait sans cesse de blesser les convenances. Les cachotteries étaient toutefois contraires à sa nature, et, après tout, quel mal y aurait-il à le dire à Stephen ?

« Dix-huit mille livres », lâcha-t-il.

À sa surprise, Stephen ne prit pas un air dédaigneux.

« Dix-huit mille livres? répéta-t-il. Une somme rondelette, comme on dit.

— C'est bien ce qu'il nous sembla, même si j'avoue avoir été cruellement déçu en l'apprenant. On m'avait en effet amené à croire que cet héritage était plus important.

— Tu redeviens vague. C'est la barbe, pour parler vulgairement. Puis-je savoir pourquoi tu as été si cruellement déçu quant à cette question vitale ? »

Eustache rougit.

« Eh bien, voilà : ma tante a toujours été une puritaine très austère. Elle aurait refusé ce legs si elle en avait eu légalement le droit et si mon père n'avait pas insisté pour que je l'aie. Bref, elle lui a fait promettre de ne rien me dire et pendant quelque temps – quelques semaines, je pense – il a tenu sa promesse. Mais, ils avaient décidé de m'envoyer à l'école et ils ont commencé à me traiter autrement – pour des petites choses, j'entends.

— Le fait que tu sois devenu un capitaliste a dû les influencer aussi.

— Tu crois? Cela ne m'était jamais venu à l'esprit. Quoi qu'il en soit, tous me paraissaient si bizarres que j'ai commencé à avoir des soupçons. Pour moi, il n'y avait qu'une seule explication possible : j'allais mourir. »

Stephen hocha la tête, il comprenait.

« Un jour où j'étais particulièrement déprimé, Hilda et moi sommes descendus jouer sur la plage. Comme je m'attendais à mourir bientôt, lui ai-je dit, j'allais lui laisser presque tout ce que je possédais. Ma sœur en a été à la fois bouleversée et fâchée. Juste à ce moment, des enfants que je connaissais sont arrivés à cheval et m'ont félicité de la fortune dont j'avais hérité. À en croire l'un, il s'agissait de cinquante-huit mille livres, selon un autre, Dick Staveley, de soixante-huit mille livres.

— Dick Staveley ? Ce nom me dit quelque chose.

— C'est bien possible. Je crois qu'il est devenu député. On lui prédit un bel avenir.

— Il me semble que sa famille est cliente du cabinet de mon père. J'ai aussi le vague souvenir d'un petit scandale auquel Dick était mêlé – une liaison amoureuse pour laquelle il avait fallu acheter le silence de quelqu'un. Quel âge peut-il avoir ?

— Environ trente et un ans.

— C'est bien lui. Mais pourquoi ces gosses t'ont-ils ainsi bercé de faux espoirs, comme on dit ?

— Je ne l'ai jamais su. Je suppose que la rumeur a grossi le montant de la somme. Gerald Steptoe, le premier à m'annoncer cet héritage, était bien incapable d'inventer quoi que ce fût. Et Dick a peut-être parlé de soixante-huit mille parce que ça faisait bien – il était comme ça. Toujours est-il qu'après leur départ, j'ai dit à Hilda que je partagerais cet argent avec elle.

— Pourquoi ?

— Parce qu'autrement, elle aurait été obligée de devenir gouvernante.

— Tu devais beaucoup l'aimer.

— Oh, tu sais, l'argent ne représente pas grand-chose pour des enfants. Mais, c'est vrai, d'une certaine manière nous avons toujours éprouvé beaucoup d'affection l'un pour l'autre. Elle avait des ambitions pour moi – et elle les a toujours. Je crois que je n'aurais jamais obtenu ma bourse ou quoi que ce soit d'autre si elle ne m'avait pas poussé.

— Et tu n'aurais pas hérité de Mlle Fothergill non plus.

— C'est exact. Je dois beaucoup à ma sœur.

— Et elle, qu'est-ce qu'elle te doit ? Trente-quatre mille livres ?

— Hélas, non ! À notre retour à la maison, on nous a tout dit au sujet de l'héritage – et j'ai été atrocement déçu. Non que je sois avare, mais, que veux-tu, l'idée de posséder une grosse somme me plaît. Elle me plaisait déjà alors. Dix-huit mille livres me paraissaient une somme dérisoire. J'ignorais qu'on pouvait placer ce capital. Je pensais que nous allions le dépenser au fil des années. Et je me sentais lié par ma promesse d'en donner la moitié à Hilda.

— Était-ce possible ? Tu étais mineur.

— Le problème était là. Mais, pour être franc, je te dirais que je me suis senti secrètement soulagé et vraiment honteux d'éprouver pareil sentiment.

— Ainsi Hilda a quand même dû travailler comme gouvernante ?

— Non, parce que l'argent de Mlle Fothergill permettant de payer mes études, mon père a pu envoyer Hilda au lycée.

— Cela a dû être terrible pour elle.

— Non, elle était contente. Ensuite, la guerre a éclaté. Elle s'est alors engagée dans la Société de secours aux blessés. Malheureusement, elle ne s'entendait pas avec les autres infirmières. De plus, je pense qu'elle trouvait les hommes assez pénibles. Tu connais leur façon de se comporter à l'hôpital, surtout quand ils commencent à se sentir mieux.

— Elle détestait qu'ils lui fassent la cour, c'est ça ?

— Je… je crois. La direction, toutefois, la tenait en haute estime. On l'a mutée dans les bureaux et, à la fin, c'est tout juste si elle ne dirigeait pas le service !

— Elle m'a l'air terriblement efficace. Je risque de m'évanouir en sa présence.

— Oh, pas vraiment… En tout cas, pas plus efficace que toi – même plutôt moins, je dirais. »

Eustache jeta un coup d'œil à son ami, puis à la pièce qui, malgré son aspect exotique, avait clairement été aménagée à des fins pratiques aussi bien qu'esthétiques.

Stephen esquissa l'un de ses rares sourires.

« Même si tu as raison, je te défends de le dire. Je suis en train d'essayer de me débarrasser de ce virus. Il vient de mon amour de l'argent. Je suis certain que Hilda me mépriserait – pour ça et pour beaucoup d'autres choses.

— Pas si elle te considérait comme une personne *sérieuse*[1].

— Est-ce qu'elle l'est aussi, je veux dire, une personne sérieuse ?

— Absolument. Depuis la fin de la guerre, elle fait partie de l'administration de Highcross Hill, une clinique pour enfants handicapés. Au début, c'était un petit établissement, mais depuis qu'elle l'a pris en main et fait agrandir, ça marche vraiment bien.

— Et où a-t-elle pris l'argent pour les travaux ?

— C'est moi qui le lui ai donné.

— Ah ! Tu as donc partagé ton héritage avec elle !

— Oui, à ma majorité. Je le lui avais si souvent promis que j'ai dû m'exécuter. Entre nous, cela ne m'enchantait guère. J'ai toujours senti que je ne serais jamais capable de *faire* du fric – je ne suis pas doué pour ça. À mes yeux, ceux qui ont ce don sont de véritables prodiges. Voilà sans doute pourquoi j'attache tant d'importance à l'argent. Je

1. En français dans le texte. *(Toutes les notes sont de la traductrice.)*

m'y intéresse infiniment moins que toi, si je crois ce que tu en dis. Je veux en avoir, un point c'est tout.

— L'argent a dû s'accumuler pendant que tu étais à l'école ? » demanda Stephen, pensif.

Eustache prit un air gêné.

« À peine. Mon éducation a coûté très cher, vois-tu.

— Pas plus de quatre cents livres par an, j'imagine, pas même à Haughton. Haughton la hautaine, Haughton du haut ton. À moins que tu n'aies tapissé tes murs de Vieux Maîtres, mon cher prodigue, il devait te rester plus de deux cents livres par an. Une poire pour la soif, comme on dit.

— Oui, acquiesça Eustache, dubitatif. Mais cela ne s'est pas passé ainsi. Je suis toutefois heureux de penser que tous ont vécu plus à l'aise et que mon père a pu profiter de quelques petits luxes avant sa mort. D'un naturel très gai, il n'était pas fait pour jouer les bêtes de somme écrasées de responsabilités familiales.

— Je ne m'étais pas rendu compte que tu étais chef de famille.

— Mon père est mort de la grippe espagnole deux jours avant l'Armistice, juste après notre déménagement à Willesden où nous habitons maintenant. Avant ça, nous étions à Wolverhampton. Nous avons vécu dans plusieurs endroits, mais Anchorstone est celui auquel j'étais le plus attaché. Je n'y ai pas remis les pieds depuis notre départ, en 1907, il y a douze ans.

— Quel âge avais-tu alors ?

— Onze ans.

— Tu as donc vingt-trois ans, c'est-à-dire presque un an de moins que moi. Absurde, n'est-ce pas, que nous soyons encore étudiants ? Mais j'en suis très heureux. Buvons à notre âge vénérable avant que je ne reprenne mon interrogatoire. À moins que tu ne sois las de mes questions et préfères m'en poser à ton tour ? »

Eustache dit que non, il appréciait cette occasion de parler de lui. Il trouvait rarement un auditeur aussi attentif. Il se mit à réfléchir à ce qu'il pourrait raconter d'autre à Stephen, des détails inédits. Il lui en avait déjà livré certains : pourquoi Hilda avait renoncé à être infirmière et la raison, du moins l'ébauche d'une raison, pour laquelle son héritage n'était plus aussi considérable qu'il aurait pu l'être. Mais, sur lui, pas grand-chose. Il était facile, songea-t-il, plein de remords, de faire des confidences aux dépens d'autrui. Stephen, toutefois, ne répétait jamais rien. Il pouvait se moquer ouvertement de vous, mais il était d'une discrétion absolue, vertu rare à Oxford où les langues allaient bon train.

« Tu me dis ? demanda-t-il, debout à côté d'Eustache, une carafe de whisky et un verre dans les mains.

— Ça suffit, ça suffit ! Je dois encore travailler en rentrant ce soir !

— Travailler, travailler, tu n'as que ce mot à la bouche, mais, heureusement, je ne te vois pas souvent mettre tes beaux principes en pratique.

— Bien entendu, je range mes livres quand tu me rends visite. Et je les sors quand Hilda arrive.

— Je vais envoyer quelqu'un la chercher.

— C'est inutile, elle vient ici le week-end prochain. Je voudrais que tu la rencontres.

— Oh non, je risque de lui faire mauvaise impression. Elle repartirait par le train suivant. Invite plutôt certains de tes amis distingués : Antony Lakeside et Son Altesse. »

Son Altesse était membre de la famille royale d'un pays sans importance. Stephen l'avait rencontré chez Eustache lors de la seule et unique visite qu'il avait daigné y faire. Quant à Antony Lachish, dont Stephen estropiait le nom à dessein, c'était un étudiant de première année issu d'une très vieille famille. Doté de manières charmantes, il traversait Oxford comme une boule de mercure, fréquentant telle ou telle coterie le temps de se faire regretter. Ainsi que Stephen le savait, Eustache commençait déjà à appréhender le léger sentiment de perte que provoquerait la disparition de ce brillant personnage.

« Oh, ils ne feraient pas du tout l'affaire, protesta Eustache. Pour elle, ils ne seraient que des play-boys. J'aimerais lui présenter certains de mes amis plus sérieux.

— Merci.

— Tu sais, Hilda ne me ressemble en rien, dit Eustache comme s'il s'agissait là du compliment suprême. D'abord, elle est très belle.

— Par exemple ! Excuse-moi, Eustache, mais pendant que tu parlais, je l'imaginais aussi peu attirante qu'une demoiselle de l'Armée du Salut. Si elle m'avait reproché ma nullité et ma paresse, si elle m'avait accusé d'être un faux-bourdon dans la ruche capitaliste, j'aurais pu lui répondre : "Ma chère Hilda, le franc-parler va souvent de pair avec un visage ingrat." Maintenant, je vais être obligé de m'arranger pour quitter Oxford avant son arrivée ! J'ai l'intuition que ta sœur cadette aurait plus d'indulgence pour mes défauts. Tu ne m'as pas parlé d'elle.

— Oh, Barbara… dit Eustache d'un ton très différent de celui qu'il avait pris pour évoquer Hilda. Elle ressemble à une balle en caoutchouc. Rien ne la tracasse, rien ne l'affecte. Elle suit son petit bonhomme de chemin. Le plus étrange, c'est que tante Sarah, qui a été très stricte et, dans un sens, est encore très stricte avec Hilda et moi, ne semble pas se préoccuper de la conduite de Barbara. Elle attend moins d'elle que de nous, je suppose. Barbara n'a pas dix-huit ans – elle vient de terminer le lycée –, mais elle a réussi à persuader ma tante de lui confier la clé de la maison et de la laisser inviter des jeunes de Willesden à danser le soir, tapis roulé, gramophone et meubles entassés dans l'entrée et sur l'escalier. Jamais elle ne nous aurait permis une chose pareille ! Non pas que nous en ayons eu envie...

— Je l'espère bien ! » s'écria Stephen avec un léger frisson.

Son visage imperturbable, impénétrable, rappelant parfois un masque, exprima néanmoins le dégoût que lui inspiraient les distractions de Barbara.

À son étonnement, Eustache prit la défense de sa jeune sœur.

« Elle est davantage dans le vent que nous, je suppose. Elle aime le hockey, la crosse et ce genre de choses. Mais elle est plutôt juste milieu qu'attirée par les extrêmes.

— N'es-tu pas au centre, toi aussi ? Et même WC[1] ? demanda Stephen qui, en guise de fioritures, employait parfois de grosses inconvenances dans sa conversation.

— En un sens, peut-être. Mais à la différence de Barbara, moi, vois-tu, j'ai tout de la toupie, j'ai besoin qu'on me fouette. Seul, je suis inerte, je ne bouge pas.

— Et Hilda ?

— Il lui faut un élément extérieur, mais elle ne ressemble ni à Barbara ni à moi : c'est une vraie dynamo. Je ne sais ce qui se passerait si on en changeait le voltage – si ça s'appelle comme ça – ou si quelqu'un lui mettait un bâton dans les roues.

— Quelles horribles métaphores ! À mon avis, la mécanique ne convient pas à une conversation courante. Mais s'il nous faut parler de centrales électriques et de générateurs, n'es-tu pas la principale source d'énergie de tes sœurs ? N'es-tu pas, en quelque sorte, leur gicleur, leur vilebrequin, leur bielle, leur carburateur, leur bougie, leur embrayage, leur lubrificateur, leur turbine, leur – quelle est cette chose que les poètes chantent de nos jours ? – leur pylône ? »

1. Jeu de mots sur WC et West Central, quartier de Londres.

Eustache rit.

« Sur le plan matériel, oui. Bien entendu, Barbara possède l'argent que papa a pu lui laisser et tante Sarah a quelques ressources personnelles. Hilda et moi contribuons aux frais du ménage, mais pas tellement. Ne crois pas que ma famille me prend pour un héros. Hilda et tante Sarah sont persuadées que l'héritage de Mlle Fothergill était un don de la Providence destiné à me mettre à l'épreuve et à m'enlever toute excuse pour ne pas réussir. Elles savent que j'en cherche toujours une. Ma santé, par exemple. Si tant est qu'elles pensent me devoir quelque chose, elles croient que la meilleure façon de rembourser leur dette, c'est de se montrer encore plus exigeantes sur le plan moral.

— À quel pinacle aimeraient-elles te voir ?

— Je crois qu'elles n'en savent rien.

— Seraient-elles contentes si tu gravissais les barreaux de l'échelle sociale ? »

Eustache rougit.

« J'ai bien peur qu'elles ne trouvent rien de méritoire à cela. Hilda préférerait plutôt me voir réparer des clochers.

— Mais, d'une manière ou d'une autre, tu dois te trouver en altitude.

— Je crains que oui.

— "Celui qui est en bas ne risque pas de tomber." Je vais m'instituer agent anti-Hilda pour te mettre en garde contre les dangers des hauteurs et te vanter les vertus des niveaux inférieurs. "Eustache, je t'enjoins de rejeter l'ambition. Ce péché causa la chute des anges." Hilda ne pourrait nier la saine morale chrétienne de cette recommandation, n'est-ce pas ?

— Oh, elle n'est pas du tout matérialiste. C'est à l'éminence morale qu'elle voudrait que je parvienne.

— Même cela pourrait être une erreur. Songe aux périls de l'orgueil spirituel !

— J'y pense souvent… Mais cela m'ennuierait que tu déduises de sa tendance à m'aiguillonner que Hilda est une épine dans mon pied ou qu'elle me pousse à faire des choses impossibles. Dire que je lui dois beaucoup est un euphémisme. Sans elle, je serais sans doute en train de manger les pissenlits français par la racine.

— Oh, Eustache, quelle expression ! Ne l'emploie plus jamais. Comment a-t-elle fait ça ? Comment est-elle intervenue entre toi et… et les pissenlits ?

— Quand la guerre a éclaté, Hilda s'est sentie galvanisée. Elle vivait à la maison et ne savait que faire. Elle s'était essayée à plusieurs activités, puis les avait abandonnées, surtout parce qu'elle a du mal à travailler avec d'autres personnes. La guerre lui a donné sa chance. Elle a été pour Hilda – alors âgée de vingt et un ans – une source d'inspiration. Comme je te l'ai dit, au début ma sœur a rencontré des difficultés, mais ses supérieurs ont vite reconnu ses mérites. Pendant ce temps, je continuais tranquillement mes études, jouissant d'une façon peu glorieuse, et non sans quelque réticence, des privilèges de l'élite. Tu sais à quel point on aspire à en faire partie, même quand on n'est pas doué pour les sports, ce qui était mon cas. À ma secrète satisfaction, les médecins m'avaient dispensé de football en raison de mon cœur. Bien entendu, Hilda voulait me voir en kaki. Elle s'est toujours montrée très gentille à ce sujet, disant qu'elle aimerait que je devienne garçon de salle, serveur dans un mess, magasinier ou autre chose du même genre. Jamais elle n'aurait imaginé qu'on allait me juger apte au service, mais quand je me suis enrôlé, à l'automne de 1915, c'est ce qui s'est passé. Hilda a été dégoûtée. Atteinte dans son sens de la justice, elle s'est aussitôt mise en devoir de faire changer cette décision. Assez familiarisée avec les arcanes du Royal Army Medical Corps, elle m'a traîné d'un toubib à l'autre.

Je suppose que la moitié de l'armée britannique connaissait par cœur mon dossier médical. »

Penchant un peu la tête en arrière, Stephen détourna les yeux d'Eustache. On aurait dit qu'il regardait par- dessus un objet qui lui bloquait la vue – sa vue mentale, bien sûr, car aucun obstacle ne se dressait devant lui.

« Est-ce que ça t'a ennuyé ? »

Eustache mit un moment à répondre.

« Oui et non. Bien entendu, c'était assez humiliant de passer devant toutes ces commissions avec un tas de certificats médicaux. Cela faisait plutôt mauvaise impression. Je crois que, sans Hilda, j'aurais renoncé. Je n'en aurais pas eu le courage. Remarque que ces officiers n'auraient pas eu une meilleure opinion de moi s'ils avaient su que ma sœur me poussait. Peut-être le savaient-ils car c'était elle qui avait mis la machine en marche. Peut-être même l'ont-ils vue faire les cent pas devant les grilles alors qu'elle attendait le résultat des examens.

— Elle a vraiment fait ça ? s'étonna Stephen.

— Oui, et plus d'une fois. Je me souviens qu'à la sortie d'une de ces sessions, elle était tellement agitée qu'elle ne pouvait ni parler ni me demander ce qui s'était passé. En outre, elle détestait les abords des baraquements. Elle admirait les soldats dans l'abstrait, mais ne les supportait pas à proximité. C'était l'un de ses problèmes quand elle était membre du Secours aux blessés.

— Oui, cela a dû la gêner. Mais quelle drôle de guerre tu as connue, attaché au chariot de cette belle Boadicée et emporté à l'abri du danger ! »

Eustache lança un regard gêné à son confesseur. La sympathie de Stephen avait ses limites. Il pouvait compatir jusqu'à un certain point, puis son sens du ridicule ou des convenances entrait en jeu et l'on se rendait compte que l'on ne se confiait pas à un alter ego mais à quelqu'un qui complétait ou corrigeait votre version des faits par une interprétation personnelle.

« Oh, je n'ai pas passé toute la guerre ainsi ! protesta Eustache. Je n'ai pas tardé à entrer au ministère du Travail. Hilda m'a aidé à obtenir la permission de porter l'uniforme. Elle n'était pas entièrement satisfaite de ma nouvelle situation, mais je persiste à croire que j'étais plus utile assis sur une chaise que debout dans une tranchée. J'ai employé le mot "croire" : je n'en suis pas toujours intimement convaincu. À dire vrai, j'avais peu de qualités martiales. Et Hilda avait raison au sujet de ma santé. Même assis, je me suis fatigué le cœur et, juste avant la fin de la guerre, je suis passé devant une autre commission qui m'a réformé. Ils ne m'ont pas précisé la nature de ma maladie, mais ils m'ont conseillé de prendre six mois de repos. C'est la raison pour laquelle je suis arrivé ici si longtemps après vous tous. Je ne m'attendais pas du tout à être rendu à la vie civile. J'ai demandé si je pouvais servir autrement. Le président de la commission m'a dit : "Mon pauvre garçon, vous avez fait tout ce que vous avez pu pour votre Roi et votre Patrie." »

Eustache se tut.

« Vraiment ? » s'étonna Stephen.

Eustache fut surpris. Un bref instant, il se demanda si Stephen mettait en doute tout ce qu'il lui avait raconté. Venant toutefois d'une famille de juristes et visant lui-même le barreau, il devait s'entraîner à poser des questions. C'était là un talent que lui, Eustache, ferait bien d'acquérir. Souriant, il se tourna vers Stephen.

« Je le cite textuellement.

— Eh bien, je suis sûr qu'il avait raison. Merci pour ton récit, Eustache. Tu as satisfait avec une patience infinie ma curiosité, très indiscrète, je le crains. Je garderai mon commentaire pour une autre occasion. Dans deux ou trois minutes, je te raconterai l'histoire de ma vie. Je l'ai divisée en six épisodes. Un : naissance et répression. Deux : enfance à Torquay et répression. Trois : adolescence à Kensington et répression. Quatre : collège et répression. Cinq : guerre et délivrance de la répression. Six : ma carrière d'avocat, ce sera la partie la plus longue et la plus glorieuse, et on y apprendra, entre de nombreuses autres choses, comment je compte à mon tour infliger des répressions à autrui. Mais avant que je commence, tu auras sans doute besoin d'un verre et je mettrai un disque parce qu'il me faudra changer le registre de notre conversation. Ce ne sera pas un registre plus élevé, mais un registre plus banal. Disons que nous passons de *ut* dièse mineur à *mi* bémol. Qu'aimerais-tu entendre ? »

À peine Eustache eut-il dit « Schubert » qu'il se rappela que Stephen avait une manie que commentaient souvent ses amis. Il demandait à ces derniers de choisir un disque, mais il ne le jouait jamais. Aussi Eustache ne fut-il pas surpris d'entendre son hôte répondre :

« Si ça t'est égal, nous ne mettrons pas du Schubert. »

S'approchant d'un meuble clair et brillant aux poignées de verre, il commença à en ouvrir les tiroirs.

« Ni du Beethoven. Ce compositeur plairait peut-être à Mlle Hilda – gesticulations sur fond de ciel hostile – mais pas à nous. Nos sentiments sont trop complexes. Ni du Brahms. Seigneur ! comme Mlle Hilda mépriserait ces épanchements torrides ! À la trappe, Brahms ! dirait-elle. Qu'il mijote dans sa fange. Boccherini ? Je me demande pourquoi j'ai acheté ce disque. Je ne le proposerais même pas à ta sœur. Je crois déjà l'entendre dire : “Ce mièvre bavardage baroque de la *Femme de Haydn*, comme on l'appelait, me rend malade.” Comment cela pourrait-il aider qui que ce soit à s'améliorer ? Quelle utilité cela peut-il avoir ?

— Je ne pense pas que Hilda méprise les gens autant que tu l'imagines, fit remarquer Eustache.

— Elle ne pourrait s'empêcher de mépriser ce compositeur-là… Berlioz, alors, *La Damnation de Faust.* » Stephen lança à Eustache un regard interrogateur. « Cela conviendrait mieux, n'est-ce pas ? Non. Mlle Hilda décèlerait aussitôt le vide derrière ses fanfaronnades et son affectation. “Plein de bruit et de fureur, ne signifiant rien. Jetez ce disque ! Brûlez-le !” s'écrierait-elle.

— Oh ! elle n'est pas si violente que ça ! protesta Eustache. Du moins, c'est rare. Et puis, elle ne citerait pas Shakespeare : elle n'a rien d'une littéraire, tu sais.

— Elle en démasquerait Berlioz d'autant plus vite. Je suis sûr qu'elle déteste le toc. Moi, j'aime assez, mais je ne l'avouerais jamais. Bon, qu'avons-nous d'autre ? Borodine. N'est-il pas curieux que le nom de tous ces compositeurs commence par un *B* ? À mon avis, c'est le moins approprié. Pleurnichard, bruyant, amoral pour ne pas dire immoral, orientalisant, lunatique, complaisant envers lui-même. Mlle Hilda vient d'envoyer une note à Lénine pour lui dire qu'en aucun cas on ne devait jouer du Borodine en Union soviétique. “Entendu, mademoiselle Cherrington, nous liquiderons jusqu'au souvenir de ce compositeur.” Peut-être ne trouverons-nous jamais ce que nous cherchons, peut-être aucune musique ne saura-t-elle exprimer ta relation avec Mlle Hilda.

— Elle doit t'inclure toi aussi, ne l'oublie pas. Elle doit suggérer l'histoire de ta vie telle que tu vas me la raconter.

— Une synthèse bien difficile. Malgré mon désir d'y participer, je ferais bien de rester en dehors. J'y introduirais une fausse note. Par exemple, je chercherais à savoir comment l'argent de Mlle Fothergill a été investi et si la clinique de Mlle Hilda a des bases financières solides. Il me faudrait être présent sous la forme d'une basse continue, grondant et bourdonnant, tandis que Mlle Hilda et toi folâtreriez à des registres plus élevés. Je continue à oublier Mlle Barbara, peut-être parce que tu m'en as très peu parlé.

Sans doute pourrait-elle être représentée par une note toujours omise ? Pas facile. Il pourrait y avoir une pause – *pausa lunga, pausa grande* – qui indiquerait que Mlle Barbara a été oubliée à dessein, puis la musique reprendrait.

— Ce n'est pas que je l'oublie, dit Eustache avec une certaine tristesse, mais, vois-tu, j'ai passé tellement plus de temps avec Hilda…

— Nous pourrions imaginer un trio dans lequel un des instruments est muet, à part un bref passage marqué *allegro giocoso.* Le violoncelle décrirait alors le tapis roulé, les meubles gelant dans l'entrée ou se cassant dans l'escalier, suivi par une explosion de jazz avec d'ingénieuses doubles cordes pour donner l'effet de pieds glissant sur le plancher. Pendant ce mouvement, le premier et le second violons quitteraient ostensiblement l'estrade et ne reviendraient jouer leur *andante con massima tenerezza* que lorsque le tapis aurait été remis en place et les meubles sortis de leur cachette. »

Eustache rit.

« Je crains, en effet, que nous ne soyons un peu comme ça.

— Je le savais. Le nouveau mouvement commencerait par un très beau passage lent, ascendant, indiquant que tous les aspects de l'allegro – les plis du tapis, les éraflures sur les meubles, les notes de jazz et le souffle lourd des danseurs – ont été oblitérés. Il pourrait y avoir une ou deux mesures pour saluer discrètement la tante Sarah, autorisée à retourner dans son salon.

— Oh, elle va généralement se coucher.

— Pauvre tante Sarah ! Comment parvient-elle dans sa chambre si les meubles encombrent l'escalier ?

— Elle doit trouver un moyen de les contourner. »

Eustache se sentit légèrement agacé par cette reconstitution peu flatteuse de sa vie de famille. Stephen n'eut pas l'air de le remarquer.

« Je ne la suivrai pas plus loin, dit ce dernier. Je l'abandonnerai retenue par le tisonnier, tombée dans l'embuscade tendue par les fauteuils. Mais je dois retourner à ma tâche. Ah, voilà quelque chose qui peut convenir. » Il sortit deux disques de leur pochette. « Bien entendu, cela ne montre qu'une facette de l'affaire.

— Quelle facette ?

— Tu l'entendras. Peut-être connais-tu ce morceau ? Le concerto pour deux violons de Bach. »

Eustache ne le connaissait pas. Il avait eu des ambitions musicales tout comme ses professeurs de musique en avaient eu pour lui. Mais arrivé à un certain niveau il avait calé. Un niveau qu'il avait atteint dans plusieurs disciplines, à distance respectable du bas, mais encore loin du sommet visé. Il avait appris – peut-être trop facilement – à accepter ces paliers et à ne pas essayer de les dépasser. Leur présence, néanmoins, représentait un défi, un parmi tous ceux qui encombraient son esprit. Combien de fois n'avait-il pas commencé à parler musique avec un musicien pour bientôt perdre pied et s'accrocher à une bribe d'information qui, malgréles apparences, n'avait rien à voir avec une véritable connaissance ? Pendant ce temps, ignorant qu'on le trompait, son interlocuteur se lançait dans des eaux plus profondes où Eustache n'osait le suivre. Cela le gênait toutefois de dire « Je n'ai jamais entendu ce morceau » ou « Je crains de ne pas savoir ce qu'est le mode lydien ». Échoué sur quelque banc de sable, Eustache essayait alors d'attirer de nouveau l'expert vers les bas-fonds de son sujet sans lui révéler sa propre ignorance.

Au beau milieu de cet autodénigrement, il se rendit soudain compte que le gramophone était en marche depuis un moment. Voilà l'effet que la musique avait sur lui : elle stimulait sa pensée, mais distrayait son attention. Il devait absolument se concentrer. Avec Bach, on ne savait jamais, du moins, lui ne savait pas : tout laissait croire que cette phrase de conclusion serait l'avant-dernière. Il jeta un regard furtif à l'aiguille du gramophone. Oui, il avait raison.

« C'était très beau, dit-il alors que Stephen se levait pour tourner le disque.

— J'ai l'impression que tu n'en as pas entendu une seule note. Tu dois écouter le mouvement suivant, car c'est tout à fait ainsi que je vous imagine, Mlle Hilda et toi, à l'époque de votre plus grande... (il se tut un instant)... communion spirituelle. »

Stephen s'inclina légèrement devant Eustache qui, par réflexe, lui rendit son salut. Le mouvement commença.

Même si Eustache ne s'y connaissait guère en musique, il savait l'apprécier. Envoûté par la première phrase du morceau, il goûta non seulement l'esprit, mais aussi la forme de cette divine mélodie. Aussi lorsque Stephen, dont le visage impassible semblait adouci, murmura : « Tu vois que tu commences à répéter les paroles de ta sœur », il entendit et comprit ce que Stephen voulait dire.

« Oui, mais parfois je lui réponds », rectifia-t-il.

Stephen acquiesça d'un signe de tête.

Arrivait-il à Hilda de répéter ses paroles à lui ? se demanda Eustache. Il ne disait pas grand-chose qui valût la peine d'être répété. Lui se bornait à citer quelquefois les remarques les plus tranchantes et les plus perspicaces de Hilda, moitié par admiration moitié par méchanceté. Toutefois, il ne s'agissait pas là du genre de répétition dont voulait parler Stephen. Il fronça le sourcil. Par sa noblesse et sa pureté, la musique paraissait le blâmer. Il remonta dans le passé. Ce n'était pas dans leur relation quotidienne qu'on trouvait pareille entente, se dit-il. Dans ce domaine-là, Hilda avait toujours mené. Comme symbole de leurs rapports, Stephen aurait dû choisir un air avec accompagnement. Celui-ci n'était qu'un dialogue entre égaux.

La musique continua. Eustache prit conscience d'une certaine qualité d'écriture – si toutefois ce terme convenait à un mode si vivant –, et de la parfaite harmonie entre intellect et sentiment qu'elle reflétait. Sa beauté reposait sur la justesse de chaque phrase ; elle était miraculeusement engendrée par une sorte de logique. Ses notes n'étaient pas les parents de la beauté, comme chez Schubert, mais ses enfants. Cette conversation céleste donnait un sentiment d'union tout aussi irrésistible que l'envie d'embrasser.

En pensée, Eustache fouilla le passé, à la recherche de moments où Hilda et lui avaient frôlé l'harmonie. Il lui sembla qu'il lui fallait remonter très loin, jusqu'aux falaises d'Anchorstone, quand elle lui avait proposé de simuler avec elle une course à trois pattes, jusqu'aux Downs, après une autre course pendant laquelle ils avaient battu Nancy Steptoe et son frère, ennemis traditionnels de Hilda. Il se rappela l'exquis sentiment de communion avec elle qu'il avait alors éprouvé. Il avait connu un transport similaire le jour où il avait persuadé sa sœur d'accepter la moitié de l'héritage de Mlle Fothergill. La qualité de ces moments se retrouvait dans le duo serein des deux violons, imagina-t-il. Ces moments résultaient toutefois d'une tension, voire dans un ou deux cas, de différends et de dures paroles. Comment les comparer à cette musique semblable, elle, à une réconciliation sans dispute ?

Quels fruits avait portés cette promesse des jours anciens ? Avait-il rempli ses nombreuses obligations envers Hilda ? Avait-il payé la dette de reconnaissance à son égard ? Certes, il lui avait donné de l'argent. Il avait tenu l'engagement pris dans son enfance, mais au prix d'une lutte avec sa conscience – attitude bien différente de son geste spontané sur la plage d'Anchorstone. Depuis lors, dans des moments d'autocomplaisance, il s'était surpris à se dire qu'il avait fait pour Hilda tout ce qu'on pouvait attendre de lui, que sa générosité lui méritait tous les efforts qu'elle accomplissait, de même qu'elle lui donnait le droit d'être contrarié et irritable quand ces efforts exigeaient de lui, comme c'était souvent le cas, des sacrifices. En effet, se constituant la voix de sa conscience, Hilda s'immisçait toujours dans ses affaires. Telle une surveillante sévère, elle dirigeait le chœur imprécis, anonyme, mais nettement présent, de ceux qui pensaient qu'il devait montrer plus d'initiative, agir et être davantage qu'il ne le pouvait.

Un sentiment d'indignité envahit Eustache, s'insinua entre la musique et lui. Le dialogue céleste semblait maintenant écrit dans une langue étrangère : même s'il pouvait encore en saisir le sens, il n'en comprenait plus les paroles. Pourquoi ne pas se contenter de sa beauté ? Pourquoi essayer de le mettre en parallèle avec sa propre vie ? Pourquoi diable Stephen avait-il soulevé la question de sa relation avec Hilda ? Poursuivre cette comparaison lui était trop pénible. Il essaya de chasser sa sœur de son esprit et d'écouter le disque, libéré du souvenir de Hilda, mais cela ne marcha pas : en lui, un élément froid, figé, résistait à la musique. Il devait s'humilier et rappeler Hilda. Cela fait, cette gangue dure qui enveloppait son cœur s'assouplit, fondit, et la musique versa encore une fois son ineffable message dans son oreille attentive. Il était temps : les deux voix continuèrent leur sublime dialogue pendant deux ou trois mesures encore, puis elles se turent.

« J'ai vu que tu aimais ce morceau, dit Stephen, et je pense que Mlle Hilda l'aurait aimé elle aussi. Avec le troisième mouvement, que je vais mettre maintenant, tu devras affronter de nouveau la vie ordinaire, je le crains. Et, à un moment donné, à deux reprises, en fait, vous devenez tous deux assez stridents et lancez un défi à l'unisson, soit l'un à l'autre, soit à une tierce personne, je te laisse le soin d'en décider. »

La musique reprit à l'allure caractéristique de Bach. Uniforme, ni rapide ni lente, allure de l'esprit plutôt que des émotions, elle remplit Eustache de respect, mais le laissa froid. Ici, il s'agissait de comprendre, non de sentir, et il ne comprenait pas. Toutefois, il attendait avec intérêt le passage tumultueux annoncé quand des cris qu'on entendait depuis un moment, mais qui semblaient faire partie des bruits de la rue, se localisèrent soudain sous leur fenêtre. De toute évidence, ils s'adressaient à eux.

« Hilliard !

— Eustache ! »

Leurs noms montèrent vers eux en une véritable cacophonie. Puis quelqu'un hurla : « Nous voulons Eustache ! » Aussitôt, quatre ou cinq voix reprirent le refrain en chœur. Scandée avec un accent menaçant sur le dernier mot, la phrase « Nous voulons *Eustache*! » remplit l'air.

Stephen lança à son invité un regard interrogateur.

« Si nous ne leur prêtions aucune attention ? suggéra-t-il.

— Je crains que cela ne serve à rien. Ils auront vu la lumière. Tu veux bien leur demander ce qu'ils veulent, Stephen ? »

Ce dernier ouvrit la fenêtre, laissant entrer une bouffée d'air frais. Se penchant au dehors, il parla d'un ton impersonnel, offensé, comme s'il s'adressait à une bande de voleurs de grand chemin.

« Ils veulent que tu descendes les voir, dit-il, de retour dans la pièce, la voix empreinte d'un dépit non dissimulé.

— Qui sont-ils ?

— Je ne sais pas, mais j'ai l'impression qu'ils viennent de Christ Church, dit Stephen. C'est Lakeland qui m'a parlé, je crois. »

Sa façon d'estropier ce nom exprimait sa rancœur.

« Je pensais avoir reconnu sa voix. Elle est très particulière. Avaient-ils l'air hostiles ?

— Non, juste ivres. »

Évitant les yeux de Stephen, Eustache promena un regard perplexe autour de lui. Cette sommation était flatteuse, et Antony devait être à jeun, même si ses amis ne l'étaient pas. Le grattement rythmique de l'aiguille du gramophone emplit la pièce. Pendant l'interruption, le concerto s'était achevé sans qu'aucun des deux ne s'en fût rendu compte. Stephen s'approcha de l'appareil et d'un geste plus brusque qu'à l'ordinaire ôta le disque.

« Quoi qu'il en soit, nous avons entendu le passage strident, n'est-ce pas ? » dit Eustache, tout contrit.

Stephen ne répondit pas, mais aussitôt, tel un commentaire des paroles d'Eustache, le chœur exigeant de « Nous voulons Eustache » frappa de nouveau leurs oreilles.

« Je ferais bien de descendre les calmer », dit Eustache, gêné. Il se leva, l'air coupable et soucieux. « J'ai passé une charmante soirée, Stephen, et je suis désolé de l'interrompre, mais je pense qu'ils y mettraient fin de toute façon. Une fois de cette humeur, ils sont capables de tout. »

Stephen ne semblait pas disposé à lui dire au revoir.

« Ne m'avais-tu pas dit que tu voulais travailler ? » demanda-t-il.

Eustache jeta un coup d'œil au crâne sur la cheminée. Celui-ci lui rendit un regard torve, mais ne put lui indiquer l'heure. Eustache se mit à explorer la poche de son pantalon à la recherche d'une montre qui avait glissé dans un coin comme honteuse d'avoir à enregistrer tout ce temps perdu.

« Il n'est que onze heures. Je vais juste les voir, puis je rentrerai en vitesse à Stubbs.

— Eh bien, si tu ne peux pas faire autrement… dit Stephen qui semblait avoir retrouvé sa bonne humeur. Mais je ne sais si Mlle Hilda t'approuverait. »

Il se baissa pour ramasser la cape d'Eustache qui, pareil à un chat noir endormi, gisait dans un coin. Soulagé et reconnaissant de voir que son hôte semblait maintenant accessible aux adieux, il lui prit le vêtement des mains.

« Tu viendras déjeuner avec Hilda et moi mercredi prochain, n'est-ce pas ? demanda-t-il. Elle sera ici pour la journée.

— Je n'oserai pas.

— Oh ! je t'en prie ! Je te répète qu'elle est charmante et même, de l'avis général, une véritable beauté. »

Soudain un « NOUS VOULONS EUSTACHE » assourdissant traversa la fenêtre et monta même, affaibli, dans la cage d'escalier.

« Au revoir, Eustache, dit Stephen. Je ne veux pas te retenir, tes amis t'attendent. »

Il ferma la porte, éteignit la lumière et, s'asseyant sur la banquette située sous la fenêtre, regarda en bas, dans la rue. Il vit Eustache sortir et se faire entourer aussitôt de silhouettes tourbillonnantes dont les cris sauvages suggéraient qu'elles allaient le mettre en pièces. Aux yeux désabusés de Stephen, sa longue cape d'étudiant au milieu de leurs capes courtes le faisait ressembler à une vieille corneille assaillie par des oisillons. Quand le vacarme s'apaisa, Stephen entendit Lachish dire :

« Tu n'es pas fâché, Eustache ? Nous voulions vraiment que tu descendes, tu comprends ? »

Stephen ne distingua pas la réponse de son ami, mais le ton était conciliant voire satisfait. Bientôt les voix s'évanouirent dans la direction de Carfax à part, de temps à autre, un rire aigu ou grave, puis les horloges d'Oxford, sonnant onze heures, couvrirent la dernière trace audible d'Eustache et de sa bande.

Trouvant l'air agréable et pas trop frais, Stephen resta assis à la fenêtre, se laissant baigner par la nuit. Presque vide à présent, le High était inondé d'une lumière pâle contre laquelle les ombres se détachaient telles les touches noires d'un clavier. Pendant qu'il regardait, la lune monta derrière la flèche à crochets de St. Mary, en face de lui. Presque plein, le disque blanc sembla l'observer. Levant son visage, Stephen lui rendit un regard presque aussi énigmatique que le sien.

2

Scherzo pour douze allumettes

Il était sept heures. Mlle Cherrington mettait la table pour le dîner. Ses mains gracieuses, mais abîmées par les travaux et parcourues de veines saillantes, paraissaient bleuâtres sur la nappe blanche. Après avoir disposé deux couverts, elles cessèrent leur va-et-vient. Mlle Cherrington leva la tête.

Une ampoule électrique pendait au-dessus de la table. Pour protéger les yeux et le teint des dîneurs, on avait drapé l'abat-jour très blanc d'un jupon de soie rose. Lorsqu'elle se pencha, Mlle Cherrington n'en reçut pas moins une lumière crue sur son visage renversé. Cet éclairage révéla une abondante chevelure grise ramenée en arrière sans être tirée, un front et des joues ridées, une peau flétrie, des yeux fatigués mais toujours d'un bleu intense, un nez osseux proéminent et une bouche que l'autodiscipline avait modelée en ligne droite. Elle réfléchissait si profondément qu'on aurait pu la croire en train d'écouter. Puis comme incapable de répondre à sa propre question, elle ouvrit la porte et cria vers le haut de l'escalier :

« Barbara ! »

Un bruit joyeux et tonique d'éclaboussures, reconnaissable mais étouffé, descendit de la salle de bains à la petite entrée. N'obtenant pas de réponse, Mlle Cherrington appela de nouveau.

Le clapotis cessa. Une voix retentissante demanda :

« Qu'y a-t-il, tante Sarah ?

— Hilda t'a-t-elle dit... » commença Mlle Cherrington, criant presque aussi fort que Barbara. Ne pouvant se départir plus longtemps de ses manières distinguées, elle reprit d'une voix normale : « ... à quelle heure elle arriverait ? »

Après un silence, on entendit un grand remous d'eau, puis la porte s'ouvrit et une silhouette, vêtue seulement d'un drap de bain, apparut en haut de l'escalier.

« Oh ! » L'exclamation de Mlle Cherrington exprimait bien des craintes.

« Excuse ma tenue inconvenante, dit Barbara, et ne t'inquiète pas : je n'attraperai pas froid. Hilda m'a dit qu'elle risquait d'être un peu en retard. Elle nous demande de ne pas l'attendre.

— Dans ce cas, je mettrai trois couverts.

— Oui, bonne idée. Si Jimmy arrive à l'improviste, il aura déjà mangé. Sinon, il se passera de dîner.

— Ah ? Il vient ? » demanda Mlle Cherrington d'un ton qui trahissait un sentiment d'impuissance.

Au lieu d'une réponse, il n'y eut que le tourbillon d'une serviette, l'éclair d'une jambe rose et un claquement de porte.

Pensive, Mlle Cherrington retourna dans la salle à manger, mit un autre couvert, puis, hésitante, comme si elle sacrifiait son propre sens des convenances à celui d'une autre personne, elle s'approcha de la cave à liqueurs posée sur le buffet. Ce cadeau qu'Eustache avait fait à son père lui rappelait toujours son neveu. Sortant l'étincelante et lourde bouteille carrée, elle la leva à contre-jour. Oui, il y en avait juste assez. Elle la remit en place.

Eustache avait collectionné beaucoup de petits objets – bols, tasses, soucoupes, assiettes, verres, vases, louches, boîtes à thé – tous destinés à contenir quelque chose. Bien que vides et inutilisés à présent, il n'en fallait pas moins les nettoyer régulièrement. Mlle Cherrington fronça les sourcils. Certains, comme la cave à liqueurs, avaient été offerts à la famille. Ses membres, s'intéressant peu au bric-à-brac, ignoraient ce qui leur appartenait en propre. Pourtant, la question se posait et donnait lieu à de légères discussions chaque fois qu'Eustache voulait emprunter quelques-unes de ces babioles pour sa chambre à Oxford. Il disait que leur valeur augmenterait un jour. Mlle Cherrington en doutait. Eustache n'avait pas le sens de l'argent : celui-ci lui était venu trop facilement. Certes, il avait également une bourse, mais les bourses, on les obtenait, on ne les gagnait pas. C'étaient des faveurs que la vie dispensait à ses chouchous, dont Eustache semblait faire partie – des faveurs presque aussi imméritées qu'un prix au sweepstake. Elles l'empêchaient de se colleter avec la vie. Et son goût pour le bric-à-brac n'était-il pas un autre aspect de cette même faiblesse : le désir de s'entourer d'objets devenus inutiles, qui ne vous apportaient rien, qui menaient une existence privilégiée loin de l'agitation d'un quotidien ignoré – parasites qu'on tolérait pour leurs attraits ?

C'est seulement pendant la guerre que cette tendance s'était développée chez Eustache. Ensuite, sa vie à Londres l'avait renforcée. Mlle Cherrington en connaissait l'origine : Anchorstone, le salon de Laburnum Lodge, où tout avait commencé. Mlle Cherrington avait désapprouvé qu'Eustache gagnât de l'argent en jouant au piquet avec Mlle Fothergill. Si elle avait su que ces shillings ne faisaient qu'annoncer l'héritage qui allait changer leurs vies ! Ça, ç'avait été comme gagner à la loterie. Alfred s'était moqué d'elle quand elle l'avait supplié de ne pas l'accepter ; il avait même ri le jour où elle l'avait supplié de se souvenir que cet argent ne lui appartenait pas. Elle n'avait jamais compris pourquoi, à l'époque, tout le monde exprimait d'une manière cachée, sournoise, la même satisfaction qu'à la naissance d'un enfant – tout le monde sauf la famille de Mlle Fothergill et sa dame de compagnie. Dieu merci, elle n'avait jamais eu à les rencontrer. Après tout, les Cherrington n'avaient pas à être fiers du tour que leur avait joué la vieille dame. Après plusieurs attaques, elle savait peut-être à peine ce qu'elle faisait. Elle leur avait enlevé Eustache, l'avait mis sur la mauvaise voie, voilà ce qu'elle avait fait. Elle lui avait donné des idées qui ne menaient à rien. Mlle Cherrington en était convaincue.

Parvenu à ce point, son esprit refusa, comme presque toujours, d'examiner davantage les associations que le nom d'Eustache appelaient : elles lui cachaient son neveu, la rendaient injuste à son égard. Au prix d'un effort, elle détourna les yeux des petits objets qui l'évoquaient et les posa sur des meubles datant d'avant la naissance d'Eustache. Les chaises, la table et ce curieux buffet ne correspondaient peut-être pas au goût de tout le monde, mais ils appartenaient à la période où elle avait formé le sien et s'était forgé sa propre vision du monde. Ils étaient authentiques, ne portaient nulle trace d'une alliance néfaste entre le charme et l'ignorance. C'était pareil pour Barbara, bien qu'elle se conduisît d'une façon bizarre selon les critères de la génération de Mlle Cherrington, et c'était pareil pour Hilda, selon n'importe quels critères.

Pour elles, le monde était un lieu de travail et non une maison de jeu.

Mlle Cherrington finit de mettre la table, puis elle alla aider Annie à la cuisine.

« Ce potage était délicieux, dit Barbara alors qu'elles terminaient leur entrée. C'est une boîte de conserve ?

— En voilà une idée ! Je te demanderai de ne pas parler de nourriture. Tu sais que j'ai horreur de cette mauvaise habitude. »

Sa voix, cependant, ne contenait aucun reproche, et le regard qu'elle lança à Barbara, assise de l'autre côté de la table, restait empreint de tendresse.

« Pourquoi as-tu mis cette robe ? poursuivit-elle. N'est-elle pas un peu… un peu vaporeuse pour un dîner en tête à tête avec une tante ? »

Barbara fit passer son regard d'une de ses rondes épaules à l'autre, puis sur la taille de sa robe qui, selon l'étrange mode du jour, retombait sur ses cuisses. Quand elle releva la tête, son visage au même nez retroussé qu'Eustache, mais coulé dans un moule plus jovial, luisait d'un rose plus foncé sous ses doux cheveux bruns.

« D'abord, j'ai pris un bain, et ensuite, vois-tu, nous ne serons pas seules. Hilda va arriver d'une minute à l'autre, et Jimmy viendra peut-être plus tard.

— J'espère qu'il n'est rien arrivé à Hilda ! s'écria Mlle Cherrington sans relever la dernière phrase de Barbara.

— Penses-tu ! Elle est assez grande pour faire attention à elle. Crois-tu qu'on pourrait l'enlever ? »

Mlle Cherrington sembla légèrement peinée, puis, quand cette expression s'effaça, elle l'arbora une fois encore, en l'accentuant, comme pour montrer qu'elle n'avait pas été fortuite.

« Était-ce vraiment sage d'inviter M. Crankshaw précisément ce soir ? demanda-t-elle en fixant un regard sévère sur le poulet qu'Annie avait posé devant elle.

— Mais je ne l'ai pas invité, je lui ai simplement dit qu'il pouvait passer quand il voulait. Or il se trouve qu'il pensait pouvoir se libérer ce soir. La présence de Hilda ne le dérangera pas, si c'est de cela dont tu veux parler. De toute façon, j'aimerais qu'il fasse sa connaissance, bien qu'il me soit impossible d'imaginer ce qu'ils trouveront à se dire. »

Ayant fini d'examiner la volaille, Mlle Cherrington en coupa une aile avec une adresse toute professionnelle et la tendit à Barbara. Elle-même prit une cuisse.

« Oh ! non, je voulais dire que Hilda préférerait sans doute être seule avec nous, elle qui vient déjà si rarement. Je suis sûre qu'elle a beaucoup de choses à nous raconter sur la clinique et… et sur Eustache. Occupée comme elle l'est, elle s'est donné la peine d'aller le voir à Oxford. Elle aura peut-être du mal à parler librement devant un étranger. »

Barbara se servit une grosse cuillerée de sauce à la mie de pain.

« Cela ne la gênera pas. Jimmy est charmant. Elle aura largement le temps de tout nous raconter avant son arrivée. Ensuite, si vous avez toujours des secrets à vous confier, nous pouvons nous retirer dans le salon et allumer le chauffage à gaz. D'ailleurs, il n'est pas du tout sûr qu'il vienne. Il a beaucoup de travail en ce moment.

— Quel âge a-t-il déjà ?

— Il vient d'avoir vingt et un ans.

— Ne m'avais-tu pas dit qu'il en avait vingt-trois ?

— Ça, c'était quelqu'un d'autre. Tu confonds.

— Cela n'aurait rien d'étonnant. Enfin… tant que toi tu ne mélanges pas leurs âges… M. Crankshaw, c'est l'ingénieur, n'est-ce pas ?

— Oui, mais ne dis pas ça comme s'il était mécanicien. Quand il aura passé son examen, il pourra mettre plusieurs lettres après son nom, au moins quatre, et pas seulement B. A.[1], comme Eustache.

— Je me demande si Eustache avance dans ses études. C'est bien dommage qu'il ne reçoive plus de bulletin scolaire. C'était peut-être une erreur de le laisser aller à Oxford. Les jeunes gens, là-bas, semblent passer une grande partie de leur temps à s'amuser.

— C'est ce que dit Jimmy. Pas par envie, remarque. Une fois qu'il aura son diplôme, il sera sûr d'obtenir un boulot, même si ce n'est que dans un garage. Alors qu'un

1. Bachelor of Arts.

B. A. peut avoir du mal à trouver un emploi. Ce n'est qu'un titre honorifique.

— En outre, Eustache est beaucoup plus âgé que la moyenne des étudiants. Il commence avec un handicap. Chut ! Tu n'as pas entendu sonner ? »

Elles tendirent l'oreille. Un deuxième coup de sonnette déchira le silence avec tant de force que les deux femmes se demandèrent comment elles avaient pu avoir le moindre doute au sujet du premier.

« Va ouvrir, dit tante Sarah. Je pose le poulet devant le feu. J'aurais dû le faire plus tôt. Annie a sûrement gardé la soupe au chaud dans la cuisine. »

Barbara se leva d'un bond. Mlle Cherrington entendit la porte d'entrée s'ouvrir et des voix animées qui se saluaient – un bruit unique en son genre. Les tons graves, chaleureux et sonores de Hilda se mêlaient au gazouillis insouciant de Barbara tels un violoncelle et une flûte. Mlle Cherrington se réjouit de ce que les sœurs eussent beaucoup de choses à se dire et qu'elles se les disent avec autant d'ardeur. On avait intérêt à cueillir Hilda à son arrivée, lorsqu'elle était encore d'humeur bavarde. Barbara pouvait parler n'importe quand, mais Hilda ne le faisait que stimulée par un événement ou sous le coup d'une émotion. Pour elle, la conversation était une forme d'activité et non un automatisme naturel.

Il était huit heures passées. Mlle Cherrington espérait de tout son cœur que l'ingénieur de Barbara serait retenu par son travail. Selon Barbara, tous ses amis travaillaient beaucoup, cependant, comme par hasard, ils trouvaient souvent le moyen de se libérer le soir.

La porte s'ouvrit, et quand Hilda entra, on voyait à peine qu'elle était suivie de Barbara. Mlle Cherrington se leva et embrassa sa nièce aînée.

« Comment vas-tu, Hilda ? demanda-t-elle avec une vraie sollicitude. Ton voyage t'a fatiguée ? Laisse-moi te regarder.

— Je vais très bien, merci, tante Sarah. Tu sais que je ne suis jamais fatiguée. »

Elle se tint là un instant, presque figée, souriante, comme pour permettre à sa tante de l'examiner. L'odeur humide de l'air nocturne la suivait. Reflétant la lumière, des gouttelettes éparpillées sur son col de fourrure et sur ses cheveux scintillaient telle de la rosée. Son visage qu'ombrageaient les côtés soyeux de son col resplendissait de fraîcheur. Elle ressemblait à une de ces cactées à floraison nocturne surprise en train de s'épanouir. Puis, comme inconsciente de la poésie qui émanait d'elle, elle ôta son manteau d'un geste vigoureux et le jeta sur une chaise où son chapeau vint presque aussitôt le rejoindre.

« J'aurais dû me déshabiller dans l'entrée, dit-elle, mais j'avais hâte de te voir. »

À présent, le feuillage de cette fleur semblait très sévère. Un col blanc presque masculin et une cravate noire couronnaient une veste et une jupe en serge bleu marine. Cette tenue avait l'aspect intimidant d'un uniforme sans en être un. En accord avec l'idée d'uniforme, mais en dépit de la mode, la taille de cet ensemble était plus ou moins ajustée. Aussi quand Hilda leva les mains pour lisser ses cheveux, puis tendit le bras pour tirer une chaise, ses vêtements permirent-ils de découvrir sa silhouette exquise. Ses mouvements mêmes étaient si gracieux que Mlle Cherrington et Barbara, qui les connaissaient par cœur, la regardèrent en silence.

« Ouf ! s'exclama-t-elle en se laissant tomber sur une chaise. J'ai couru toute la journée !

— Ça ne m'étonne pas, dit Barbara. Et tu as dû en faire courir d'autres aussi. »

Hilda la regarda fixement.

« D'autres ? dit-elle, perplexe.

— Oui, les porteurs, les chauffeurs de bus et de taxi, Eustache et cetera. D'autres personnes, quoi.

— Ah, je vois… » murmura Hilda.

Commençant à comprendre, elle fit entendre un de ses rares éclats de rire. C'était un numéro que le rire de Hilda, un brusque accès, ni bruyant ni rauque, mais spectaculaire, métamorphosant, une visite du dieu de la gaieté qui exigeait l'attention de tout son être. Reprenant haleine, elle admit, des larmes aux yeux :

« Oui, j'ai dû en faire courir quelques-unes.

— Raconte-nous tout », dit Barbara.

Tante Sarah opina.

« Oh, il n'y a pas grand-chose à raconter. »

Tandis que Hilda plongeait dans ses pensées, on pouvait presque voir celles-ci lui échapper, se cacher dans les recoins de son esprit et perdre la majeure partie de leur intérêt antérieur.

« J'ai quitté Highcross vers huit heures…

— L'as-tu laissée en bonnes mains ? » s'informa Barbara.

Hilda la regarda, sans rire cette fois.

« La nouvelle infirmière en chef semble très compétente, dit-elle. J'espère qu'elle l'est. Nous nous sommes donné assez de mal pour la trouver. De toute façon, s'il y avait un problème, ils savent où me trouver. Bon, j'ai fait des courses à Londres. J'ai acheté des gants…

— Quel genre de gants ? demanda Barbara.

— Des gants de coton. Pas pour moi, pour les enfants. » Sans remarquer l'air déçu de Barbara, Hilda poursuivit : « Ainsi que quelques balais-brosses et un nouvel aspirateur.

— Ne peux-tu confier ce genre de tâche à l'économe ou comment on appelle ça ?

— Barbara, ma chérie, cesse d'interrompre ta sœur, dit Mlle Cherrington.

— Oh, ça m'est égal, déclara Hilda. Non, ces gens les exécutent si mal qu'en fin de compte on gagne du temps à s'en occuper soi-même. Bon, après ces emplettes, je suis partie à Oxford où je suis arrivée vers midi et demi. À la gare, j'ai failli prendre un taxi, mais quand j'ai demandé le prix de la course, le chauffeur m'a indiqué une somme si exorbitante et s'est montré si désagréable que j'ai décidé d'y aller à pied. De toute façon, Beaumont Street n'est pas bien loin. Eustache n'habite plus au Collège. Ils l'ont mis dehors.

— C'est monstrueux ! s'indigna Barbara. Est-ce que ça équivaut à un renvoi ?

— Mais non, pas du tout. Seulement, avec tous ces soldats démobilisés et le nombre normal d'étudiants de première année, ils manquent de place. Ils préfèrent envoyer les étudiants plus âgés dans des meublés et garder les plus jeunes au Collège où ils peuvent les surveiller.

— J'aurais cru que c'étaient les plus âgés qui avaient davantage besoin de surveillance », fit remarquer Barbara.

Hilda sembla surprise.

« Pourquoi ? On pourrait croira qu'ils deviendraient plus raisonnables en vieillissant.

— Cela dépend sans doute de beaucoup de choses, intervint Mlle Cherrington. Pour ma part, je regrette qu'Eustache soit tellement livré à lui-même, mais sans doute ai-je tort.

— Oh non, pas tellement, dit Hilda d'un air sombre.

— Il est comment, son appartement ? demanda Barbara.

— Eh bien, le séjour est clair et spacieux, plus grand que nécessaire, à mon avis, mais la chambre à coucher n'est qu'un obscur réduit. Pas sûr que l'inspection de l'hygiène approuverait. J'ai demandé à Eustache : "Pourquoi ne cherches-tu pas un appartement où chambre à coucher et séjour auraient la même dimension ?" »

Devant le bon sens d'une telle solution, la voix de Hilda s'animait.

« Et qu'est-ce qu'il a répondu ? s'enquit Barbara.

— Qu'il avait besoin d'un grand salon pour recevoir ses amis. Ceux-ci venaient souvent le voir. Et qu'il n'y avait pas d'autre appartement, au centre de la ville, qui remplît cette condition.

— Eustache a toujours aimé les logements bien situés.

— Oui, et il le paie assez cher : trois livres par semaine ! "Pourquoi ne pas habiter un peu en dehors de la ville où tu pourrais aussi avoir un grand séjour pour un loyer moins élevé ? ai-je demandé. – Parce qu'alors mes amis ne me rendraient pas visite, a-t-il répondu. – Mais est-ce bien cela que tu veux ? Ne te dérangent-ils pas dans ton travail ? N'est-il pas gênant d'avoir à les mettre à la porte ? – Oh, je ne ferais jamais ça ! Ils risqueraient de ne plus revenir."

— Ce bon vieil Eustache ! s'écria Barbara. A-t-il reçu une visite pendant que tu étais chez lui ?

— Non, aucune, mais un de ses amis a déjeuné avec nous.

— Un de ses amis ? Dis-nous comment il était. »

Dans le silence qui suivit, on sentit croître l'intérêt.

« Décrire les hommes n'est pas mon fort, vous savez, finit par répondre Hilda.

— Je suis sans doute plus observatrice que toi à ce sujet, déclara Barbara d'un ton satisfait. Était-il, voyons… très distingué et tout ça ? Comme la plupart des amis d'Eustache ?

— Cela ne m'a pas frappée. Il était mis de façon assez élégante – bien plus qu'Eustache qui ressemblait à un clochard. (J'ai d'ailleurs apporté quelques-uns de ses vêtements pour que tu les lui répares, Barbara.) Et il parlait une langue plutôt recherchée. Il m'a d'abord paru si maniéré au point que je me suis demandé s'il se moquait de moi.

— Impossible ! s'écria Barbara.

— Je ne le crois pas non plus. Mais il m'a dit qu'il avait eu peur de me rencontrer. Tu sais comment parlent certains amis d'Eustache : ils débitent un tel tas de sottises qu'on n'arrive pas à savoir ce qu'ils veulent dire. Eustache a d'ailleurs pris lui aussi cette habitude, je le lui ai fait remarquer ensuite. Cet homme était plutôt différent. Il m'a posé toutes sortes de questions sur la clinique, dont certaines parfaitement idiotes – comme, par exemple, si les filles avaient le droit de se maquiller et si les enfants me mentionnaient dans leurs prières – mais il semblait vraiment intéressé. Il a demandé à Eustache d'essayer de prendre exemple sur moi. Il n'a cessé de le taquiner durant tout le repas.

— Apparemment, un homme intéressant, commenta Mlle Cherrington qui avait écouté le récit de Hilda avec beaucoup d'attention.

— J'en conclus qu'il a tout de même trouvé grâce à tes yeux, ajouta Barbara. Comment s'appelle-t-il ?

— Hilliard – Stephen Hilliard. Eustache l'appelait Stephen. Dans cette bande, les gens s'appellent par leur prénom. Ça me paraît plutôt puéril. M. Hilliard m'a confié qu'il travaillerait dans le cabinet d'avocat de son père. “J'espère avoir un jour le plaisir de vous défendre contre vos handicapés ou bien… (il s'est incliné devant moi)… de défendre les handicapés contre vous.” Son petit discours a paru énerver Eustache, mais moi, il ne m'a pas gênée du tout. Ensuite, Eustache l'a fait parler de lui et de ses expériences pendant la guerre. M. Hilliard s'est battu courageusement et a reçu la M. C.[1]. Selon lui, la vie civile était bien plus dangereuse ; j'aurais dû recevoir la V. C.[2] pour mon activité, m'a-t-il assuré. Bien entendu, il n'en croyait pas un mot.

— Ce n'est pas certain, dit Barbara. On ne sait jamais avec les hommes.

— Au moment de prendre congé, il m'a demandé : “Votre clinique ne reçoit-elle que des handicapés ou

1. Military Cross.
2. Victoria Cross.

puis-je venir vous rendre visite, moi aussi ? – Mais oui, certainement", ai-je répondu. Je l'ai toutefois prié d'éviter les lundis, mardis, mercredis ou vendredis car il me serait impossible de le voir alors. Tout autre jour me conviendrait s'il me prévenait suffisamment à l'avance.

— Tu aurais pu te montrer plus chaleureuse, dit Barbara.

— Non, Hilda avait raison, approuva Mlle Cherrington. Un homme aussi sérieux que semble l'être M. Hilliard ne l'en respectera que davantage : elle refuse de perdre son temps et de lui faire perdre le sien. »

À cet instant, Annie apporta le café. Tandis qu'elle distribuait les tasses, les trois autres femmes se turent, chacune ruminant ses pensées.

« Tu ne nous as pas encore dit ce que vous avez mangé au déjeuner », lança soudain Barbara.

Hilda parut irritée.

« C'est bien de toi de vouloir savoir ce genre de chose. Je ne m'en souviens plus. Ah si ! Je m'en souviens parce que Eustache ne cessait de s'excuser, disant que nous aurions fait un meilleur repas chez Steph... chez M. Hilliard. Nous avons mangé une salade de crabe, des meringues et du fromage, puis nous avons bu un café.

— Mmm... Quel délice ! soupira Barbara d'un air provocateur.

— Ça devait être cher et peu nourrissant, dit Mlle Cherrington. À mon avis, un repas plus simple aurait davantage été de circonstance.

— Eustache avait commandé du vin blanc, ce qui était tout à fait inutile vu que je n'en prends jamais et que M. Hilliard n'en a bu qu'un verre pour tenir compagnie à Eustache. Et nous avions déjà bu du sherry en apéritif. »

Mlle Cherrington fronça le sourcil.

« Mauvais prélude à une après-midi studieuse, commenta-t-elle.

— C'est ce que j'ai pensé, acquiesça Hilda. Je l'ai même dit à Eustache, et M. Hilliard était d'accord avec moi. D'habitude, Eustache va se promener l'après-midi, mais ce jour-là, par malchance, il devait se rendre à trois heures à un cours ou à des travaux pratiques, je ne sais plus. Cela m'ennuierait-il de rester seule pendant une heure ? m'a-t-il demandé. Je lui ai assuré que non, puis, comme il avait encore le temps, nous avons bavardé un moment. »

Hilda se tut une seconde.

« J'avais remarqué qu'Eustache avait l'air un peu préoccupé, reprit-elle. Quand je l'ai pressé de parler, il m'en a donné la raison : l'administration du Collège voulait le faire renoncer à sa bourse.

— À sa bourse ? Et pourquoi ? demanda Barbara en se versant une autre tasse de café.

— Eh bien, ils disent que St. Joseph est un collège pauvre. Ils savent qu'Eustache a des ressources personnelles et estiment juste que ceux qui peuvent se le permettre sacrifient leur bourse au profit d'étudiants vraiment pauvres.

— Je n'ai jamais rien entendu d'aussi monstrueux ! s'écria Barbara.

— Moi, je comprends leur raisonnement, déclara Mlle Cherrington. À mon avis, les bûcheurs issus de familles nécessiteuses devraient avoir la priorité.

— C'est ce que pensait Eustache, dit Hilda, mais je n'étais pas d'accord avec lui. Vous connaissez sa tendance à adopter le point de vue d'autrui. En partie, c'est par paresse, parce qu'il n'aime pas faire d'histoires, en partie parce qu'il a le sentiment morbide qu'en défendant simplement ses droits, il se met dans son tort. Il doute que la justice puisse vraiment être de son côté, ce qui est aussi bête que de croire que vous avez toujours raison, et beaucoup moins humain. Je l'ai poussé à résister, à refuser d'abandonner sa bourse – il s'agit de cent livres, après tout. Mais il m'a répondu que cela lui était impossible, que cela ferait très mauvais effet – vous savez à quel point il tient aux apparences. Donc, quand il est parti à son cours, je suis allée voir le directeur de St. Joseph. »

Barbara et sa tante échangèrent un regard horrifié.

Le directeur de St. Joseph était une personnalité connue, non seulement à Oxford, mais aussi dans le reste du pays où on le vénérait peut-être encore plus que dans la ville universitaire. Les journaux le citaient dans leur rubrique *Les mots de la semaine*, ses moindres déclarations avaient du poids. On était sûr de trouver son nom sur la liste des personnalités les plus influentes d'Angleterre. Lui rendre visite sans rendez-vous, lui rendre visite tout court, parut à Mlle Cherrington, et même à Barbara, d'une incroyable audace.

« Avais-tu prévenu Eustache ? » demanda Barbara.

Hilda la regarda, étonnée.

« Bien sûr que non. Il aurait essayé de m'en empêcher. Vous le connaissez : il faut toujours agir à sa place. Je me suis donc rendue à la loge du concierge et j'ai demandé où habitait le docteur Gregory. Après m'avoir dévisagée (si seulement les gens pouvaient s'en abstenir !) il m'a fait traverser une cour et m'a laissée devant une porte. Par bonheur, j'avais une carte de la clinique avec moi. Je l'ai donnée au majordome. À son retour, celui-ci m'a dit que monsieur le directeur serait heureux de me recevoir. »

Hilda marqua un temps d'arrêt. Elle n'eut pas l'air d'apprécier l'effet théâtral qu'il produisit, mais ses auditrices étaient suspendues à ses lèvres.

« Cette carte était un coup de chance, reprit-elle. Il croyait en effet que je venais le voir au sujet de la clinique. “C'est très étrange, mademoiselle Cherrington, m'a-t-il dit, mais cinq minutes avant votre arrivée je lisais cet article dans le *Clarion*.” Voyant mon air perplexe, il m'a demandé :

“Vous ne l’avez pas lu?” Alors je me suis rappelé qu’un journaliste était venu à la clinique la semaine dernière. Je lui avais fait visiter les lieux et parlé de notre travail. J’ai expliqué au docteur Gregory que je n’avais guère le temps de lire les journaux et que, de toute façon, j’étais sortie avant qu’on ne nous les livre. Il m’a donc montré l’article, puis l’a obligeamment découpé pour que je puisse l’emporter. Je l’ai lu dans le train. Il contient pas mal de bêtises, mais l’ensemble se tient. Et, bien entendu, il nous rend service.

— On peut le voir?

— Bien sûr», dit Hilda. Elle fouilla dans son sac et en sortit une coupure de journal d’une quinzaine de centimètres de long. «Mais laissez-moi d’abord vous raconter ce qui s’est passé. Le docteur Gregory s’est montré très aimable. Il ne serait que trop heureux de faire quelque chose qui pût aider une si belle cause, m’a-t-il dit. Il mentionnerait notre établissement dans le discours qu’il ferait prochainement à Londres sur la Protection de l’enfance. Bien entendu, il continuait à croire que je venais le voir pour la clinique. Ensuite, je lui ai expliqué – et ça a été un moment gênant – qu’en réalité j’étais venue lui parler d’Eustache. Alors, il a changé d’attitude. Il s’est levé et s’est planté devant la cheminée, le dos au feu. Mais je ne me suis pas laissé démonter. Je lui ai exposé la vraie situation financière d’Eustache et lui ai révélé que mon frère aurait été deux fois plus riche s’il ne m’avait pas donné la moitié de l’héritage de Mlle Fothergill, argent avec lequel j’avais renfloué la clinique. La construction d’une aile supplémentaire m’avait coûté deux mille livres et j’allais bientôt en dépenser mille autres. S’il lui enlevait sa bourse, ai-je dit, mon sens de l’honneur m’obligerait à rembourser Eustache sur mon salaire de secrétaire.

— Tu le ferais? demanda Barbara.

— Peut-être.

— Qu'a-t-il répondu à ça ?

— Il m'a dit en souriant : “Essayez-vous de nous faire chanter, mademoiselle Cherrington ?” Un peu fâchée, j'ai riposté que, de toute façon, il n'était pas juste de demander à Eustache de renoncer à sa bourse. Il avait trimé pour l'obtenir. Quoi qu'en disent les gens, je sais que c'est vrai parce qu'il est tombé malade, vous vous souvenez ? La lui retirer, ai-je dit, équivalait à une rupture de contrat. “Nous ne la lui retirerons pas, a dit le directeur, nous allons simplement l'inviter à la céder. Il continuera à profiter de l'honneur de l'avoir obtenue.” “Ça ne change rien”, ai-je rétorqué, tout le monde sait qu'Eustache est capable de décrocher une bourse s'il s'en donne la peine. Et le fait est qu'il s'en est donné la peine. Pendant deux ou trois ans, on l'a gavé de connaissances comme un cochon de foire agricole, étant entendu, je dis bien *étant entendu*, que s'il réussissait à son examen il toucherait cent livres par an pendant trois ans. Croyez-vous qu'il aurait fait tous ces efforts et compromis sa santé s'il avait su qu'à la fin il lui faudrait céder sa bourse à quelqu'un d'autre ? »

Hilda éleva la voix, ses yeux lançaient des éclairs. Elle dévisagea sa sœur et sa tante avec autant d'indignation que si elles avaient pris le parti du docteur Gregory.

« Ne nous regarde pas comme ça, ce n'est pas notre faute ! s'écria Barbara. Qu'a-t-il dit ensuite ?

— Il a répété qu'ils n'allaient pas la lui enlever, qu'ils allaient simplement demander à Eustache, comme une faveur pour le bien du Collège voire comme un devoir civique, de permettre à un homme plus jeune et plus pauvre de bénéficier d'une éducation universitaire. Vous pensez qu'il avait raison ? poursuivit Hilda car Mlle Cherrington avait approuvé l'argument du directeur d'un signe de tête. Eh bien, moi non ! J'ai dit : “Si vous le lui présentez ainsi, il acceptera sûrement. On peut dépouiller Eustache de n'importe quoi, il n'a ni l'énergie ni le désir de se défendre. Vous parlez de chantage. Eh bien, faire appel à la gentillesse de quelqu'un pour qu'il agisse contre ses intérêts et ses droits, ça, c'est du chantage !" »

Hilda parlait avec la même ardeur, la même voix vibrante qu'elle avait dû employer pour convaincre le docteur Gregory. Cela avait quelque chose d'hypnotisant. Elle rejetait la tête en arrière comme si elle s'adressait à quelqu'un de plus grand qu'elle. Mlle Cherrington et Barbara sentirent toutes deux que la pièce dans laquelle elles se trouvaient s'était transformée en une autre, beaucoup plus vaste, où Hilda, rouge et véhémente, haranguait un vieux monsieur distingué. Pour Mlle Cherrington, le visage de celui-ci n'était qu'une tache floue, mais Barbara, qui lisait les magazines, le voyait avec netteté : des traits osseux prononcés, un nez proéminent, des yeux enfoncés sous d'épais sourcils noirs, des cheveux gris rebelles qu'il ne coiffait jamais de la même façon et qui constituaient pourtant un signe distinctif. Comme si elle se rendait compte que ses auditrices évoquaient la scène, Hilda poursuivit :

« Puis il m'a dit : "Venez ici un moment." Il m'a conduite à l'autre bout de la pièce, à une fenêtre en encorbellement pourvue d'un siège semi-circulaire, à laquelle on accédait par quelques marches et qui donnait sur le jardin du Collège. Nous nous sommes assis. "Cette vue n'est-elle pas charmante ? m'a-t-il demandé. J'espère que vous en avez une d'aussi jolie de votre chambre, à la clinique." Quand je lui ai répondu que je n'avais guère le temps de regarder par la fenêtre, il a souri. "Écoutez, a-t-il dit, je vais conclure un marché avec vous. Ce n'est pas vraiment mon affaire, mais je leur conseillerai de dire à votre frère que nous ne lui demanderons rien cette fois-ci. En échange, vous pouvez faire quelque chose pour nous." Je lui ai répondu que la clinique était pleine, que nous avions une liste d'attente. "Il ne s'agit pas de ça, a-t-il protesté. Je vous demande juste de dire à votre frère que nous sommes très heureux qu'il soit ici, mais qu'en même temps, nous exigeons beaucoup de nos boursiers pendant leurs études à St. Joseph et aussi après. Nous discernons dans son travail les qualités qui lui ont valu sa bourse, mais il n'a pas l'air de faire de progrès, si vous voyez ce que je veux dire. S'il a gardé le style élégant voire recherché qui rend la lecture de ses exposés si plaisante, il ne s'est pas amélioré dans ce domaine. Il s'intéresse davantage à la manière dont il peut traiter un sujet qu'au sujet lui-même. Je ne me contente pas de répéter l'opinion de mes collègues. Je sais de quoi je parle : je suis son directeur d'études en Sciences politiques. Il arrive, décidé à nous faire passer à tous deux une heure agréable et j'admets qu'il y parvient presque toujours. En fait, cela semble être son attitude dans la vie : passer le temps agréablement et le faire passer agréablement à un nombre croissant d'amis et de connaissances. Son travail est un moyen pour atteindre ce but : trop consciencieux pour le bâcler, il ne s'y plonge jamais à fond, préoccupé comme il l'est de le rendre savoureux et de le servir joliment présenté. Or, ce n'est pas ce que nous voulons ici, en particulier de nos boursiers. Nous voulons un travail en profondeur, un travail à la bêche. C'est un potager ici, non pas un jardin d'agrément. Bien entendu, nous comptons aussi parmi nos étudiants quelques jeunes gens riches et mondains. Leur présence ne nous dérange pas. Ils absorberont ce qu'ils peuvent de l'esprit de notre établissement. Leur fortune et leur position sociale leur confèrent de l'influence dans le monde, aspect qui nous intéresse. Ce sont ces étudiants-là, d'ailleurs, que fréquente votre frère. C'est assez normal, vu qu'il en a connu quelques-uns à l'école. Mais c'est la raison pour laquelle certains d'entre nous ont jugé que l'argent qu'il dépense pour ses soirées où l'on célèbre la Dive Bouteille (ne prenez pas cet air choqué) pourrait être employé à des fins plus utiles (du point de vue du Collège). Je ne pense pas que ce milieu lui soit bénéfique. Ce que je vous demande, c'est d'essayer de lui infuser un peu de l'énergie que vous mettez dans votre travail à la clinique. De lui faire comprendre que l'important dans la vie, à l'université, ou ailleurs, ce n'est pas seulement affaire de relations agréables et d'appellations affectueuses… Puis-je compter sur vous pour lui en toucher un mot ? Vos paroles auront plus de portée que les miennes. Moi, je ne ferais que l'inquiéter, or il s'inquiète facilement. Je voudrais ajouter que je me donnerais moins de mal pour lui s'il ne m'était pas sympathique." Là-dessus, il s'est levé. Il regrettait de devoir mettre fin à notre entretien, a-t-il dit, mais il avait un rendez-vous. Il était cependant heureux que je fusse venue le voir. Il s'intéresserait toujours aux progrès que nous accomplirions à Highcross. Il m'a reconduite jusqu'à la loge. De là, je suis retournée à Beaumont Street. Eustache venait de rentrer et préparait le thé.

— Eh bien, tu t'étais mise dans de beaux draps ! s'écria Barbara. À ta place, je serais morte.

— Dans de beaux draps ? » répéta Hilda.

Sa voix dénotait autant de surprise que si elle avait pris cette expression au sens littéral.

« Pourquoi ? reprit-elle. Rien n'était plus simple. Je n'avais pas eu le temps d'oublier. J'ai pu répéter mot pour mot à Eustache les paroles de son directeur.

— J'espère que tu as réussi à les lui faire comprendre, dit Mlle Cherrington.

— Absolument.

— Et comment les a-t-il prises ? demanda Barbara.

— Mais très bien, en tout cas pour ce qui regardait la nécessité de faire plus d'efforts, de réduire les mondanités et les dépenses en vin. Ce qui a semblé lui déplaire, c'est de devoir continuer à accepter la bourse alors qu'on lui avait pratiquement demandé d'y renoncer. "Ne sois pas bête, lui ai-je dit. J'en ai discuté avec ton directeur et celui-ci ne voit aucun inconvénient à ce que tu la gardes." Ensuite, Eustache s'est tu un moment. "Qu'est-ce qui t'ennuie maintenant?" ai-je demandé. À sa manière habituelle, il est resté longtemps silencieux, mais il a fini par répondre: "Crois-tu que le directeur s'imagine que je t'ai demandé d'aller le voir de ma part et de le persuader qu'il doit me laisser garder cet argent? – Mais non, voyons! ai-je protesté. Pourquoi penserait-il une chose pareille?" Eustache ne m'a pas semblé entièrement convaincu. "Lui as-tu expliqué que tu venais de ton propre chef, pour ainsi dire?" Cela m'a un peu agacée et j'ai répondu: "Quelle importance? L'essentiel, c'est qu'on te laisse ta bourse." »

La sonnette de l'entrée retentit. Barbara se leva d'un bond.

« Ça doit être Jimmy. Je vais lui ouvrir. »

Hilda écarquilla les yeux.

« C'est M. Crankshaw, se hâta d'expliquer Mlle Cherrington en aparté. Un ami de Barbara. Il vient... il vient parfois la voir.

— Zut! s'exclama Hilda. Enfin... je vous ai tout raconté. Eustache sera tranquille maintenant, et c'est tout ce qui m'importe. »

Jimmy Crankshaw était un jeune homme dégingandé aux yeux noirs, un peu trop ronds, une large bouche faite de toute évidence pour la pipe qu'il demanda bientôt la permission de fumer, d'épais cheveux bruns qui avaient tendance à former des touffes. Il portait une vieille veste et un pantalon de flanelle d'une propreté douteuse. On aurait dit que ces vêtements menaient une lutte constante contre les taches de graisse et n'avaient remporté qu'une victoire éphémère.

« Enchanté de faire votre connaissance, dit-il à Hilda en lui lançant un regard appréciateur. Barbara m'a souvent parlé de sa jolie sœur. »

Hilda accepta le compliment d'un air résigné, puis comme si ce genre de rencontre faisait partie de la routine quotidienne, elle répliqua :

« Je suppose que vous en savez plus sur nous que nous n'en savons sur vous, monsieur Crankshaw.

— Parle pour toi ! s'écria Barbara. Tante Sarah et moi nous en savons un bout sur Jimmy, n'est-ce pas, tante Sarah ? »

Ainsi sollicitée, Mlle Cherrington chercha dans son esprit une réponse susceptible de concilier la vérité avec la politesse due à un invité.

« Il y a un instant, Barbara me disait justement que vous étiez un homme très occupé, monsieur Crankshaw, hasarda-t-elle. C'est là une chose qui ferait honneur à n'importe qui. »

Barbara regarda Mlle Cherrington d'un air reconnaissant, puis lança un coup d'œil à Hilda pour voir l'effet que produisait sur elle ce témoignage incontestable.

« Nous sommes tous très occupés de nos jours, dit Hilda, et je suis ravie d'entendre que vous ne faites pas exception à la règle, monsieur Crankshaw. Et qu'est-ce qui vous occupe tant ?

— Oh, juste mon travail d'ingénieur, dit M. Crankshaw, bien que sa voix, au soulagement de Barbara, n'exprimât aucune modestie. Mais comme je voudrais avoir une bonne situation, j'assiste le soir à des cours et à des réunions. C'est pourquoi je n'ai pas pu venir plus tôt.

— Inutile de t'excuser, Jimmy, dit Barbara. De toute façon, nous tenions un petit conseil de famille au sujet de mon frère Eustache. Tu n'aurais pas pu y prendre part.

— Qu'en sais-tu ? J'aurais peut-être pu donner un bon conseil. J'ai beaucoup de sens pratique. D'après ce que j'ai cru comprendre, votre frère est plutôt un rêveur. »

Hilda se leva et rassembla bruyamment les tasses à café.

« Ne dis pas des choses pareilles ! s'écria Barbara. Hilda se croit la seule personne autorisée à critiquer Eustache.

— Je ne le critiquais pas ! s'indigna Jimmy. Qualifier quelqu'un de rêveur n'est pas une critique !

— Bien sûr que non, dit Mlle Cherrington, prenant la défense de leur invité. De toute façon, aucun de nous n'est au-dessus de toute critique. Celle-ci, évidemment, ne devrait pas être blessante. Eustache a souvent besoin d'être dirigé. À certains moments, nous l'avons tous aidé de nos conseils amicaux. Je ne le crois pas assez bête pour nous en vouloir. »

Sa voix laissait entendre qu'il aurait pu l'être.

« Bon, et maintenant je propose que nous cessions de parler d'Eustache, dit Barbara. Comme pour la chasse, il devrait y avoir des saisons pour ça. C'est une sorte de jeu. Quand Jimmy aura fait sa connaissance, il pourra participer à la discussion et dire : "Je pense qu'Eustache aurait dû faire *ceci*" – lorsqu'il est tombé du canot, par exemple, et ne pouvait décider vers quelle rive nager. Ou bien : "C'était une folie de la part d'Eustache" – quand mon frère a oublié de mettre son cache-nez pendant qu'il regardait un match de cricket universitaire et qu'il a attrapé un gros rhume. Critiquons Jimmy pour changer. Vous ne trouvez pas sa cravate un peu voyante ? »

Trois paires d'yeux convergèrent sur M. Crankshaw et, même s'ils ne s'y attardèrent pas, leur examen laissa le visage du jeune homme plus rouge que sa cravate.

« On pourrait croire qu'il est bolchevique, n'est-ce pas ? reprit Barbara. Et, bien entendu, il l'est, quoiqu'il ne l'admettrait jamais devant vous. »

M. Crankshaw croisa les bras et parcourut du regard les visages levés vers lui : celui de Barbara, moqueur et provocant, celui de Mlle Cherrington qui était en train de perdre rapidement toute expression – mauvais signe –, celui de Hilda dont la beauté, trouva-t-il, s'était mise à briller d'un éclat plus profond. Il décida de s'adresser à cette dernière.

« Je ne suis pas un Bolchevique, mademoiselle Hilda, protesta-t-il. Cette cravate ne veut rien dire. Barbara devrait le savoir : c'est elle qui me l'a offerte.

— Ce n'est pas très gentil de dire ça, ronchonna Barbara. Tu peux toujours attendre que je t'en offre une autre.

— Il paraît que les femmes ne savent pas choisir les cravates, déclara Hilda en lorgnant de nouveau celle de Jimmy. Certains diraient peut-être qu'elle vous donne l'air d'un porteur de gare, mais à choisir entre les deux, je préférerais encore ressembler à un Bolchevique. Au moins, ces gens-là ont un idéal.

— Ah, tu vois ? s'écria Jimmy, triomphant.

— Remarquez, je ne l'approuve pas, leur idéal », poursuivit Hilda, appuyant son coude sur la table et brandissant le doigt en direction de Jimmy, qui recula légèrement. « Ils pensent qu'une action devient juste s'ils peuvent persuader assez de gens de l'accomplir. Ils n'ont aucun sens de la responsabilité morale personnelle. J'espère que vous n'êtes pas comme eux.

— Pas du tout, assura Jimmy en se ressaisissant. Je crois toutefois à la responsabilité partagée. Trop de responsabilité morale est néfaste. Prenez un pays, une affaire ou n'importe quelle entreprise qui dépend d'un seul homme. Que se passe-t-il quand celui-ci tombe malade ou meurt ?

— Cette affaire ou cette entreprise risque de disparaître, dit Hilda. Mais il faut se rappeler que c'est lui qui l'avait créée, que sans lui elle n'aurait jamais existé. Elle n'a pas été mise sur pied en partageant des responsabilités. Moi, si je mourais, la clinique de Highcross... »

Les yeux de Jimmy qui, pendant le laïus de Hilda sur la responsabilité, avaient erré autour de la pièce, s'illuminèrent soudain.

« J'ai justement lu un article à ce sujet, dit-il. Le journal publie aussi une photo de vous. »

Il sortit son portefeuille et en extirpa une coupure glissée entre d'autres photos dont on ne voyait que le bord. « *Intelligence, beauté et générosité se donnent rendez-vous à Highcross,* lut-il.

— Je ne l'ai pas encore vu, celui-là », dit Hilda.

Tous se levèrent et examinèrent la personne représentée comme s'il se fût agi d'une étrangère, ce qui aurait pu être le cas : sur cette photo en noir et blanc et avec son air sévère, Hilda semblait avoir trente-sept ans et non vingt-sept.

« Pas mal, hein ? commenta Jimmy. Mais vous avez vraiment l'air de porter toute la souffrance du monde sur vos épaules. Avez-vous créé cette clinique à partir de rien, mademoiselle Cherrington ?

— Je l'ai transformée. Je me suis d'abord heurtée à une forte résistance de la part des directeurs, mais je les ai ralliés à mon point de vue. Nous allons nous agrandir, bien sûr. »

Barbara continuait à examiner la photo.

« Qu'on t'appelle *la belle Mlle Cherrington* nous contrarie, tante Sarah et moi, dit-elle. On dirait que les autres demoiselles Cherrington sont des mochetés. Tu es d'accord, Jimmy ?

— La beauté, c'est de famille, répliqua celui-ci.

— Pour cette réponse, il mérite un whisky-soda, n'est-ce pas, tante Sarah ? s'écria Barbara en se précipitant vers la carafe. Et je vais allumer le poêle à gaz dans le salon. Rester assis autour de cette table nue est vraiment trop sinistre ! »

Elle disparut, laissant la porte ouverte. L'instant d'après, on entendit un petit bruit d'explosion. « Elle a dû se roussir les sourcils », dit Jimmy, mais les autres gardèrent le silence. Barbara revint dans la pièce, le visage légèrement rougi par sa lutte avec le chauffage.

« Et maintenant il vous faudra tenir une brillante conversation pendant deux minutes, le temps pour le salon de se réchauffer. Hilda a déjà beaucoup parlé, moi, j'ai rempli les silences gênants, quant à tante Sarah, elle aime écouter. Nous devons donc faire appel à Jimmy. »

Le jeune homme avala une gorgée de whisky.

« Vous voulez que je fasse une expérience ?

— Oh oui ! s'écria Barbara.

— Ça serait très intéressant, dit tante Sarah, courtoise.

— Oui, mais ne nous faites pas sauter, recommanda Hilda.

— J'aurais besoin de quelques allumettes.

— Oh non ! pas un tour d'allumettes ! protesta Barbara. Ce n'est pas parce que tu es un ingénieur en herbe que tu dois nous traiter comme des enfants ! Nous voulons voir une expérience scientifique comportant de l'hydrogène, du nitrogène, de l'H_2O, des racines carrées, des logarithmes, des sinus et des cosinus.

— Je ne suis ni chimiste, ni mathématicien, riposta Jimmy en prenant de l'assurance, mais je vous parie que vous serez incapables de voir comment on fait ce truc jusqu'à ce que je vous l'explique. Et maintenant donne-moi des allumettes, Barbara, sois gentille.

— Comment ? Toi, un fumeur de pipe invétéré, tu n'as pas d'allumettes ? s'étonna Barbara avec une feinte indignation.

— Il ne m'en reste que cinq, or, il m'en faut douze… Recule un peu, s'il te plaît, ajouta le jeune homme car après avoir fourni les allumettes, Barbara était restée penchée au-dessus de lui. Ta grosse tête empêche les autres de voir.

— Je voulais simplement m'assurer que tu ne trichais pas.

— Et maintenant, mesdames, voici le problème, annonça Jimmy d'une voix forte : à l'aide de ces quelques allumettes vous devez écrire ce qu'elles ont de commun avec l'amour. Vous avez deux minutes. »

D'un geste professionnel, Jimmy retroussa ses manches sur des poignets de chemise propres, mais froissés. Il disposa les allumettes sur la table en débitant tout un boniment que Barbara imitait de temps à autre. Tout en surveillant le déplacement des allumettes, Mlle Cherrington regardait le groupe avec un peu d'inquiétude. En temps ordinaire, elle aurait estimé que l'attention accordée à ce genre de tour était plus que gaspillée. Bien que ne le pensant pas maintenant, elle craignait que Hilda ne le fît. L'aînée de ses nièces s'était plantée de l'autre côté de Jimmy où elle pouvait voir le ballet des allumettes. Deux ou trois fois, elle se pencha pour en déplacer une, mais elle avait l'air de contempler les deux têtes baissées, la blonde et la brune, avec une expression que sa tante trouva difficile à déchiffrer. Cela ne lui ressemblait pas de s'intéresser à un jeu aussi frivole. Cependant, lorsque Barbara, avec une exclamation d'impatience, repoussa la main de Jimmy, elle crut voir Hilda sourire.

« Bon, les deux minutes sont écoulées, dit Jimmy en se redressant. Vous avez eu votre chance. Donnez-vous votre langue au chat ? »

Les trois femmes répondirent par l'affirmative.

« Bien, dans ce cas je vais vous montrer la solution. »

Lettre après lettre, un mot apparut sous ses doigts. FEUX.

« Mon Dieu, que c'est bête ! s'écria Barbara en secouant la tête et en poussant un profond soupir. Tu ne nous as pas eues, tu nous as simplement fait perdre notre temps, n'est-ce pas, Hilda ? »

Sa sœur ne répondit pas.

« C'est moins bête que de penser qu'on peut faire feu de tout bois, dit Jimmy. Essaie un peu d'allumer un chauffage à gaz avec une allumette d'orme !

— Y parviendrais-je plus vite avec les feux de l'amour ? demanda Barbara.

— Il m'est difficile de répondre à cette question, répondit Jimmy en riant. Cela dépend de l'inflammabilité de ton chauffage.

— Quoi qu'il en soit, allons nous asseoir au salon. Tu permets, tante Sarah ? Mais d'abord rends-moi ces allumettes, Jimmy. Je n'aime pas la manière sournoise dont tu te les appropries.

— Puis-je les garder en souvenir si je promets de ne jamais les utiliser ? demanda le jeune homme.

— Qu'en penses-tu, tante Sarah ?

— Bien sûr, mais ce sont des allumettes de sûreté. Sans la boîte, elles ne s'enflammeront pas, répondit Mlle Cherrington avec sérieux.

— Que Dieu me préserve des allumettes de sûreté, dit Barbara. Elles vous lâchent toujours. Tiens, Jimmy, ajouta-t-elle en tendant le petit tas de brins de bois à son ami. N'es-tu pas heureux de savoir que tu ne peux mettre le feu à ta personne ?

— Ça reste à voir », dit le jeune homme en empochant les allumettes.

Pendant le silence qui suivit cet échange, Mlle Cherrington se leva.

« Il est dix heures passées, dit-elle. Je ferais mieux de vous laisser, jeunes gens. Je vais aider Annie à faire la vaisselle. Bonne nuit, Barbara, bonne nuit, Hilda. Tu as l'air fatigué, ma chérie. Ne veillez pas trop tard », ajouta-t-elle au moment de franchir le seuil.

Ce conseil semblait s'adresser à tous les trois.

Hilda consulta sa montre.

« J'ai un léger mal de tête, dit-elle. Je me demande pourquoi. Cela ne m'arrive jamais. Mais il est vrai que la journée a été longue. »

Ils étaient sortis dans le couloir. La porte du fond était ouverte et on apercevait la douce et chaude lumière que projetait le feu sur les meubles du salon.

« Oh, reste encore un moment ! dit Barbara. Nous ne pouvons nous passer de toi, n'est-ce pas, Jimmy ? »

Jimmy acquiesça.

« C'est très aimable à vous, mais j'ai encore une ou deux lettres à écrire.

— Oh, je t'en prie, ne monte pas tout de suite, supplia Barbara. Tante Sarah trouverait tout à fait inconvenant que tu nous laisses seuls, Jimmy et moi. Elle en aurait une attaque.

— Dans ce cas, je vais lui dire que je me retire. Ainsi, elle pourra agir en conséquence. Bonne nuit, Barbara. Bonne nuit, monsieur Crankshaw. »

Barbara et Jimmy fermèrent la porte du salon. Un peu hésitants, ils se tinrent un moment dans la lueur du chauffage au gaz.

« Que va-t-il se passer maintenant ? demanda Jimmy.

— Je suppose que tante Sarah viendra nous rejoindre, mais pas tout de suite : j'entends le cliquetis des assiettes. »

Barbara avait repris contenance.

« Tu ne crois pas qu'elle enverra ta sœur à sa place ?

— Oh non ! Hilda a une volonté de fer.

— Peut-être qu'aucune des deux ne viendra.

— Elles viendront si je crie. »

Jimmy vit la lumière rouge du feu filtrer à travers les doigts de Barbara. Il prit la main de la jeune fille dans la sienne.

« Ma chérie », murmura-t-il.

3

Un mariage

EUSTACHE gravit l'escalier en ciment qui menait du trottoir animé de Cornmarket Street aux locaux du Flat-iron Club. Il eût aimé le monter plus vite car il tenait à vérifier les préparatifs du dîner, mais on lui avait recommandé de ne jamais se hâter. Vu sa nature scrupuleusement obéissante, les ordres de son médecin avaient pour lui force de loi.

S'il prenait les choses avec calme, il avait toutes les chances de guérir complètement, disait le médecin. Eustache s'était habitué à mener une existence en sourdine, au ralenti, comme s'il eût vécu dans un léger brouillard, un brouillard qui un jour se dissiperait. Prendre les choses avec calme lui eût été facile s'il n'avait été contraint de travailler d'arrache-pied. Ni le Collège, ni sa famille ni sa conscience ne semblaient voir là une incompatibilité.

Depuis cinq mois, c'est-à-dire, depuis l'entrevue de Hilda avec le directeur, événement dont il bannissaitle souvenir, il essayait de concilier ces deux devoirs, non sans un certain succès, aux dires de son directeur d'études.

Bien entendu, ses professeurs ne pouvaient rien promettre, mais, s'il poursuivait ses efforts dans cette voie, il décrocherait peut-être une mention très bien. Enfin, pas exactement dans cette voie car, pour l'heure, il remplissait ses fonctions de secrétaire du Lauderdale, une association dont les membres se recrutaient parmi les étudiants de St. Joseph, mais que la direction du Collège ne voyait pas d'un très bon œil.

Eustache avait été secrétaire de diverses associations dont plus d'une s'était éteinte sous sa gestion languissante. Le Lauderdale, corps établi depuis longtemps et dont la tradition remontait à l'avant-guerre, semblait toutefois résister aux effets délétères de ses méthodes.

Dans le vestibule, il s'arrêta devant le panneau d'affichage en feutrine verte. Comme d'habitude, il n'y trouva que des annonces sur les activités du Flat-iron et d'autres clubs, activités essentiellement sportives. Eustache était hanté par l'idée qu'un jour on y épinglerait un avis le déclarant exclu parce qu'il avait enfreint quelque règle inconnue de lui. Cet avis, il omettrait de le voir. Il continuerait à fréquenter le club jusqu'à ce qu'un membre, délégué par les autres, le conduisît devant le panneau et lui désignât sans mot dire l'impitoyable arrêt. Il passait en revue tous les points du règlement, dont chaque membre possédait un exemplaire, mais son attention s'épuisait généralement avant d'atteindre la fin, de sorte qu'il n'était jamais sûr de bien respecter les articles XIX, XX ou XXI.

S'il arrivait qu'on soit exclu du Flat (comme on l'appelait familièrement), c'était pour n'avoir pas réglé sa note, jamais pour des délits plus équivoques. Eustache serait bien le premier à être mis à la porte pour s'être livré en ce lieu à quelque commerce illicite. Cette expulsion représenterait un terrible déshonneur, presque aussi terrible qu'un renvoi de l'université et même plus préjudiciable du point de vue social. Pourquoi les êtres humains, dès qu'ils formaient une bande, devaient-ils inventer toutes sortes de sanctions et de tabous destinés à piéger les imprudents ? se demanda-t-il en pénétrant dans le fumoir du club. Il n'y avait personne : c'était l'heure creuse, entre thé et dîner. Il s'approcha d'une banquette située sous la fenêtre et regarda la place Carfax, noire de monde. Pas un seul passant ne leva les yeux ; pas un seul ne sembla se rendre compte qu'ici, à quelques mètres au-dessus d'eux, se trouvait le sommet d'une éminence sociale qu'ils n'atteindraient jamais. Une agréable sensation de chaleur, qu'il essaya vainement de chasser, l'envahit. Le Flat-iron Club était souvent tourné en ridicule par ceux qui n'en faisaient pas partie et, parfois, par ceux qui en faisaient partie. Un plaisantin avait dit :

The Flat-iron Club
Is well worth the sub.
It's full of oddities
My God it is[1].

Néanmoins, être membre du Flat conférait de la distinction – une distinction que semblaient rechercher aussi bien les anciens combattants, encore fort nombreux à l'université, que des étudiants inexpérimentés de première année. De toute évidence, le désir d'y être admis ne dépendait pas de l'âge. Le Livre des candidatures était posé sur la table. Eustache le prit, curieux de voir s'il contenait de nouveaux noms susceptibles de bénéficier de son soutien. Il tourna les pages. Pour ceux qui savaient le lire, ce registre représentait plus qu'un guide social. Le nombre de signatures apposées sous le nom d'un homme vous indiquait son degré de popularité ; elles révélaient aussi qui étaient ses amis et, parfois, ses ennemis. Ici et là, on voyait une page barbouillée de noms lourdement et ostensiblement barrés, mais encore lisibles : ceux de membres qui, ayant renié leurs anciens protégés, l'avaient fait publi-

1. Le Flat-iron Club/Mérite ses souscriptions/Il est plein de gens bizarres/Par Dieu ! c'est bien vrai.

quement, afin que nul n'en ignore. Combien d'histoires entouraient ces signatures rayées, combien d'amitiés s'étaient brisées à cause d'elles ! Seul Proust, auteur dont Eustache commençait à estimer qu'il connaissait l'œuvre, aurait pu rendre compte de cette saga d'offenses, de perfidies, d'insultes et de vendettas que risquait d'entraîner un flirt raté avec le Flat. Mais lorsque Eustache essaya de décrire ces drames à Hilda, il ne parvint pas à l'intéresser.

« Tu ne vas tout de même pas à Oxford pour perdre ton temps à de pareilles bêtises ? » dit-elle.

Puis, non sans un certain manque de cohérence, elle demanda si Stephen Hilliard en était membre. Lorsque Eustache l'eut informée que son ami avait refusé de s'inscrire, elle déclara avec satisfaction : « Je savais bien que c'était un homme sensé. » Barbara, en revanche, se montra plus compréhensive. Elle aimait à parler des gens et de leur comportement. Toutefois, elle venait de se fiancer à Jimmy Crankshaw, et Eustache sentit qu'elle savait, en son for intérieur, que Jimmy n'avait rien à voir avec ce que représentait le Flat-iron, et par loyauté à l'égard de Jimmy elle était un peu agacée que son frère accordât autant d'importance à son club. À l'évidence, je suis le seul que ce sujet de conversation intéresse, se dit Eustache, mal à l'aise. Malheureusement, l'inaptitude à partager une plaisanterie vous coupait des autres. Enfin, « couper » était un terme trop fort, mais cela créait une barrière, une séparation au lieu d'une communion. L'inaptitude à rire des mêmes choses signifiait qu'on ne partageait pas l'opinion des autres, l'humour étant le seul domaine où intellectuels et non-intellectuels, riches et pauvres, pouvaient se rencontrer librement.

La vie à Oxford ne vous incitait pas à vous adapter à votre entourage, se dit Eustache. Les gens qui se ressemblaient s'assemblaient ; ensuite, à l'intérieur de ce groupe, on encourageait chacun à être le plus possible lui-même.

Eustache s'efforçait de faire le genre de remarques que ses amis attendaient de lui afin de recevoir d'eux cet éloge: « Ça, c'est de l'Eustache tout craché. » Il n'y réussissait pas toujours car ce qu'ils appréciaient, c'était une certaine spontanéité qui exprimait un décalage entre sa façon de voir les choses et les critères habituels. Le bon mot devait jaillir naturellement; il était ésotérique et nécessitait un auditoire d'initiés.

Eustache l'ingénu, l'enfant terrible si peu terrible, ne pensait pas que le monde extérieur l'appréciât, il ne croyait pas avoir été apprécié au mariage de Barbara, bien que celle-ci lui eût affirmé le contraire. L'événement avait eu lieu le jour des dix-huit ans de sa sœur, juste avant Noël.

Jimmy avait passé son examen, il avait un travail en vue, ou presque, et Barbara voulait convoler tout de suite. Tante Sarah lui avait conseillé d'attendre. Avec l'air de quelqu'un qui demande le soutien d'un roseau brisé, elle avait même fait appel à Eustache pour qu'il refusât son consentement ou, du moins, qu'il parlât à Barbara avec toute l'autorité d'un grand frère.

Plein de répugnance pour sa mission, Eustache avait entrepris de convaincre sa sœur. Celle-ci l'accueillit avec une bordée de ces petits cris qu'elle avait pris l'habitude de pousser depuis son enfance quand quelqu'un tentait de contrarier ses projets. Aussi, après s'être efforcé sans conviction de lui représenter les inconvénients d'ordre pratique d'un mariage hâtif, Eustache se laissa-t-il volontiers aller à un rôle plus confortable: il lui dit combien il approuvait sa décision, combien il était heureux pour elle et combien il aimait Jimmy. En cela, il était sincère car la vue du bonheur de Barbara eût fait fondre un cœur plus dur que le sien, même si sa sœur exprimait son allégresse par des trilles, des bouts de chansons, des gestes brusques, des sursauts douloureux comme si la joie l'avait transpercée d'une épingle – réactions qui choquaient légèrement le sens des convenances d'Eustache.

Quant à Jimmy, il n'avait rien d'un personnage d'Henry James. Il appartenait incontestablement à la catégorie des braves types plutôt qu'à celle des gens distingués, mais Eustache ne pouvait s'empêcher d'apprécier son affabilité et ses façons directes. Le risque de comprendre bien ou mal, de viser juste ou à côté de la cible, qui, aux yeux d'Eustache, rendait les rapports sociaux si fascinants n'existait pas pour Jimmy. Celui-ci s'en souciait aussi peu que lorsque sa sempiternelle veste de tweed renversait les petits objets dont Eustache avait trop généreusement parsemé les tables de Willesden. Il traitait la vie comme une machine qui fonctionnait bien une fois qu'on l'avait correctement installée et alimentée en huile et en énergie. Sa propre nature était bien alimentée : il s'agissait de vapeur plutôt que d'électricité et l'huile était brute, mais fluide. Certes, Jimmy était désordonné, mais son désordre ressemblait à celui d'une salle des machines ou d'un garage. C'était un désordre créateur, lié à l'énergie et au mouvement. Face à cette activité trépidante, Eustache avait parfois l'impression d'être désœuvré, inutile et dépassé, mais cela ne le dérangeait pas. Bien qu'il préférât la compagnie de personnes semblables à lui, il ne répugnait pas à rencontrer des gens différents quand leur différence se tempérait de bonne volonté, comme c'était le cas avec Jimmy. Cela ne l'empêchait pas de se sentir nerveux, inférieur, tel un accompagnateur qui sait qu'on attend de lui davantage qu'un simple accompagnement, aussi bien joué soit-il.

Le jour du mariage, cette impression de différence était devenue presque écrasante, surtout du fait des Crankshaw, tribu vigoureuse et florissante, symbole du « croissez et multipliez », qui étaient beaucoup plus nombreux que les Cherrington. Ces derniers s'étaient peu ramifiés et encore toutes les branches n'avaient-elles pu être rassemblées pour la cérémonie. Eustache ne possédait pas une collection d'oncles et de tantes. Sa mère était enfant unique; la sœur aînée de son père, Lucy, qui avait longtemps séjourné en Allemagne en qualité de dame de compagnie, ou quelque chose de ce genre, dans la famille dont elle avait autrefois été la gouvernante, était rentrée en Angleterre avant la guerre et vivait maintenant dans une pension, à Bournemouth. Eustache la trouvait intéressante: elle avait voyagé et lui avait envoyé des cartes postales des endroits qu'elle visitait. Cependant, elle ne s'était jamais entendue avec tante Sarah qui la considérait comme une semi-étrangère dotée d'une mentalité d'étrangère. Il y avait quelques cousins éloignés avec lesquels ils continuaient à échanger des cartes postales et qu'ils appelaient par leur prénom. Ils étaient, toutefois, dépourvus d'une réelle identité. Aussi quand certains d'entre eux apparurent à la noce, ils durent commencer par se présenter. Le groupe des détracteurs qui ne cessaient de se poser mutuellement la question: « Que fait Eustache ? » sans jamais obtenir de réponse satisfaisante existait surtout dans son imagination.

Mlle Cherrington n'avait jamais cultivé les amitiés. À ses yeux, celles-ci constituaient un élément dont aucun foyer digne de ce nom ne pouvait se passer, elles avaient leur place dans le ménage bien organisé de la vie, mais, comme le linge fin, elles n'étaient pas destinées à un usage quotidien.

Les amis de Hilda étaient toujours des collègues de travail, quel que fût ce travail. Le lien qui les unissait à elle n'avait rien de personnel, il représentait un simple objectif commun. Eustache fit venir au mariage un ou deux vieux amis. Cependant, la plus grande contribution du côté de la mariée provenait de la mariée elle-même: des camarades de classe que sa nature chaleureuse conservait à proximité et plusieurs jeunes gens, triés sur le volet, qui, bien que contrariés d'assister au mariage de Barbara avec un autre, eussent été plus contrariés encore si l'on avait omis de les inviter.

Cela dit, le cortège de la mariée rassemblait à peine une vingtaine de personnes, dont plusieurs ne se connaissaient même pas, alors que la famille et les amis du marié étaient deux fois plus nombreux et donnaient l'impression d'être le triple tant l'exubérance de leurs personnalités multipliait l'effet de leur présence. Même à l'église, quand il descendit la nef avec, à son bras, une Barbara fraîche et rondelette, Eustache sentit éclater sur les bancs de droite une sorte de vitalité rebelle, telle une invite à l'acte procréateur : bruit de pieds frottés sur le parquet, frou-frou de vêtements, attente des visages tournés vers eux, hochements de tête approbateurs, alors que dans les rangs clairsemés de gauche, on ne remarquait pas ce genre de démonstration : seulement un discret regard avant de revenir au recueillement de circonstance. Percevant vite les ambiances, Eustache était tour à tour détendu ou crispé, selon le côté qu'il regardait. Il se demanda ce qu'éprouvait Barbara – Barbara si semblable à lui physiquement, si différente moralement.

De six ans sa cadette lorsqu'ils avaient franchi le seuil de l'église, Barbara avait maintenant le même âge que lui, se dit Eustache, et elle aurait encore mûri quand ils seraient au pied de l'autel. Il eut l'impression que l'expérience qui la faisait ainsi vieillir contenait un reproche à son égard. Paradoxalement, toutefois, tandis qu'ils se tenaient ensemble à gauche du lutrin, il imagina que les amis du marié voyaient en lui un célibataire voûté et blanchi, ignorant tout des joies du mariage. C'était complètement stupide : même s'il avait sacrifié quatre ans de sa vie, il n'en avait que vingt-quatre et sa veste venait de chez l'un des meilleurs tailleurs d'Oxford. En revanche, remarqua-t-il, la veste de Jimmy était ornée d'un galon beaucoup trop large ; quant au garçon d'honneur, il portait un complet veston. Jimmy avait l'air pâle et mal à l'aise. À sa vue, Eustache reprit de l'assurance. Si sa tenue convenait à la cérémonie, peut-être en allait-il de même de sa personne. Il commença à se sentir doué pour les mariages, ce qui le ragaillardit. Il alla jusqu'à jeter un regard derrière lui, vers l'endroit où les amis de Jimmy, quoique plus calmes à présent, émettaient toujours leurs encouragements prénuptiaux. Alors que ceux-ci ondoyaient vers lui, il repéra un œil qui brillait sous un chapeau audacieux. « Ce sera bientôt ton tour », semblait prédire cet œil et, l'espace d'un instant, il le crut.

Cependant, plus tard, au Tivoli Café, au cours du déjeuner, la nécessité de s'adapter se fit plus pressante et plus précise que les possibles sous-entendus exprimés de loin par l'œil brillant. Car il y avait tant d'yeux brillants, et un tel étalage de satin noir ajusté sur des formes qui n'étaient plus au goût du jour, ou de couleurs plus gaies enveloppant des silhouettes plates ou tubulaires, une telle gesticulation de bras gras ou maigres, une telle floraison, sous les lumières de la salle, de joues roses ou rouges – sans parler du vacarme que faisaient les voix fortes et assurées qu'Eustache eut bien du mal à réduire au silence quand il se leva pour porter un toast aux mariés.

« À votre place, je monterais sur une chaise, conseilla une grosse dame au visage rouge et brillant qui avait remarqué ses vains efforts pour attirer l'attention. Ainsi, tout le monde vous verra. »

Eustache n'avait pourtant qu'une envie : rester invisible et, surtout, inaudible. Mais ce dernier souhait ne fut pas exaucé. Aux derniers rangs de la foule, un homme déjà muni d'une coupe de champagne cria avec bonhomie :

« Plus fort, on ne vous entend pas !

— C'est à cause de l'accent d'Oxford », marmonna une voix plus proche d'Eustache, remarque suivie d'un rire étouffé.

Cependant, une fois qu'il se fut lancé, les invités l'écoutèrent avec attention et approuvèrent son unique plaisanterie. En fait, Eustache regretta d'avoir à quitter son perchoir et à redescendre dans l'arène où, telle une lionne, la grosse dame rugit ses félicitations.

« Vous vous en êtes très bien tiré, déclara-t-elle. On devrait vous élire président de l'Union. »

Eustache alla lui chercher une autre coupe de champagne. À sa surprise, il se laissa submerger sans trop de répugnance par le flot de sa conversation au lieu de rejoindre ses propres invités qui, debout, isolés ou par deux, ne semblaient disposés ni à s'amuser ni à se mêler aux autres.

« Et qui paie pour tout ça ? demanda-t-elle. Vous, je suppose. Un peu ruineux, non ? »

Ce serait le cas si cela devenait une habitude, répondit Eustache. Mais après tout, on ne mariait sa sœur qu'une seule fois, du moins l'espérait-il.

« Mais vous en avez une autre ! s'écria la dame inconnue. Une si belle fille ! Barbara est jolie, bien sûr, mais l'autre, c'est une véritable beauté. Est-ce qu'on ne l'a pas encore demandée en mariage ? »

Eustache se dit qu'il devrait lui en vouloir au nom de Hilda, mais la question le surprit : il n'avait jamais associé sérieusement sa sœur aînée au mariage.

« Oh, Hilda… fit-il d'un ton évasif. J'ignore tout de ses projets.

— Eh bien, moi je sais quels seront ceux de certains hommes, rétorqua la dame. À moins que votre sœur ne vive dans un couvent.

— Dans un certain sens, oui. Elle vit dans une clinique pour enfants handicapés, un endroit appelé Highcross Hill.

— Bien sûr, j'ai lu un article sur cet établissement et sur le magnifique travail qu'elle accomplit là-bas. Mais Cupidon s'insinue partout, vous savez. Et si votre sœur aime les enfants, elle voudra avoir les siens. »

Eustache aurait voulu expliquer à la dame que Hilda aimait les enfants d'une façon différente : elle les plaignait et voulait les aider. Mais il sentit qu'il ne pouvait analyser le caractère de sa sœur pour cette étrangère dont l'esprit suivait le rythme des ailes de Cupidon. Aussi s'éclipsa-t-il, prétextant qu'il devait parler à la mère du marié.

Mme Crankshaw mère était grande et brune. Son visage très mince, presque émacié, rappelait un peu celui de Jimmy. À la satisfaction d'Eustache, qui aimait les étrangères, elle ressemblait vaguement à une Espagnole.

« Comme vous avez été gentil ! s'écria-t-elle. Une trousse de toilette pour Jimmy, un bracelet pour Barbara ! Et ce merveilleux chèque ! Une vraie folie. À moins que vous ne rouliez sur l'or », ajouta-t-elle en plissant les yeux comme pour mieux le voir.

Eustache rougit comme si on l'avait surpris en train de se vanter de sa richesse.

Stephen Hilliard, consulté, avait été consterné d'apprendre le montant de la somme qu'il se proposait de donner à Barbara. Il lui avait conseillé de la réduire de moitié.

« En offrant autant d'argent, tu donnerais une idée fausse de toi, dit-il.

— À qui ? Seuls Barbara et Jimmy seront au courant, et les quelques personnes que cela concerne directement.

— C'est surtout l'idée que tu te ferais de toi-même. Cinq cents livres seraient disproportionnées par rapport à… enfin, disproportionnées, quoi. Cela ne correspondrait à rien. Cela n'exprimerait pas ton intention.

— Et quelle est mon intention ? avait demandé Eustache, gêné.

— De te montrer généreux. Seulement, la générosité ne se mesure pas ainsi. Les gens ne peuvent en assimiler qu'une certaine dose – le reste est perdu, pis que ça même. Ils penseront que tu vis dans un rêve.

— Mais si c'est faux, quelle importance ? avait répliqué Eustache, froissé.

— On peut vivre dans toutes sortes de rêves, avait dit Stephen sur le ton d'un oracle, aucun n'est à recommander. Écoute mon conseil, Eustache. Si tu crois que j'ai tort, adresse-toi à Mlle Hilda. Elle te dirait immédiatement : "Deux cent cinquante, c'est largement suffisant pour Barbara. Il ne faut pas que les Crankshaw te prennent pour un millionnaire, ni que tu te prennes pour un millionnaire toi-même." Je n'oserais jamais te dire ça, mais elle, elle n'hésiterait pas.

— Je ne suis pas d'accord avec toi. Je pense avoir autant le sens de l'argent qu'elle.

— Comment peux-tu dire une chose pareille ? N'a-t-elle pas sauvegardé les cent livres par an que le Collège essayait de te faucher ? En matière d'argent, comme dans tous les autres domaines, d'ailleurs, elle a un jugement très sûr. »

Des bribes de cette conversation revenaient à l'esprit d'Eustache tandis qu'il affrontait le regard curieux de Mme Crankshaw. Qu'aurait-elle pensé si le chèque avait porté le chiffre initialement prévu ? Gêné, il se demanda si quelque aspect de sa personnalité incitait les gens à lui parler si ouvertement de sujets qu'on traitait d'habitude avec réserve ou si c'était simplement l'usage chez les Crankshaw et leurs amis.

« Oh, je ne suis pas riche, dit-il, surtout ne croyez pas ça ! Mais nous voulions tous que ce soit un beau mariage. Je crois que nous avons atteint notre but, vous ne trouvez pas ?

— Absolument, répondit Mme Crankshaw avec conviction. J'ai toujours dit que le mieux, c'était de se marier jeune. Il serait temps que vous trouviez vous aussi une jeune personne qui vous plaise. »

Malgré lui, Eustache promena son regard sur la foule qui buvait et grignotait. Un groupe fluctuant mais toujours dense entourait Barbara et Jimmy. Eustache remarqua les sourires, les yeux brillants et l'animation des invités venus présenter leurs vœux ainsi que la réaction ravie du jeune couple. Lui avait l'air un peu embarrassé, elle absolument radieuse.

Eustache se sentit pris d'affection pour eux tous : voilà ce que devait être la vie, une réunion de gens bienveillants, conscients d'un bonheur partagé.

« J'en vois trop, répondit-il à la question implicite de Mme Crankshaw. Il faudrait que vous m'en choisissiez une.

— Rien de plus facile, répliqua Mme Crankshaw avec une promptitude qui déconcerta Eustache. Voici ma nièce, Mabel Cardew, une fille charmante. Je ne pense pas que vous ayez déjà fait sa connaissance. »

Mlle Cardew déplut à Eustache. Elle avait tendance à grimacer et à se tortiller. Cela ne les empêcha pas d'échanger quelques politesses d'un ton presque passionné.

« Vous voyez comme c'est simple, dit Mme Crankshaw quand sa nièce se fut éclipsée d'un pas dansant. Maintenant, choisissez quelqu'un pour Hilda, mais je crains qu'il n'y ait pas d'homme assez beau ici. Ah, la voilà ! »

Suivant le regard rapide de Mme Crankshaw, Eustache aperçut Hilda. Debout à l'écart, elle s'entretenait avec une dame boulotte, au visage carré, énergique, en laquelle il reconnut l'ancienne directrice de lycée de Barbara. Les deux femmes semblaient se tenir à l'extérieur du cercle enchanté et discuter, à voir leur expression, d'un sujet sans rapport avec le mariage.

« Les hommes doivent avoir un peu peur d'elle, reprit Mme Crankshaw. À côté d'elle, tous ces garçons ont l'air de bébés. Non pas qu'elle soit vieille. »

Eustache vit soudain les têtes brunes soigneusement peignées des invités, posées sur des corps de petits enfants mal assurés sur leurs jambes et qu'on hissait dans des landaus.

« Toute cette histoire de mariage est stupide, n'est-ce pas ? poursuivit Mme Crankshaw, un peu hors de propos. Mais cela vous mène quelque part et c'est le seul moyen d'y parvenir. »

Une fois de plus, Eustache prit conscience de la foule de corps doux et séduisants, échauffés par le vin, qui se pressait autour de lui et qui lui eût procuré une sensation agréable si seulement il avait réussi à réduire au silence les censeurs rabat-joie qui tenaient conseil dans sa tête. Il suffisait de leur échapper pour que son esprit et sa volonté retrouvent leurs pouvoirs, et la beauté resplendissait tel un vase d'albâtre, intacte, n'ayant nul besoin d'ivresse, physique ou mentale, pour être parfaite.

« Pourrions-nous la faire venir par ici, vous croyez ? » demanda Mme Crankshaw.

Eustache fit tournoyer son lasso, la grande boucle fendit l'air ; l'instant d'après, sa sœur et la directrice, agrippées l'une à l'autre, étaient traînées jusqu'au centre du rodéo.

« Si j'allais les chercher ? » suggéra-t-il.

Mme Crankshaw acquiesça d'un sourire.

Ni l'une ni l'autre ne voulut d'une coupe de champagne.

« Nous étions en train de parler de l'erreur que commet le gouvernement dans le domaine de l'éducation, dit Hilda. Il devrait donner plus de bourses universitaires aux filles douées. Bien entendu, je ne pense pas à des écervelées comme Barbara qui, dès qu'elles quittent le lycée, n'ont qu'une idée en tête : se marier. »

Elle regarda autour d'elle. « Où est-elle, au fait ? »

Eustache ne la voyait pas non plus.

« Ils ont dû aller se changer, hasarda-t-il.

— Se changer ? Pour quoi faire ?

— Eh bien, ils ne peuvent voyager dans leur tenue de mariage, dit Eustache, souriant à la directrice dont les vêtements auraient parfaitement convenu à pareille circonstance. Cela te serait impossible à toi aussi, tu ne crois pas, Hilda ?

— Tu as raison. Ces robes de demoiselle d'honneur sont très peu pratiques. Je ne suis pas prête à en remettre une avant longtemps. Mais j'aime bien ces violettes. »

Se penchant, elle porta le gros bouquet plein de fraîcheur à son visage auquel il sembla s'intégrer.

« Vous n'aimez pas les mariages ? demanda la directrice.

— Je les déteste, répondit Hilda. Je n'en vois pas la nécessité – trop de chichis, je veux dire.

— Vous changerez peut-être d'avis quand ce sera le vôtre, dit la directrice, vous ne croyez pas, monsieur Cherrington ? »

Eustache fut incapable de trouver une réponse. S'adressant à la directrice plutôt qu'à Hilda, il demanda :

« Voulez-vous venir me donner un coup de main avec la tribu des Crankshaw ? Ils sont très gentils, mais j'ai un peu peur de les entreprendre tout seul, sans le moindre soutien.

— Ne dis pas de bêtises, intervint Hilda. Nous t'avons vu bavarder gaiement avec eux, n'est-ce pas, mademoiselle Farell ? Mon frère adore les mondanités.

— Excellente idée, répondit la directrice en lissant sa robe et en redressant son chapeau. Sinon on nous prendra pour des sauvages, debout ici à goûter la compagnie l'une de l'autre, telles la Belle et la Bête. »

Tout en parlant, elle souriait à Hilda.

Ne sachant trop ce qui allait se passer, Eustache les entraîna au plus épais de la foule. Il fut gêné de voir les gens leur livrer passage comme s'il eût accompagné deux fauves dangereux. On leur témoignait un respect admiratif, mais il n'y avait manifestement aucun désir d'entrer en rapport avec les nouvelles venues.

Eustache eut l'impression de lancer une charge de cavalerie dont ils sortiraient victorieux sans avoir rencontré de résistance ni été touchés – ce qu'il ne souhaitait pas. Cependant, un grand jeune homme blond arborant une expression pleine d'assurance sembla vouloir leur tenir tête. Par bonheur, Eustache se rappelait son nom ; il fit les présentations. À sa surprise, le jeune homme semblait remarquablement renseigné tant sur l'école de Mlle Farell que sur la clinique de Hilda. Il se montra un peu condescendant et facétieux au sujet de ces établissements. À deux ou trois reprises, il discuta avec ces dames de problèmes qu'elles connaissaient forcément mieux que lui, mais il donna son point de vue, ce qui était le plus important, et la rencontre fut loin d'être un échec. L'ayant organisée, et faisant confiance au tact et à l'expérience de Mlle Farell pour la mener à bien, Eustache, tel Jules César, fit mouvement vers un autre point du champ de bataille.

Là, entouré de sandwiches, de pâtisseries et de trois extras qui offraient le contenu de diverses carafes, bouteilles et théières, il fut abordé par une jeune fille brune au visage rond qui l'interrogea avec vivacité sur sa vie à Oxford. Il trouva son intérêt flatteur, ses questions faciles. Il garda néanmoins l'esprit suffisamment libre pour tenter de voir comment Hilda s'en tirait. Un autre homme avait rejoint le groupe qui s'était formé autour d'elle ; tous parlaient avec animation, aucun d'eux n'était tenu à l'écart. Eustache remarqua que deux ou trois nouveaux venus s'arrêtaient comme s'ils hésitaient à prendre part à la conversation, puis eux aussi pénétrèrent dans l'orbite. Ce spectacle lui donna un sentiment d'harmonie intérieure et d'autosatisfaction ; il se dit qu'il avait contribué à parachever l'événement. Mais avant qu'il n'ait eu le temps d'analyser ses impressions, un courant d'air froid l'atteignit dans le dos. Il se retourna. Barbara et Jimmy franchissaient la porte. Dans leur tenue de voyage, ils paraissaient différents, et leur nouvelle apparence changea l'atmosphère de la fête. L'initiation terminée, ils n'étaient plus auréolés de l'esprit du mariage, ils redevenaient des êtres humains comme les autres qui avaient un train à prendre. Et sans doute moins que les autres en fait, car en même temps que leur prestige, ils avaient perdu leur dignité. À peine finissaient-ils leurs adieux que la tribu des invités, jusque-là emplis d'une admiration feinte ou réelle, les entoura avec de soudains éclats de rire et s'efforça de donner à leur départ un aspect aussi précipité et honteux que possible.

Se pressant sur les marches, sous la charpente élisabéthaine, toute la noce se trouvait à présent devant le restaurant. À quelques mètres seulement de là, garée contre le trottoir, une Daimler noire, luisante, décorée de rubans blancs attendait le couple. Eustache se retrouva à côté de tante Sarah ; d'un geste presque machinal il prit sa main passive et bien gantée dans la sienne. La foule déferla soudain devant eux. Des poings menaçants jetèrent des poignées de confettis comme s'il s'agissait de bombes. Pliés en deux, Barbara et Jimmy descendirent l'escalier d'un pas mal assuré et coururent vers l'asile de la voiture dont le chauffeur tenait la portière ouverte. Ayant semé leurs persécuteurs, ils étaient bien installés à l'intérieur quand une silhouette se précipita en avant, impétueuse comme une bacchante, et lança une nouvelle attaque par la fenêtre. Le bombardement ne cessa que lorsque mari et femme partirent, agitant la main sous une pluie multicolore.

Avec un geste exprimant une heureuse lassitude, la silhouette pénétra en vacillant dans la terne lumière jaunâtre de cet après-midi de décembre. Des larmes de rire mouillaient ses joues.

C'était Hilda.

Cet événement datait déjà de trois mois, mais son souvenir continuait à bouleverser Eustache. Il avait toujours du mal à croire que cette femme échevelée, aux yeux fous, au visage barbouillé de larmes était sa sœur Hilda.

Sortant brusquement de sa rêverie, il jeta un coup d'œil à la pendule. Il était sept heures passées et il n'avait pas encore vérifié les préparatifs du dîner. Superviser n'était pas son fort. Exécutée consciencieusement, cette tâche impliquait une critique. Or, venant d'une personne généralement accommodante, cette critique risquait de passer pour de la malveillance. Quoi qu'il en fût, il devait faire acte de présence.

Le maître d'hôtel, un homme au teint brouillé et au regard méfiant, le conduisit dans une petite pièce attenante à la salle à manger et réservée aux banquets privés. La table, mise pour vingt personnes, en occupait presque tout l'espace. Quel vacarme il allait y avoir ici ! se dit Eustache ; les dîneurs habituels protesteraient probablement. Des freesias et des jonquilles ornaient la table. Bien qu'arrangées dans un souci de symétrie plutôt que d'esthétique, les fleurs avaient un air festif. Passées bientôt dans des boutonnières de soie, elles seraient flétries au matin. Mais elles ne seraient pas les seules à être mal en point.

Avec un soupir, Eustache sortit de sa poche un plan de table. La place des convives était un problème épineux car les membres du Lauderdale n'étaient pas tous en bons termes les uns avec les autres. Le président occupait le haut bout de la table avec l'invité d'honneur à sa droite. Ensuite venait Eustache en sa qualité de secrétaire. Longeant la table, il distribua lentement ses cartes, se demandant encore une fois si mettre B à côté de A pouvait racheter le fait qu'il fût le voisin de C. Pour tout désappointement dans ce domaine, c'était lui qu'on blâmerait, mais il se dit qu'il connaissait à présent la politique interne de l'association : certains le critiqueraient, mais d'autres applaudiraient à son ingénieuse malice.

Il termina enfin. Le maître d'hôtel déclara que tout était en ordre. Douze bouteilles de champagne attendaient dans des seaux à glace, d'autres étaient en réserve. L'assurance de cet homme se communiqua bientôt à Eustache : il n'y avait rien de fâcheux à craindre.

Il retourna donc au fumoir dans un état d'esprit optimiste et avec le sentiment du devoir accompli.

À peine eut-il franchi le seuil qu'il s'entendit appeler. Caractéristique, cette voix ne pouvait appartenir qu'à Antony Lachish. En effet, il était assis là, tassé dans un fauteuil de cuir, ses longues et maigres jambes passées sur un des bras.

« Eustache ! » répéta-t-il d'un tel ton que quelques-uns des membres lui lancèrent un regard indigné, comminatoire, que toutefois il ne remarqua pas. « Viens t'asseoir. Où diable étais-tu passé ? On te croyait tous mort. »

Il eut soudain un sourire d'une extraordinaire douceur. Eustache tira un fauteuil et s'installa de manière à faire face à son ami. Sans succès : l'instant d'après, Antony avait balancé ses jambes sur l'autre bras du siège et regardait Eustache par-dessus son épaule.

« Tu ne tiens pas en place », dit Eustache.

Le visage d'Antony exprima un remords si douloureux qu'Eustache ne put s'empêcher de rire.

« Tu me trouves terriblement agité, n'est-ce pas ? C'est ce qu'on dit de moi », reconnut-il, l'air toujours affreusement soucieux.

« Bien sûr que non, répondit Eustache d'un ton apaisant. Juste un peu vif. »

S'éclairant aussitôt, le visage d'Antony se mit à rayonner d'autosatisfaction.

« Voilà un mot beaucoup plus joli. Merci d'y avoir pensé. Je suppose que mon visage trahit un peu trop mes sentiments.

— À mon avis, personne ne peut ressentir tout ce qu'exprime ton visage, même pas toi.

— Tu mets en doute ma sincérité ? » Le regard douloureux revint, puis se transforma en un sourire charmeur.

« Tu ne peux quand même pas me demander de rester de marbre lorsque je te revois après une si longue séparation ! Que diable faisais-tu ?

— J'ai un peu travaillé.

— J'en étais sûr ! C'est ce que je leur ai dit. J'étais certain que tu n'étais pas fâché contre nous. "C'est pour nous qu'il travaille, leur ai-je dit. On n'a rien à craindre tant que l'attention sera sur lui. Au contraire, son prestige rejaillira sur nous."

— Tu as beaucoup plus de chance que moi d'obtenir une mention très bien, dit Eustache, sachant que les façons désinvoltes d'Antony dissimulaient ses ambitions et ses facultés.

— Penses-tu ! Je n'ai aucune puissance de travail, je suis nul. Ma note, c'est gamma moins. Pas plus tard qu'hier, mon directeur d'études m'a dit : "Lachish, votre travail ressemble à un éclair en été : une lueur intermittente, mais à des kilomètres du sujet."

— Le mien m'a reproché de me perdre dans les détails, dit Eustache d'un air découragé.

— Mes espions m'ont fait un tout autre rapport. Il paraît que tu auras une mention. Ils commencent à parier. Quand passes-tu tes examens ?

— En juin de l'année prochaine.

— Alors tu n'as pas d'excuse pour vivre comme un ermite. Nous viendrons tous les soirs te donner la sérénade. Commençons ton émancipation dès maintenant. Dînons ensemble. »

Eustache lui expliqua pourquoi cela lui était impossible.

« Qu'est-ce que cette association Lauderdale ? Décris-la-moi.

— Elle a été créée il y a fort longtemps sous la forme d'un club semi-politique de tendance conservatrice. Ensuite, cette tendance s'est affaiblie et le Lauder est devenu une sorte de club gastronomique, histoire de protester contre la vie austère et les principes élevés de St. Joseph. Ses membres, assez prétentieux, n'étaient pas dans les petits papiers du Collège ou des professeurs. Il fut même question de le supprimer. Après la guerre, il est revenu à la mode et, je ne sais comment, j'en suis devenu le secrétaire. Son adresse est restée inchangée et ses membres continuent à se croire obligés de faire savoir au Collège qu'ils se considèrent comme supérieurs sur tous les plans : social, intellectuel, et cetera. Récemment, la rumeur a de nouveau couru qu'on allait le dissoudre en douceur, aussi dînerons-nous ici. Le Collège refuse de nous recevoir. Et puis j'ai eu l'idée de demander à quelqu'un de venir nous parler d'un sujet important, comme l'Avenir du Monde, une personnalité connue pour que nous ayons l'air un peu plus sérieux. »

Eustache s'interrompit. Il avait l'impression que sa justification du Lauderdale n'était pas convaincante. Mieux aurait valu dire carrément : « Le but du club, c'est de glorifier la jeunesse dorée de St. Joseph », mais il n'avait pas assez d'aplomb pour cela. Par nature, il s'attendait toujours à être critiqué, et sur le plan moral, domaine qu'il connaissait le mieux bien qu'il y fût le moins à l'aise, le Lauderdale était difficile à défendre.

« Je vois, dit Antony. J'ai du mal à t'imaginer parmi ces rustres, mais je suppose que ça te convient. Qui as-tu déniché pour élever votre standing aux yeux des profs ?

— Un jeune conservateur plein d'avenir. Staveley. Richard Staveley. Tu as dû entendre parler de lui ? »

Toute une série d'expressions, où dominait la surprise, passèrent sur le visage mobile d'Antony.

« Dick Staveley ? s'écria-t-il. Mais bien sûr ! C'est un cousin éloigné, pour commencer.

— Je l'ai rencontré une ou deux fois, il y a très très longtemps quand nous vivions dans un village appelé Anchorstone. J'avais alors neuf ans, lui devait en avoir seize. Il m'a porté secours un jour où je m'étais perdu dans un bois en jouant au rallie-papier.

— Ça lui ressemble. Il était toujours en train de secourir quelqu'un ou de se mettre dans une situation où c'était lui qui avait besoin d'être secouru. Quand je pense que tu l'as connu ! Je n'en reviens pas.

— Je le trouvais fascinant.

— Tu n'es pas le seul. Je ne l'ai pas connu à cette époque. Je n'avais que cinq ans, mais j'entendais beaucoup parler de cet incroyable cousin qui n'arrêtait pas de faire des siennes.

— C'est-à-dire ? »

Antony réfléchit un moment.

« En ce temps-là, il s'agissait de frasques de collégien. Tu sais, partir subrepticement à Londres, mettre des œufs dans les chapeaux des profs, dérober un objet important au moment où l'on en a le plus besoin – de mauvais tours avec une pointe de méchanceté.

— Ça ne m'étonne pas. Un jour, il m'a joué un tour à moi aussi.

— Quel genre de tour ? »

Eustache raconta l'histoire de l'héritage.

« Il s'en est tiré à bon compte. À moi, il ne m'en a jamais joué parce que maman n'aimait pas trop aller à Anchorstone. Elle le faisait par devoir, à cause de la cousine Edie. Mis à part les blagues de Dick, ces visites étaient souvent affreusement ennuyeuses. Papa y allait pour la chasse. Ça, c'était toujours bien.

— Tu ne trouves pas leur maison magnifique ? Cet endroit me semblait extraordinaire. À cette époque, j'en rêvais tout le temps.

— Vraiment ? s'écria Antony avec cet intérêt plein de bienveillance auquel il devait une partie de sa popularité. Oui, je comprends ça. C'est une très belle maison, du moins l'aile datant du XVIIe siècle. Romantique, comme enchantée. Te rappelles-tu ces heaumes posés sur les rebords de fenêtre? On les voyait de l'extérieur. Ils n'étaient pas placés très soigneusement. On aurait dit que les chevaliers les avaient jetés là, encore tout empreints de la chaleur de leur tête brûlée, avant d'aller passer des vêtements plus confortables.

— Je ne me suis jamais assez approché pour les voir. Je ne suis entré qu'une seule fois dans cette maison, et il faisait nuit.

— Ils ont dû t'emmener dans l'aile la plus récente, celle qu'ils habitent. Pas très intéressant comme style : du gothique victorien de la dernière période Staveley. Hideux, en fait, mais je ne crois pas qu'ils s'en rendent compte.

— Leur maison a-t-elle si peu d'importance pour eux ? » demanda Eustache.

Une telle éventualité lui était insupportable.

« Non, ce n'est pas ça. Ils l'aiment beaucoup et ils en sont très fiers. Seulement, ils ne font pas preuve de sens critique : ils trouveraient cela inconvenant.

— Dick n'a-t-il pas une sœur nommée Anne ?

— Oui. Pauvre Anne ! Une fille bien gentille, mais terne. On ne lui a jamais donné sa chance, vois-tu. On l'habillait d'une façon extrêmement bizarre. Au bal, c'est à peine si les baleines de son corset lui permettaient de se pencher, elle craquait de partout. Et sa raideur était contagieuse : à sa vue, même les jeunes gens les plus fringants se glaçaient, se transformaient en véritables piquets. C'était terrible pour elle, terrible pour tout le monde. Elle faisait le vide autour d'elle. Dans un sens, c'était la faute de la cousine Edie – mais elle, elle a été influencée par les Staveley. Ils étaient fiers de vivre comme au siècle dernier. En fait, ils étaient fiers de tout et d'eux-mêmes. On se demande bien pourquoi.

— N'est-ce pas une très vieille famille ? » demanda Eustache qui, bien qu'il hésitât à l'admettre, avait attaché une grande importance à la généalogie des Staveley.

Antony parut surpris et légèrement embarrassé.

« Pas plus vieille qu'une autre, finit-il par répondre. Toutes les familles sont vieilles quand tu commences à les regarder de plus près. Je suppose que tu songes à cette histoire de chevauchée sur la plage et de flèches tirées dans la mer ? Plutôt romantique, mais je pense que c'est tout ce que les Staveley savaient faire. Ils étaient étonnamment quelconques.

— Sir John Staveley était lord-lieutenant tout de même ! » insista Eustache, répugnant à renoncer au rêve de la splendeur des Staveley.

Avec un soupçon d'impatience, Antony répondit :

« Oh ! tous les gens qu'on connaît le sont. Il suffit de rester assez longtemps au même endroit. Les Staveley sont des parents à nous et je ne veux pas les dénigrer, mais, crois-moi, on n'en aurait plus entendu parler depuis le Grand Livre cadastral, ou depuis je ne sais quand, si lady Nelly n'était entrée dans la famille par mariage. Grâce à elle, ils ont acquis un certain prestige.

— Je ne pense pas la connaître, dit Eustache.

— Vraiment ? »

La voix d'Antony trahit de la surprise. Plus expressif encore, son visage exprima la consternation. Toutefois, son étonnement n'était ni condescendant ni apitoyé, de sorte qu'Eustache n'aurait pu s'en offenser, même s'il l'avait voulu.

« C'est la femme la plus divine, la plus adorable que je connaisse, dit Antony, l'air extasié comme si lady Nelly se trouvait en chair et en os dans la pièce. C'était la reine de la Belle Époque. Tout le monde était à ses pieds, tous les cœurs fondaient à sa vue.

— Et son cœur à elle, fondait-il aussi ?

— Oui, hélas ! trop facilement même. Et parfois pour des hommes indignes d'elle. Elle avait trop de compassion pour tout le monde. Personne n'a jamais compris ce qu'elle a trouvé à Freddie, à part son physique agréable. Elle adorait les canards boiteux, toujours prête à les secourir.

— Était-il un canard boiteux ?

— Il ne l'est plus. L'alcool l'a tué. Ma tante a eu une patience d'ange avec lui, elle s'est donné beaucoup de mal pour l'aider, l'a emmené partout et entouré de gens amusants. Peu lui importait ce qu'il faisait si cela pouvait le détourner de son vilain penchant. Les Staveley ne lui en ont pas été reconnaissants. Selon eux, c'était en partie sa faute s'il est mort. Elle aurait dû se montrer plus stricte avec son mari, disaient-ils, lui trouver une maison de santé, par exemple. En fait, ils étaient jaloux d'elle comme des corbeaux peuvent l'être d'un rossignol ou d'un oiseau de paradis. Même la cousine Edie disait : "Pauvre Freddie, Nelly lui a fait mener une vie si fatigante, si agitée." Cela rendait ma mère furieuse : en effet, tout le monde voyait que Nelly se tuait à soigner son mari. Elle ne pouvait empêcher les hommes de tomber amoureux d'elle. Et ça continue, alors qu'elle doit friser la cinquantaine. Il faut que tu fasses sa connaissance. J'arrangerai une rencontre. »

À présent, le fumoir se remplissait de membres qui commandaient un sherry comme apéritif. Ils regardaient Antony, mais celui-ci poursuivit comme s'ils n'existaient pas :

« Revenons à Dick. Il a connu une vie plutôt mouvementée. Je pense qu'il était toujours un peu en révolte contre l'atmosphère guindée, collet monté qui régnait à Anchorstone – d'où ses canulars qui étaient plus inquiétants que drôles. Il voulait vivre dangereusement. Ça, en un sens, c'était dans la tradition des Staveley : ils représentaient une menace permanente pour tout oiseau ou bête qui croisait leur chemin. Dick, toutefois, estimait que les animaux auraient dû être armés eux aussi. Un jour, il s'est déguisé en faisan et a criblé l'un des chasseurs de petits plombs. Bien entendu, cela a provoqué un énorme scandale et on l'a obligé à s'excuser, mais beaucoup de gens ont trouvé l'incident assez drôle. À Oxford, il a continué. Il était à ton collège, tu sais. Là, il a proposé de transformer le jardin de la cour d'honneur en zoo, avec des lions et des tigres, histoire de secouer un peu les profs et les étudiants sédentaires. Il a aussi organisé deux ou trois chahuts, assez violents, qui se sont terminés par des fractures et la clinique d'Acland. D'après ce qu'on m'a dit, il avait toujours un étrange sourire, comme s'il venait de placer une bombe à retardement dans l'université et attendait qu'elle explose.

— C'était avant la guerre, je suppose. Je suis content qu'il ne soit pas ici maintenant. Suis-je responsable s'il essaie de faire sauter le Flat ?

— Oh, il s'est rangé depuis, du moins, je le crois. Mais c'était aussi un bourreau des cœurs. Avant la guerre, il a eu, avec une jeune villageoise, une liaison qui a failli se terminer au tribunal. Et, pendant la guerre, il en a eu une autre, aux suites beaucoup plus fâcheuses, avec une jeune fille de bonne famille.

— En quoi les suites étaient-elles plus fâcheuses ?

— Sur le plan social, je veux dire. Ce qui rendait la chose plus grave, c'est que cette fille allait se marier. À cause de cette histoire, son fiancé a rompu avec elle. Autrefois, on en aurait voulu à Dick pour ça, on lui aurait battu froid, et on ne l'aurait plus invité nulle part, croismoi. Mais comme il s'était conduit en héros pendant la guerre, on a pardonné et presque oublié sa faute. Il aurait sans doute été encore plus décoré s'il n'avait préféré le danger à la discipline et ne s'était montré *plus guerrier que la guerre*[1], si j'ose dire. »

Eustache rit.

« Merci de m'avoir raconté tout ça. Maintenant, je serai sur mes gardes.

---

1. En français dans le texte.

— Oh ! c'est de l'histoire ancienne. Après la guerre, il est resté au Moyen-Orient, chez les Arabes, où il s'est fait une réputation d'agent secret, une sorte de colonel Lawrence au petit pied. Les bruits les plus divers ont couru sur lui : qu'il ne reviendrait jamais, qu'il était devenu musulman et entretenait un harem, qu'il se battait contre nous, qu'il était mort, qu'un Arabe se faisait passer pour lui (Dick a un peu le physique arabe), et cetera. Il était devenu aussi légendaire et insaisissable que Waring ou le Mouron Rouge. Apparemment, il a fini par laisser tomber tout ça. Maintenant, il est revenu pour faire une carrière politique – c'est l'étoile montante de l'austère et rigide parti conservateur. Toutefois, d'après ce que je connais de ses discours, il donne plutôt l'impression d'être socialiste ou révolutionnaire ou – quel est ce mot à la mode ? – fasciste.

— Devrais-je me méfier de lui ?

— *Absolument* pas ! s'écria Antony, sautant sur le premier mot comme un chat sur une souris. C'est plutôt un personnage haut en couleur pour notre morne époque. Séduisant. Enfin, c'est l'image qu'il voudrait donner de lui. Je ne suis pas très sûr qu'il y parviendra. »

Levant les yeux, il aperçut la pendule.

« Oh, Eustache, il est huit heures moins le quart. Je dois me sauver. Nous n'avons pas du tout parlé de toi. Nous avons seulement perdu notre temps à parler de ces ennuyeux Staveley. C'est ma faute. Quand nous revoyons-nous ?

— Je suis presque toujours libre.

— Mais non, ce n'est pas vrai, gémit Antony, et une expression de profond chagrin envahit ses traits. Tu as un rendez-vous permanent avec le règlement de Stubbs, un alibi inusable.

— Pas du tout ! C'est terminé tout ça ! À présent, je suis un libertin déréglé.

— Que tu es spirituel ! Cependant, si ce n'est ton collège, ce sera autre chose. Je sais que tu adores l'esclavage. Pareil à Andromède, tu aimes ton rocher.

— Tu te trompes. Je demande un rendez-vous à Persée.

— Très bien. Alors, je vais sortir mon agenda. » Antony plongea les mains dans ses poches, les ressortit pleines de lettres et d'enveloppes. « N'est-ce pas terrible ? dit-il. Je n'ai répondu à aucune d'elles. »

Il les jeta sur son fauteuil et se leva afin de pouvoir se fouiller plus facilement.

Tout autour d'eux, les conversations avaient cessé ; les membres du club se mirent à regarder Antony, certains le sourcil levé, d'autres avec un sourire à peine dissimulé : son incapacité à trouver son agenda était en effet devenue légendaire parmi ses amis. Certains prétendaient que cet objet n'existait pas, d'autres qui, comme Eustache, l'avaient vu, déclaraient que c'était juste une façon de gagner du temps à propos d'une invitation, de bercer l'interlocuteur d'une fausse assurance. Quant à savoir si le fait de trouver l'agenda était ou non de bon augure pour le rendez-vous, les opinions divergeaient fortement à ce sujet : les uns affirmaient qu'Antony respectait toujours les obligations inscrites dans son carnet, les autres qu'il ne les respectait jamais.

« Ah ! le voilà ! s'exclama-t-il. Comme c'est bizarre ! J'ignorais que j'avais cette poche. Le tailleur a dû la placer là pour m'embrouiller. »

Comme un chien avec son os, il se réfugia près de la cheminée et se mit à feuilleter son agenda.

« Mercredi m'a l'air d'être plein et je vois une grande tache sur la page de jeudi. Qu'est-ce que cela peut bien vouloir dire ? Vendredi me semble être un jour peu favorable. Tu serais libre vendredi ?

— Je pourrais m'arranger… mais ne te tracasse pas… »

Poussant un gémissement, Antony regarda son agenda d'un air sombre.

« Un rendez-vous le vendredi ne m'enchante guère. D'abord, c'est presque le week-end et l'on ne sait jamais ce qui peut se passer à ce moment-là. La semaine prochaine me semble très loin et, en même temps, si près de la fin du trimestre. Est-ce vraiment la fin du trimestre ? » Il fixa sur Eustache un regard interrogateur et angoissé. « Tu n'en sais rien ? Évidemment. Écoute, je t'écrirai. Non, je te téléphonerai. Voilà qui serait mieux, tellement plus rapide et plus satisfaisant. Nous saurons alors où nous en sommes. Mais j'y pense : tu n'as pas le téléphone, moi non plus ! Personne n'en a. C'est drôlement mal foutu. S'attendent-ils à ce que nous communiquions comme des oiseaux ? Oh, mon Dieu, qu'allons-nous faire ? Je pourrais peut-être envoyer un messager de la loge et lui demander d'attendre… »

Trop occupé à observer les zigzags que faisait l'esprit d'Antony, torturé par l'obligation de s'engager, Eustache n'entendit pas la porte s'ouvrir. Il sentit toutefois qu'on bougeait derrière lui. Levant les yeux, il aperçut cinq ou six membres du Lauderdale. Ils attendaient, dans leurs smokings, l'air un peu embarrassé. Un homme plus âgé se trouvait parmi eux, arborant avec le plus grand naturel un œillet à sa boutonnière.

Que fait-il ici ? se demanda Eustache hésitant entre deux situations différentes, comme cela lui arrivait souvent. Il n'appartient pas à notre groupe. Il doit chercher quelqu'un. Si je cesse de penser à lui, il partira. Il doit partir, il n'a pas sa place parmi nous. Réchauffé et détendu par l'amitié, tout son être répugnait à l'effort de rencontrer un inconnu. Ce dernier, cependant, ne bougeait pas et Eustache, examinant ses traits bien plus frappants et énergiques que ceux de ses compagnons, commença à se souvenir. À ce moment-là, l'inconnu ébaucha un sourire.

« Vous devez être Eustache Cherrington, dit-il. La dernière fois que je vous ai vu, j'ai crié trois hourras en votre honneur, mais je suppose que vous l'avez oublié. »

Eustache resta tout interdit. Pendant un moment, il se retrouva sur la plage d'Anchorstone, Hilda à ses côtés, avec le vent qui fouettait leurs visages barbouillés de larmes tandis que Dick, à la tête de sa petite troupe, lui annonçait que lui, Eustache, avait hérité de Mlle Fothergill.

« Il y a bien longtemps de cela… » commença-t-il.

Mais Dick s'était détourné et Eustache l'entendit s'exclamer :

« Ma parole ! Mais c'est Antony ! »

Tenant à la main la correspondance qu'il avait récupérée, Antony lança à Dick un regard oblique.

« Viens me voir, dit-il. Eustache te donnera mon adresse. »

Puis, tel un prestidigitateur, il disparut : l'air, élément avec lequel il avait tant de points communs, sembla l'absorber dans sa transparence. Dick se tourna vers Eustache.

« Parlez-moi de vous et de votre sœur. Ne s'appelait-elle pas Hilda ?

— Elle s'appelle toujours ainsi, répondit Eustache. Ça alors, vous vous en souvenez ! »

4

Eustache chez lui

Lorsqu'il retourna à Willesden pour les vacances, Eustache s'aperçut que Barbara lui manquait bien plus qu'il n'aurait cru. En temps ordinaire, elle trottait, courait, galopait ; quand elle était pressée ou contrariée, elle posait brutalement les objets ; elle ne restait jamais longtemps immobile et les portes claquaient ou demeuraient ouvertes quand elle se déplaçait ; elle riait et pouffait ; elle émettait une série de petits cris comme une perruche s'échappant de sa cage ; dès qu'elle rentrait, le téléphone se mettait à sonner et la voix spéciale, aiguë et peu naturelle, avec laquelle elle répondait résonnait dans toute la maison ; elle n'était jamais autant dans ses pattes que lorsqu'elle lui disait, au milieu d'un flot précipité d'explications et d'excuses, qu'elle ne voulait pas l'être ; en sa présence, la maison paraissait beaucoup plus exiguë et encombrée qu'elle ne l'était en réalité. Et puis, il y avait ces soirées qu'il avait décrites à Stephen, avec le gramophone qui ronronnait des airs de jazz, ou continuait de tourner dans le vide en émettant un murmure insistant, sifflant, asthmatique, tandis que se poursuivait une discussion chuchotée pour choisir le prochain disque. Eustache attendait alors le début de la chanson suivie des pas glissant en cadence sur le plancher.

Tout cela avait été pénible. C'était le genre de dérangement dont toute personne désireuse de travailler avait le droit, sinon le devoir, de se plaindre. Eustache savait toujours exactement ce qui pouvait agacer les autres. Il se sentait enclin à donner plus d'importance à cet agacement qu'à ses propres griefs et ne se plaignait d'être perturbé que lorsqu'il pensait pouvoir présenter ses ennuis sous un jour comique. Cependant, il avait été vaguement conscient du but auquel visaient ces manifestations frivoles : elles constituaient un prélude. Elles faisaient songer aux instruments d'un orchestre qui s'accordent avant de commencer à exécuter un morceau.

Le mariage en avait été le premier accord : grâce à lui, ces dissonances apparemment vaines prenaient soudain un sens. La musique, toutefois, était jouée ailleurs, dans la petite maison de Barbara à Hitchin, et les sons qui parvenaient à Willesden n'étaient que les lointains échos d'une salle de concert.

Eustache aurait dû se sentir soulagé, mais ce n'était pas le cas : avec la disparition du tohu-bohu, la maison avait perdu une certaine qualité. Dans le silence qui y régnait, il percevait le bruit de ses pas et le tic-tac de l'horloge. L'habitude, si souvent bousculée par Barbara, revint imposer la tyrannie d'un emploi du temps rigoureux.

Depuis longtemps la vie de tante Sarah coulait entre de hautes digues. Elle ne débordait jamais ni n'enrichissait la terre alentour de ses alluvions. Eustache avait l'impression que c'était sa faute : le très grand respect qu'il portait à sa tante prévenait toute tentative d'établir un contact avec elle. Il avait accepté trop facilement l'idée qu'elle le désapprouvait. Hilda et Barbara avaient grandi elles aussi à l'ombre de tante Sarah, mais n'en avaient pas été paralysées. Elles étaient à l'aise avec elle, pourquoi ne l'était-il pas, lui ? Bien que Hilda fût très différente et évoluât dans un univers moins limité, elle n'en était pas moins la fille spirituelle de sa tante : toutes deux prenaient les mêmes choses au sérieux. Barbara, elle, était indomptable – une centaine de tantes Sarah n'auraient pu l'intimider. C'était de la vie même dont elle était assoiffée et non d'une attitude envers la vie. Mlle Cherrington, mieux que lui en fait, semblait capable de comprendre ce besoin sans en être agacée.

Remontant le cours des ans, Eustache ne pouvait voir dans sa vie passée que peu de signes de ces fièvres d'adolescent, de ces brusques rougeurs, de cette gaucherie, de ce désordre, de ces enthousiasmes sans discernement, de cette envie de s'approprier, gâcher et gaspiller, de se mettre en quête de nouveaux visages, d'essayer des amis, des vêtements et des slogans, de se fâcher et de se rabibocher, de suivre la mode, d'être stupide, frivole et d'un égoïsme sans vergogne – toutes choses qui avaient marqué le printemps de Barbara.

Pour lui, cette période avait été dévorée par la guerre – la guerre qui avait majoré sa vie de quatre années totalement vides et l'avait ramené vers des hommes beaucoup plus jeunes, Stephen mis à part, auxquels il avait dû s'adapter. Leur degré de maturité allait de soi, mais ce n'était peut-être pas le cas pour lui. Sa vie affective n'était pas statique, en fait, elle était régressive. Jusqu'où dois-je reculer ? se demanda-t-il. Car ce processus de ralentissement n'avait pas débuté avec la guerre.

Certes, la vie militaire et le train-train de l'administration ministérielle s'étaient révélés contraires à sa nature, ils ne lui avaient offert aucune perspective. C'est alors qu'il avait commencé à cultiver consciemment un certain stoïcisme, s'était habitué à subir plutôt qu'agir et à porter sur lui un regard extérieur. À l'époque, cette attitude, en dehors de son utilité, lui avait paru comporter quelque noblesse. Mais, inconsciemment, ce stoïcisme s'était mis en place bien plus tôt: dès l'école, où il avait connu un certain prestige et participé à la vie sociale. Sa mémoire le fit remonter jusqu'aux sables d'Anchorstone, à cette époque où il s'était totalement soumis à Hilda et jusqu'au salon de Mlle Fothergill où, temporairement, une autre emprise s'était exercée sur lui, une emprise moins évidente, mais plus intime, plus… plus débilitante. Qu'est-ce qui l'avait amené à Laburnum Lodge? Il continua de s'analyser. C'étaient sans doute les suites du rallie-papier – son seul geste de révolte et de défi, sa seule tentative d'émancipation.

Si seulement elle avait réussi! Mais tout s'était ligué pour la conduire à un fiasco: son évanouissement dans le bois, l'anxiété de ses proches, la longue et coûteuse maladie dont il ne s'était jamais remis, du moins à ce qu'il lui semblait. Et tout cela pour s'être entêté, avoir désobéi et cru qu'il était plus malin. C'est alors qu'il s'était inconsciemment persuadé que ses désirs ne pouvaient être que mauvais et qu'essayer de les satisfaire l'amenait nécessairement à enfreindre la loi morale. Avec un peu plus de vitalité, songea-t-il, j'aurais peut-être été moins logique. Si l'on m'avait contraint à coups de pied à me frayer une voie dans le monde, je me serais sans doute montré plus audacieux. Mais l'héritage de Mlle Fothergill m'a préservé d'un tel risque. Je pouvais toujours compter sur ses dix-huit mille livres. Un bref instant, Eustache essaya de souhaiter ne les avoir jamais reçues, puis, à son grand soulagement, il constata qu'il n'y parvenait pas, que la réalité s'imposait à lui. Il revit la main de Mlle Fothergill gantée d'une mitaine noire, cette main pareille à une patte de lion qui l'avait tant effrayé autrefois, se dégager de la large manche de dentelle pour lui tendre le shilling qu'il avait gagné au piquet. Et maintenant encore, cette main continuait à se tendre et à lui prodiguer des shillings.

Mlle Fothergill voulait qu'il sauvegardât son esprit d'initiative : elle le lui avait recommandé lors de leur dernière rencontre. Elle luttait alors contre la mort, dont elle hâtait peut-être ainsi la venue, pour pouvoir lui adresser cette recommandation. C'était une femme aussi sage que bonne. Si seulement il avait profité de ses conseils comme il avait profité de son argent !

Avait-il visé le bien de Hilda en lui cédant toujours (mis à part la désastreuse histoire du rallie-papier) ? La mélancolie et le sentiment de culpabilité qui habitaient son esprit lui inspirèrent une réponse négative. À force de concentrer son affection sur lui, Hilda s'était détournée des autres. Elle avait négligé les autres êtres humains. Elle s'était finalement appauvrie à trop user et abuser d'un comportement autoritaire. Presque sans s'en rendre compte, elle avait renoncé à tout ce qu'elle aurait pu connaître des trésors de la vie dont sa beauté avait placé les clés entre ses mains. Cette beauté s'épanouissait, non comme une fleur sur un tas de fumier, mais chose plus triste encore, semblait-il à Eustache, comme une tulipe dans une salle d'hôpital. Là, seuls la voyaient les yeux las et indifférents des malades et des mourants, l'infirmière de nuit l'emportait le soir et l'infirmière de jour ne tardait pas à la jeter dans le poêle.

La clinique avait néanmoins offert des compensations à Hilda qui s'était fait une place et un nom dans le monde. Dotée d'une énergie illimitée, elle ne pouvait se contenter du simple rôle de tutrice d'Eustache : il lui fallait davantage. High Cross était un prolongement de son frère. Les longues absences d'Eustache l'avaient forcée à relâcher son emprise sur lui, quoiqu'elle ne l'eût pas perdue. Comment, sans cela, eût-il continué à profiter de sa bourse ? L'amélioration de ses rapports avec la direction du Collège, un nouvel intérêt pour son travail, l'avenir qu'on lui prédisait s'il réussissait à ses examens – tout cela il le lui devait. Quel pouvoir était le sien, aussi bien dans le domaine moral que sur le plan pratique ! Mais telle était l'humeur d'Eustache que ces progrès accomplis le faisaient seulement songer au développement des sciences : ils n'affectaient que des rouages sans aller au fond des choses. Ils ne servaient qu'à exalter l'estime de soi, l'amour-propre. Ils obtenaient l'approbation de la conscience, si prompte à se contenter de la moindre réussite. La satisfaction de soi permettait de conserver son allant, même quand les sources de la vie se tarissaient. Comme la plupart des hommes étaient fiers quand ils parvenaient à réparer leur voiture ! Mais, pensa Eustache, c'était là un bonheur stérile, vain, exigeant de l'admiration, impossible à partager. Alors que l'attitude bruyante et gaie de Barbara envers le mariage révélait, non peut-être sous leur forme la plus élégante, quelques-unes de ces impulsions qui transcendent le moi, où la volonté ne joue aucun rôle, et qui meuvent la terre et les autres astres.

Aux noces de Barbara, c'était extraordinaire comme la poussiéreuse comédie humaine avait repris couleur et fleuri tel un jardin de banlieue après la pluie ! Même Hilda avait ressenti cette excitation nuptiale ; peut-être même l'avait-elle ressentie davantage que les autres. Lorsqu'elle bombardait le nouveau couple de confettis, se souvenait-elle de la clinique et de ses obligations ? Se souvenait-elle même d'Eustache et de sa carrière ?

La main sur la poignée de la porte de la salle à manger, Eustache s'arrêta et se composa le visage qui convenait pour affronter les reproches explicites ou sous-entendus de tante Sarah sur son manque de ponctualité à la table du petit déjeuner.

Il était neuf heures passées et le petit déjeuner était censé se prendre à huit heures et demie. Avec un sourire résolu, il entra, mais il n'y avait personne ; quelques miettes attestaient du passage de tante Sarah. La réprimande était remise à plus tard. Quelle absurdité de la craindre comme s'il était encore un petit garçon ! Il devait adopter envers elle une attitude plus adulte. C'était l'injurier que d'avoir toujours peur d'elle. Il fallait qu'il se montre plus communicatif, qu'il se confie à elle et la sorte de sa réserve. Il s'était mis dans la tête qu'elle ne s'intéressait pas vraiment à ce qu'il faisait, aussi n'en parlait-il que rarement. Mais comment pouvait-elle s'y intéresser s'il ne lui disait rien ?

Il y avait deux lettres à côté de son assiette, l'une de Stephen, l'autre d'une écriture inconnue. Il les examina. Récemment, avec tout le temps libre dont il disposait, il s'était mis à recourir à divers stratagèmes pour faire passer la journée plus vite. Entre autres, retarder la lecture des lettres qu'il recevait. Agitées devant lui telles des carottes, elles annonçaient un avenir prometteur. Chaque heure qui passait sans qu'il les ouvrît lui donnait le sentiment d'être fort et vertueux. Parfois il réussissait à tenir jusqu'à midi. D'habitude, il gardait pour la fin les lettres qu'il avait le plus envie de lire ; les factures, en revanche, il les décachetait tout de suite.

La deuxième lettre n'était pas une facture, même si l'écriture de l'adresse manquait à tel point de distinction ou de prétention à l'élégance qu'on aurait presque pu la qualifier de commerciale. L'écriture de Hilda, dénuée d'apprêt, lui ressemblait un peu, mais cette lettre n'était pas de sa sœur. Il la glissa dans sa poche et après une courte lutte avec son démon, ouvrit celle de Stephen.

Cher Eustache,

J'ai essayé de te joindre avant les vacances, mais en vain : ton départ a été si brusque, on pourrait presque dire précipité.

Je voulais te voir pour plusieurs raisons. J'aurais sans doute pu obtenir de tes nouvelles en m'adressant à Lakelike ou à Son Altesse, mais l'orgueil m'aurait interdit pareille démarche même si je les connaissais, ce qui (vu mes fréquentations réduites) n'est pas le cas. J'aurais aimé t'imaginer vivant dans la solitude, te préparant aux épreuves qui nous attendent, quoique les miennes soient beaucoup plus proches que les tiennes. Toutefois, j'ai appris par hasard qu'il n'en était rien, que tu étais intimement lié à la dernière manifestation de hooliganisme à St. Joseph (les Farces du Lauderdale comme on a appelé ça, je crois). Je m'abstiens de te demander si c'est la raison pour laquelle tu as disparu si vite…

Eustache sourit. Le chahut n'avait pas été bien méchant. Dans la salle de séjour des étudiants – cible traditionnelle de la frénésie des membres du Lauderdale – rien n'avait été sérieusement endommagé : même le porte-parapluies, sur lequel ils s'acharnaient d'habitude, n'avait eu d'autre mal que d'être relégué aux toilettes. Eustache avait acquis quelque mérite en aidant, sans aucun signe d'ivresse, le professeur chargé de la discipline à remettre l'objet à sa place.

Il poursuivit sa lecture :

… ou si ta conscience approuvait qu'on cassât de la vaisselle et des vitres, qu'on enfermât l'économe dans sa chambre et qu'on recouvrît de poix et de plumes plusieurs étudiants studieux. Sans doute t'es-tu arrangé avec elle, en tout cas tu ne m'as pas parlé de tes affres. Je commence à me demander combien de visites je dois à ton complexe de culpabilité ? Je me sens pareil à saint Georges qu'on battait froid quand il n'y avait pas de dragon dans les parages. Mais que dirait Mlle Hilda ? Lui as-tu tout avoué ?

À propos, elle t'a peut-être dit qu'elle m'avait pris, ou plutôt qu'elle avait pris le cabinet de mon père, comme avocats de la clinique. J'ai reçu une lettre dactylographiée, mais signée de sa main, demandant si nous voulions la représenter dans l'achat d'un petit terrain qu'à l'instar du roi David elle convoite pour y planter sa vigne. Les Naboth, propriétaires dudit terrain, hésitaient à le vendre car ils y ont leur poulailler, mais je suis heureux de t'annoncer que nous allons venir à bout de leur résistance. Mlle Hilda nous a également confié la gestion de ses investissements. Je pense que nous nous débarrasserons des valeurs qu'elle a dans le Chimborazo Development Trust et qui, selon nos informations, ne sont pas des actions fructueuses. (Dans ton cas, ce seraient des actions coupables.)

Tu peux imaginer les louanges que j'ai reçues pour avoir mis la main sur une affaire de cette importance. Je m'attends à ce que Hilliard, Lampeter et Hilliard me prennent tout de suite comme associé.

Inutile de te dépeindre la clinique de Highcross Hill sous un jour favorable – la presse l'a déjà fait – ou d'énumérer les innombrables possibilités de litige qu'elle présente. Bien entendu, nous ne faisons jamais de démarchage, mais je crois que tes affaires financières ne devraient pas être séparées de celles de Mlle Hilda. Là où est ton cœur, là devraient être aussi tes titres.

Bien à toi

STEPHEN

P.-S. – Mlle Hilda me propose de venir voir le poulailler de mes propres yeux. Je serais très honoré de le faire. Bien entendu, il faudra que je la mette en garde, comme je te mets en garde, contre des dépenses inconsidérées.

Laissant refroidir son thé, Eustache réfléchit. Il ignorait tout des avances que Hilda avait faites à Stephen. Qu'elle ne l'eût pas mis au courant n'avait rien d'étonnant. Hilda écrivait rarement : elle était trop occupée. Mais le fait qu'elle eût retiré ses affaires des mains inefficaces de Ruston et Liebig était plutôt curieux. Maintenant, il serait obligé de l'imiter. Un moment désagréable en perspective. L'entrée de Mlle Cherrington interrompit sa méditation.

« Bonjour, tante Sarah », lança-t-il d'une voix joyeuse.

Mlle Cherrington changea légèrement d'expression.

« Ah, tu es là, dit-elle. La matinée s'annonçait beaucoup plus belle il y a une heure. »

Elle s'approcha pour prendre l'assiette dans laquelle Eustache avait mangé ses œufs au bacon et promena son regard sur la table pour voir si elle pouvait enlever autre chose. Mis mal à l'aise par cette inspection, Eustache engloutit son toast à la confiture.

« Je viens de recevoir une lettre de Stephen, annonça-t-il d'un ton aussi dégagé que le lui permettait le rythme de sa mastication.

— Je ne suis pas très sûre de me rappeler qui est Stephen, dit Mlle Cherrington en se jetant sur le porte-toast. Devrais-je le savoir ?

— Il s'agit de Stephen Hilliard. Il a déjeuné avec nous le jour où Hilda est venue me voir à Oxford.

— Je suis un peu dépassée par tous tes déjeuners, tu sembles en avoir tellement », répliqua Mlle Cherrington. Elle ouvrit un tiroir du buffet, en sortit un ramasse-miettes. « Et tu as aussi beaucoup d'amis. Mais son nom me dit quelque chose. Est-ce ce jeune homme que Hilda a trouvé élégant et légèrement affecté ? »

À cette description peu flatteuse de son ami, Eustache ne put s'empêcher de tiquer, mais il avait décidé de se montrer plus expansif avec sa tante.

« Bon, je suppose qu'on pourrait dire ça de lui, mais c'est un peu sommaire. Il… il sera bientôt avocat. »

Espérant avoir impressionné Mlle Cherrington, il fit une pause.

« Je croyais les études de droit plus longues, dit Mlle Cherrington, son regard errant de la pendule au calendrier.

— Oh, pas dans son cas, s'empressa de répondre Eustache. Les anciens combattants et les hommes déjà diplômés bénéficient de conditions spéciales. En outre, ajouta-t-il sans avoir l'air d'insister, il entrera dans le cabinet de son père.

— Il a beaucoup de chance d'avoir une situation qui l'attend. As-tu encore besoin de ta petite cuiller, Eustache ? »

Eustache remua en hâte son thé et tendit la cuiller à sa tante.

« Tiens, prends-la, dit-il, comme s'il lui faisait un cadeau. Oui, il a de la chance. Mais, ce que je voulais te raconter, c'est que Hilda a quitté Ruston et Liebig pour confier ses intérêts à Stephen – ou plutôt au cabinet de son père.

— Vraiment ? Merci, Eustache, je vais ranger le couvre-théière. Ça, c'est une surprise. Je me demande si c'est bien sage.

— Tout à fait ! s'écria Eustache avec enthousiasme. Ruston et Liebig sont tellement timorés ! C'est à se demander s'ils existent véritablement. En outre, Liebig est allemand.

— Bien sûr qu'ils existent, dit Mlle Cherrington d'un ton raisonnable. Qu'est-ce qui te fait penser le contraire ? Ton père, lui, ne s'en est jamais plaint. » Elle rougit légèrement et s'interrompit. « Hilda doit avoir grande confiance en ce M. Hilliard. Elle est parfois assez impulsive. Que sait-elle de lui ?

— Seulement ce que je lui en ai dit, je suppose, et ce qu'elle a déduit elle-même de notre déjeuner.

— Oui, sans doute, acquiesça Mlle Cherrington dont l'intonation laissait entendre qu'elle accorderait peu de crédit à des renseignements donnés par Eustache. Tu es sûr que tu ne veux plus de thé ?

— Sûr et certain, tante Sarah, répondit Eustache vertueusement.

— Je vais aller laver cette vaisselle moi-même. Annie doit être en train de faire ta chambre. Je voudrais la ménager autant que possible. Elle n'est pas au mieux de sa forme. Peux-tu m'ouvrir la porte ? » Eustache bondit sur ses pieds et, ce faisant, renversa sa chaise. Un des minces barreaux du faux dossier Chippendale se cassa.

« Oh mon Dieu ! Je suis vraiment désolé ! »

Mlle Cherrington s'immobilisa et regarda par-dessus le bord de son plateau.

« Ça ne fait rien. Ç'aurait pu être pire. Quand je sortirai, j'achèterai de la colle. Je crois que le tube que nous avons est presque vide. Je me débrouillerai pour trouver le temps de réparer cette chaise. Nous la mettrons de côté un jour ou deux, puis tu devras éviter de t'adosser trop brusquement. »

Après avoir fermé la porte derrière elle, Eustache soupira. Il releva le siège et s'assit précautionneusement sur un autre, s'abstenant de s'adosser. Puis, furieux contre lui-même à cause de son manque de logique et de courage, il se jeta de tout son poids contre le dossier. Celui-ci émit un craquement sinistre. Eustache sursauta, s'assit droit comme un piquet. On ne pouvait jamais être sûr de rien. Derechef, il soupira. La vie était une lutte continuelle. Il promena son regard autour de la pièce pour voir si l'un de ses chers bibelots lui enverrait un rayon de sympathie. Le chien en bronze posé sur la cheminée lui montra les dents. Éclairé d'une certaine façon, il semblait rire, mais pas sous cette lumière-ci. Pourquoi a-t-il toujours l'air d'avoir besoin d'un coup de chiffon ? se demanda-t-il, irrité. Il le caressa, mais ne vit aucune poussière, seulement une surface mate, volontairement ternie, semblait-il, comme attestant la répugnance des Chinois pour tout ce qui brillait. Il se rassit, se demandant s'il devait travailler là, dans la salle à manger, où Annie viendrait bientôt mettre la table, ou dans le salon où il faisait encore froid. De toute façon, économe comme elle l'était, tante Sarah n'aimait pas qu'on allumât le chauffage avant l'heure du thé. Il essayait de décider s'il préférait être dérangé ou avoir froid lorsque Mlle Cherrington réapparut. Après avoir ouvert et refermé un ou deux tiroirs, elle demanda :

« Quel âge a M. Hilliard, m'as-tu dit ? »

Eustache fut surpris. Il ne se rappelait pas avoir jamais précisé à sa tante l'âge de Stephen, mais il se réjouit qu'elle s'intéressât à ce sujet.

« Presque un an de plus que moi. »

Sa réponse parut déplaire à tante Sarah.

« Je l'avais imaginé plus vieux, déclara-t-elle. C'est peut-être parce que tu m'as dit qu'il commencerait bientôt sa carrière.

— À vingt-cinq ans, on n'est plus vraiment jeune.

— C'est relatif, bien sûr. La jeunesse se termine quand on accepte ses responsabilités. Pour certains, cela se produit tôt, trop tôt. Ils ne profitent pas de leur jeunesse, ce qui est dommage. À mon avis, Barbara aurait pu attendre un peu. Mais il arrive un moment où s'accrocher à la jeunesse n'est plus de mise.

— Oui », acquiesça Eustache, mal à l'aise.

Il comprenait que, du point de vue de sa tante, il était à la fois trop jeune et trop vieux, trop jeune pour que ses opinions comptent, trop vieux pour être à Oxford. Peut-être n'aurait-il jamais l'âge qu'il fallait. Vu les critères de sa tante concernant les convenances – critères moraux à l'origine, mais additionnés d'une bonne dose de considérations pratiques – il était condamné sans appel. Les convenances avaient leurs avantages : c'était l'essence du bon goût. Ses bibelots détonnaient dans cette pièce, ils ne convenaient pas, et peut-être était-ce pour cela que lui-même ne s'y sentait pas très bien. Ils étaient indéniablement beaux, malgré la légère irritation causée par le chien de bronze. Ils auraient pu rétorquer que c'était la pièce qui ne leur convenait pas. Mais Eustache se dit qu'il ne pouvait adopter un tel argument. Il jugea plus prudent de ramener la conversation sur Stephen.

« Stephen se mettra rapidement au courant des affaires, assura-t-il. Il est très compétent. » Mlle Cherrington serait obligée de respecter cette définition, se dit-il.

« Hilda a dû s'en rendre compte, même lors d'une seule rencontre.

— Elle l'a peut-être revu », hasarda Mlle Cherrington.

Eustache tressaillit.

« Oh, je ne crois pas… répliqua-t-il. Tous deux sont très occupés. D'ailleurs, ils me l'auraient dit. »

L'expression que prit tante Sarah semblait indiquer qu'il n'était peut-être pas aussi omniscient qu'il le pensait. Un doute s'insinua dans son esprit.

« Eh bien, espérons que ces nouvelles dispositions concernant les avocats se révéleront satisfaisantes. Hilda se trompe rarement. Merci de m'en avoir informée, Eustache. Maintenant, je dois me préparer à sortir. »

Tante Sarah remerciait souvent Eustache d'un ton conventionnel, mais cette fois, sa voix exprimait une véritable reconnaissance. Eustache se rappela sa résolution de nouer avec elle des relations plus humaines.

« Ah. Où vas-tu ? » demanda-t-il avec ce qui ressemblait à un grand intérêt.

Surprise, Mlle Cherrington se retourna.

« Je vais faire quelques courses, puis je passerai à la banque. Elle ferme tôt le jeudi.

— Ah oui ? C'est bien embêtant pour toi.

— Les employés ont besoin d'un congé, comme n'importe qui d'autre. Mais ce matin, cela ne m'arrange pas.

— Je comprends ça ! s'écria Eustache avec une sollicitude qu'il savait peu naturelle. Je peux te prêter de l'argent, si tu veux.

— Merci, je n'aime pas emprunter. De toute façon, je devrai y aller un jour ou l'autre. »

Mlle Cherrington se détourna.

« Et quelles autres courses dois-tu faire encore ? implora Eustache, mettant dans sa voix toute la chaleur désirable. Y en a-t-il une qui soit intéressante ? »

Il sentit que sa question était un peu stupide.

« Je vais chez le boucher, répondit-elle. Je ne sais pas si on pourrait appeler ça intéressant.

— Oh, achète quelques-unes de ces délicieuses saucisses. Je me suis régalé samedi soir.

— Nous en avons eu de meilleures, mais je suis contente qu'elles t'aient plu.

— Elles étaient divines ! »

Voyant que l'emploi d'un qualificatif aussi impropre avait assombri le visage de sa tante, Eustache se hâta d'ajouter :

« Et où vas-tu encore ?

— À l'épicerie, à la bibliothèque et à la pharmacie, si j'en ai le temps.

— Auras-tu le temps de prendre un café au Tivoli ?

— Merci, cela gâterait mon appétit. Ensuite, je ne pourrais plus déjeuner.

— J'adore les pharmacies, insista Eustache. Tous ces nouveaux médicaments me fascinent. Ça vous donnerait presque envie d'être malade, tu ne trouves pas ?

— Ils ne me font pas cet effet-là. Mais s'ils t'intéressent tellement, accompagne-moi. Nous pourrions nous partager les courses et rentrer d'autant plus tôt.

— Eh bien... répondit Eustache, atterré par le tour qu'avait pris la conversation. Cela m'est impossible. Je devrais rester à la maison et travailler, vois-tu. Je crains d'être déjà un peu en retard. »

Il consulta la pendule d'un air coupable.

« Je vois... » dit Mlle Cherrington avec une froideur qu'Eustache trouva méritée. « Et que fais-tu cet après-midi, si je peux savoir ?

— Cet après-midi ? répéta Eustache comme si un siècle le séparait des obligations de ce moment. Eh bien, je pensais aller rendre visite à Hilda. Je l'ai à peine vue depuis le mariage. Tu m'as rappelé que nous étions jeudi, le jour où elle reçoit. Je peux lui passer un coup de fil. »

Il s'empara du dossier d'une des chaises intactes et, de derrière ce rempart, lança à Mlle Cherrington un regard de défi.

« Tes décisions sont bien brusques, dit-elle, mais celle-ci me paraît raisonnable. Il faudra que tu parles affaires avec elle. Veux-tu que je t'accompagne ? »

Eustache hésita une fraction de seconde avant de répondre avec effusion : « Oh, oui, tante Sarah ! », mais il était trop tard. Ou peut-être avait-elle seulement voulu mettre une deuxième fois à l'épreuve la sincérité de l'intérêt qu'il manifestait pour son emploi du temps ? Toujours est-il qu'elle répliqua : « Après tout, tu ferais mieux d'y aller seul », puis elle quitta la pièce avec une dignité et une absence apparente de déception qui accrurent la honte d'Eustache.

Ce ne fut que lorsque Annie vint mettre la table qu'il se rappela la lettre dans sa poche. Il pouvait l'ouvrir sans risque à présent : elle animerait la demi-heure qui le séparait du déjeuner. L'adresse, celle d'un club londonien, avait été barrée et remplacée, sur le côté, par Anchorstone Hall, Norfolk. Ces mots l'emplirent d'une curieuse émotion. Il reposa un instant la lettre avant de la lire.

Cher Cherrington,

J'ai tellement apprécié ma réunion avec le Lauderdale que je me sens obligé d'exprimer officiellement ma gratitude à son secrétaire. Le plaisir de vous revoir n'a pas été le moindre des agréments de cette soirée. À mon avis, vous avez eu tort de ne pas participer au « chahut » – un excellent divertissement, tout à fait dans la tradition – bien meilleur que mon discours, je crois. Mais peut-être l'un a-t-il provoqué l'autre !

La guerre est finie, seulement, comme je l'ai dit, nous ne voulons pas que le pendule parte trop loin dans la direction opposée. En tout cas, moi je ne le veux pas.

Chose étrange, j'ai vu une photo de votre sœur dans le journal d'hier. Je l'ai tout de suite reconnue – elle n'a pas beaucoup changé, mais bien entendu, elle a maintenant l'air de quelqu'un d'important. Pas étonnant, quand on pense qu'elle est responsable de tous ces moutards. Personnellement, je ne m'intéresse pas aux handicapés, mais j'admire quiconque le fait. Je me renseignerai pour voir si des entreprises comme la sienne peuvent bénéficier d'une aide gouvernementale.

Vous avez exprimé le désir de revoir notre vieille maison. Alors, pourquoi ne pas venir ici un de ces week-ends ? Peut-être parviendrez-vous à persuader votre sœur de vous accompagner ? Ainsi, elle pourrait m'exposer ses vues sur la Protection de l'enfance ! Je demanderai à ma mère de l'inviter, si cela vous semble plus correct. Nous inviterons peut-être aussi mon cousin Antony, puisque c'est un de vos amis, et ma tante Nelly Staveley qui adore rencontrer des jeunes gens intelligents. Juste une petite fête de famille. Que diriez-vous du premier dimanche de juin ? Bien entendu, si aucun de vous deux ne peut venir, nous reporterons la chose, mais je suis sûr que le Collège vous en donnera la permission. Vous devez être dans leurs petits papiers maintenant que vous avez publiquement renié les voyous que nous sommes ! On s'est bien amusé quand même.

Mes salutations à votre sœur et bonne chance pour les études. Amicalement,

Dick Staveley

P.-S. – Comme Antony me l'avait suggéré, je suis allé lui rendre visite. Bien entendu, il était sorti.

À la troisième lecture, la pointe lancée à la fin de la lettre répandit son venin. En fait, il n'était pas vrai que tous les membres du Lauderdale avaient participé au chahut. Eustache n'avait pas été le seul à refuser d'y prendre part, et il n'avait jamais ouvertement manifesté sa désapprobation. Mais ce n'était pas seulement parce que casser des objets ne lui procurait aucun plaisir : il lui fallait tenir compte de sa position assez délicate au Collège. Il expliquerait cela à Dick Staveley. Ce dernier n'aurait aucun mal à comprendre… Le reste de la lettre était franchement amical.

Comme il aimerait voir l'intérieur d'Anchorstone Hall !

Cette maison avait constitué un pôle d'attraction dans son enfance. Chez Hilda, en revanche, elle avait toujours provoqué de la répulsion. Lorsqu'ils y avaient été invités tous les deux, elle avait refusé d'y aller et Dick n'avait jamais semblé vouloir le voir sans elle. Pas plus alors qu'à présent, d'ailleurs.

Mais la Hilda d'aujourd'hui, qui avait un peu roulé sa bosse, changerait sûrement d'avis. Elle trouverait peut-être Dick intéressant ; de toute évidence, lui s'intéressait à elle et à ce qu'elle faisait.

Eustache s'abandonna à un rêve dont les divers épisodes devinrent de plus en plus ambitieux.

« Je vais passer un ou deux jours à Anchorstone avec ma sœur, Hilda Staveley. Comment, je ne te l'avais pas dit ? Oui, en juillet (l'imagination d'Eustache avait tendance à précipiter les événements), à St. Margaret, Westminster. Comme il nous était difficile de recevoir ici, lady Nelly a eu l'obligeance de nous prêter sa maison à Portman Square. Mais tu devais être au courant, Stephen ! Nous t'avons envoyé une invitation… Le poulailler ? Oh, je suppose qu'elle l'a oublié. Elle a quitté la clinique. Ce n'était qu'un passe-temps, en fait. Elle est très occupée à présent : elle essaie de rendre Anchorstone plus confortable – cette demeure est si victorienne ! Il faut que tu viennes nous voir un de ces jours. Si cela te paraît plus correct, je demanderai à Hilda de t'écrire. »

Il ne parla pas à sa tante de cette deuxième lettre, mais quand il partit à Highcross Hill, il s'assura qu'elle était dans sa poche.

5

Lady Godiva de Highcross Hill

Highcross Hill se trouvait de l'autre côté de Londres, dans le Surrey. Il fallait presque deux heures pour y parvenir et le voyage comportait de nombreux changements, non seulement de tramways et de trains, mais aussi de temps et d'humeur. Avec le poinçon sonore du receveur, l'avenir prenait corps, devenait le présent ; le billet jeté après usage faisait voler le présent vers le passé. Se rapprocher de Hilda était un rituel. C'était ainsi qu'Eustache aimait rendre visite à ses amis : par étapes. À chacune, il lui semblait que sa personnalité se purifiait. Il rejetait tout le reste, se débarrassait de préoccupations secondaires. Il arrivait au rendez-vous l'esprit pareil à une page blanche pleine d'espérance – dans la mesure où une page blanche pouvait l'être. Voir s'il était en avance ou en retard – car Eustache, comme beaucoup de gens peu ponctuels, avait une notion aiguë du temps – contribuait aussi, modestement, à ce processus de purification. Ce jour-là, cependant, il ne put se soumettre jusqu'au bout à cette ascèse. Sa pensée revenait sans cesse à la lettre dans sa poche. Plus d'une fois, il la sortit et la relut. À son arrivée à Lowcross Station, elle continuait à occuper son esprit. Aussi, contrairement à son habitude, il ne regarda pas le train s'enfoncer de manière spectaculaire dans le tunnel de la colline qui surplombait presque le quai ; il se dirigea aussitôt vers la sortie. Le contrôleur dut le rappeler avec un de ces grands cris, qui semblaient toujours s'adresser à quelqu'un d'autre, pour lui rendre la partie « retour » de son billet.

L'effort exigé par l'ascension lui fit un moment oublier la lettre. On lui avait recommandé de grimper les côtes sans forcer. Avec Highcross Hill, ce n'était guère possible, mais il s'était ménagé certaines haltes, un peu à la manière d'un train.

Ce jeu de son enfance continuait à le fasciner. Il pouvait se prendre pour un express ou un omnibus, selon son état. Ce jour-là, il était en forme. Pas de signal de ralentissement au marronnier, pas de perte de vitesse près du mur du cimetière qu'eût occasionnés la réparation de la voie ferrée. Il atteignit l'auberge au nom approprié d'Hôtellerie du Mi-Chemin sans s'être arrêté une seule fois. L'Hôtellerie du Mi-Chemin figurait une sorte de nœud ferroviaire comme Clapham Junction : l'étape y était obligatoire. Hélas ! l'auberge était toujours fermée à cette heure du jour, impossible de s'y ravitailler. La façade cossue en brique rouge – aussi outrageusement fardée qu'une fille de salle d'âge mûr, songea Eustache – donnait l'impression d'être indifférente aux inscriptions : *Pub, bar, boissons à emporter.* Une femme cynique faisant des promesses qu'elle ne tenait pas.

Eustache passa deux minutes silencieuses appuyé contre le mât carré qui portait l'enseigne oscillante, puis, soudain, dans son esprit, retentit *Excelsior*[1] ! Toujours plus haut ! « "N'emprunte pas le col", dit le vieillard », mais le jeune homme ne tint aucun compte de son avertissement :

1. Référence au poème *Excelsior* de l'Américain Henry Wadsworth Longfellow (1841), qui décrit l'ascension d'un voyageur jusqu'au sommet d'une montagne des Alpes.

Hilda l'attendait au sommet. « Un sombre orage approche. » Eustache leva les yeux : il avait plu, comme il arrive en avril, mais le ciel était tout à fait dégagé maintenant. « Le torrent rugissant est large et profond », persista la voix dissuasive. Il n'y avait pas de torrent. Eustache poursuivit son chemin dans le paysage devenu semi-alpestre. « Prends garde à la branche sèche du pin », conseilla la voix – la voix du paysan qui parlait anglais, car les Suisses sont des gens cultivés. Eustache aperçut effectivement un pin au-dessus de lui et, sur l'arbre, une branche sèche. Il n'avait jamais très bien compris pourquoi celle-ci était dangereuse. Qu'elle se détachât juste au moment où il passait dessous était trop improbable pour effrayer même l'être le plus timoré. L'intrépide voyageur de Longfellow en aurait assumé le risque ; quant à grimper dans l'arbre et s'asseoir sur ladite branche, c'eût vraiment été chercher des ennuis.

À sa surprise, car jusque-là il avait bien progressé, Eustache se sentit un peu essoufflé. Cependant, en faisant halte maintenant, il enfreindrait les règles. La prochaine station, le Manoir gothique de Highcross Place, se trouvait au bout du virage, hors de vue. Incontestablement, il haletait. Et s'il s'arrêtait ici pour une fois, sans tenir compte du balisage qu'il s'était imposé ? Après tout, un train avait bien le droit de stopper entre deux gares. Il s'immobilisa, mais son cœur continua à cogner. Que dois-je faire ? se demanda-t-il, envahi d'un sentiment de panique. Apercevant la branche sèche du pin, le jouvenceau décida de retourner sur ses pas. Il eût été absurde de mourir au sommet d'une montagne. Cela n'arrangeait personne. Alors qu'il descendait la pente, le paysan, la jeune fille et un ou deux autres inconnus sortirent de derrière des rochers : « Bravo, Eustache, dirent-ils, tu as pris la bonne décision. Aucun de nous ne voulait que tu poursuives ton chemin. Cela t'aurait mené à ta perte. »

Il se tint un moment immobile, plongé dans ses pensées, puis il commença à descendre lentement la colline. Aussitôt, il respira mieux. Mais qu'est-ce que je dirai à Hilda et à tante Sarah ? se demanda-t-il. Comment leur expliquer ce qui m'est arrivé ? Il faudra que j'avoue avoir eu une crise cardiaque ; elles m'enverront chez un médecin et celui-ci me prescrira six mois de repos. Alors, je manquerai Oxford, je ne pourrai pas aller à Anchorstone Hall le 3 juin et je ne commencerai jamais à gagner ma vie. Il s'arrêta de nouveau. Brusquement, sa respiration devint plus difficile. Oh, voyons, se dit-il, cette petite ascension de rien du tout ne peut quand même pas m'avoir fait de mal ! Et si je dois avoir une crise cardiaque, de toute façon, je l'aurai avant de rentrer chez moi. Alors, autant l'avoir ici. Il se tourna. La jeune fille, le paysan et les deux personnes non identifiées apparurent de nouveau derrière le rocher et le supplièrent de ne pas poursuivre sa route. « Tu le regretteras », gémirent-ils. Le jouvenceau, cependant, s'obstina ; d'un doigt timide, il montra sa bannière.

Il eut l'impression de traîner un boulet à son pied, son cœur gonfla dans sa poitrine, il fut obligé de ralentir. Loin au-dessus de lui, il entendit crier : « Prends garde à la terrible avalanche ! » Un rugissement emplit ses oreilles ; la colline sembla se soulever interminablement, former un grand cône pareil au Matterhorn, puis sans autre signal que le rugissement, le cône parut se détacher de sa base et dégringoler vers lui. Les arbres, les poteaux télégraphiques, les maisons oscillèrent, bondirent, disparurent ; la clinique descendit la dernière, juchée au sommet d'un énorme rouleau de terre et de rochers. À présent, il passait au-dessus de lui. Il apercevait les infirmières penchées aux fenêtres, leurs yeux fixes reflétant leur terreur. Tandis qu'il regardait, la porte d'entrée s'ouvrit brusquement, non pas vers l'intérieur, mais vers l'extérieur, avec une telle force qu'elle sortit de ses gonds. Dans l'ouverture, il aperçut

Hilda, debout, la main posée sur l'épaule d'un enfant en pleurs. Baissant son regard vers lui, elle lui fit un signe qu'il ne sut interpréter.

Tout cessa très vite. Le rugissement se tut et Eustache se retrouva sur une colline du Surrey du genre banlieue, parsemée de villas cossues. Son cœur se comportait à présent de façon plus normale. Mes nerfs me jouent un tour, se dit-il. Ce n'est pas la première fois que ça m'arrive.

La clinique se trouvait tout en haut. À travers la grille ouverte, avec ses piliers de brique rouge coiffés d'une boule de pierre, on voyait toute la façade du bâtiment. Au corps central, qui datait des rois George, les anciens propriétaires avaient ajouté une aile de même style. Les directeurs de la clinique en édifiaient à présent une autre, symétrique, pour augmenter le nombre des chambres. Cette nouvelle construction, encore enfermée dans un échafaudage, s'était beaucoup élevée depuis sa dernière visite. Alors qu'il remontait la large allée bordée de pelouses qui menait à l'entrée, il regarda avec une intense curiosité l'annexe neuve. Les maçons allaient et venaient avec lenteur, telles des araignées sur une toile. Comment se faisait-il que lui, un être passif, fût étroitement lié à une œuvre aussi pleine de vie et de dynamisme ? Cependant, sans lui, cette construction n'aurait jamais vu le jour. Il était le maillon lointain d'une chaîne de causalités, mais un maillon vital. Si Hilda était la promotrice de ce projet, l'argent dont elle disposait avait été à lui. Il chassa cette idée qu'il trouvait déplaisante, mais une fierté de propriétaire persista dans son esprit. D'un pas assuré, il avança vers la nouvelle aile et s'arrêta au milieu des barils blanchis à la chaux qui soutenaient les poteaux de l'échafaudage et tout un édifice compliqué de barres transversales et de cordes.

« Attention, chef ! lança une voix d'en haut. Ce seau de mortier est en équilibre instable. »

Confus, le « chef » se mit à l'abri.

« Peux-tu me dire l'heure, mon gars ? demanda un homme corpulent vêtu d'une salopette qui avait dû être blanche.

— Presque quatre heures et demie, répondit Eustache avec un accent d'Oxford dont il craignit qu'il n'exclût toute camaraderie chez les ouvriers.

— Encore une foutue demi-heure », grommela l'homme, mais il parlait avec résignation et sans rancœur.

Sa remarque, chose étrange, eut un effet apaisant sur les nerfs toujours à vif d'Eustache.

Le soleil réapparut, recouvrant les briques de la maison d'un glacis rosé. Sur l'allée pavée, une infirmière poussait un fauteuil roulant dans lequel Eustache aperçut un visage figé d'enfant, appuyé contre un coussin. L'infirmière se hâtait et le lin empesé de sa coiffe flottait derrière elle.

Tournant la tête, l'enfant dit quelque chose. Elle se pencha vers lui.

« D'accord, tu auras ton thé dans un instant.

— Tout comme nous, pauvres bougres », commenta l'un des maçons en un aparté audible destiné sans aucun doute aux oreilles de l'infirmière. Celle-ci leva les yeux, puis se détourna. Du haut de son perchoir, l'homme sourit à Eustache et lui adressa un clin d'œil.

« Dommage qu'on soit pas des infirmes, mon vieux, dit-il d'un ton amical. Ils sont comme des coqs en pâte ici. Y a des infirmières qui les habillent, les baignent, les embrassent le soir. Quant à la patronne, c'est une vraie lady Godiva. »

La « patronne », c'était certainement Hilda. Se sentant un peu lâche, Eustache sourit à l'ouvrier de l'air le plus entendu qu'il put prendre et lui dit au revoir. Puis il s'approcha de la porte d'entrée.

Une domestique que caractérisait cette indéfinissable note d'autorité propre aux infirmières lui ouvrit.

« Est-ce que Mlle Cherrington est là ? »

L'attitude de la bonne suggéra que, même dans l'affirmative, sa patronne ne désirait pas nécessairement voir Eustache.

« Vous avez rendez-vous ?

— Oui.

— Qui dois-je annoncer ?

— M. Eustache Cherrington. »

L'air légèrement incrédule, la domestique fit la moue.

Ai-je un aspect tellement miteux ? se demanda Eustache. Est-ce pour cela que le maçon m'a appelé « mon gars » et « mon vieux » ? À Oxford, les gens ne se préoccupaient plus beaucoup de leur tenue maintenant. Ou bien la bonne prenait-elle simplement Hilda pour un phénix sans amis ni famille ? Mais la femme lui dit d'un ton plus détendu :

« Par ici, s'il vous plaît. »

Il était assis depuis un moment dans la petite salle d'attente aux boiseries blanches quand une autre domestique, plus âgée que la première, entra, l'air mystérieux et important.

« C'est pour Mlle Cherrington ? » s'enquit-elle.

Eustache acquiesça.

« Je vais demander si elle peut vous recevoir », dit la domestique, et elle partit, toujours aussi préoccupée. Au bout d'un bref instant, elle réapparut, cette fois avec une expression amusée.

« Mlle Cherrington sera libre dans quelques minutes. » Sans aucun doute, c'était lui qui l'amusait. Eustache se sentit disparaître sous terre. Comme cette institution qu'il avait contribué à créer comptait plus que lui ! Il était et resterait le plus simple des particuliers. Jamais une domestique, ou toute une flopée de domestiques, n'examinerait ceux qui lui rendraient visite ou ne défendrait ses précieux loisirs des incursions du monde extérieur. Il n'aurait jamais le genre de position qui, infiniment plus que la personnalité, impose crainte et respect à des inconnus. Il ne serait jamais un personnage public comme Hilda commençait à l'être.

Quelque chose le troublait. Se pouvait-il que ce fût de la jalousie ? Il espéra que non. Peu lui importait de passer au second plan. Vivre dans l'ombre de quelqu'un lui était plutôt agréable. Amateurs de la nouvelle psychologie, ses amis d'Oxford avaient donné un nom technique, péjoratif, à ce trait de caractère. Pour sa défense, Eustache soutenait qu'il s'agissait d'humilité, une des plus grandes vertus chrétiennes. Mais n'était-ce pas plutôt qu'en s'avouant une pauvre créature il prévenait les critiques et la déception de ceux qui attendaient de lui – ou disaient qu'ils attendaient de lui – de « grandes choses » ? Quoi qu'il en soit, songea-t-il, Hilda est mon monument, elle marque le monde de son empreinte, elle est ma justification ; elle est la lady Godiva de Highcross Hill. La fierté qu'il éprouva pour elle lui rappela la lettre dans sa poche – une lettre qui pouvait de nouveau les réunir, les associer en un même domaine.

La domestique – la première, cette fois – se tenait devant lui. Elle s'efforçait de garder son sérieux, ce qui irrita Eustache. Qu'avait-il donc de si risible ? Composant son visage, elle prit une expression impersonnelle pour dire :

« Mlle Cherrington vous attend. »

Eustache la suivit à travers le hall d'un blanc lumineux et gravit derrière elle les quelques marches qui menaient à la chambre de Hilda. Un bruit de voix s'en échappait.

Hilda se tenait au milieu de la pièce, riant à gorge déployée. Assis dans un fauteuil en face d'elle, Stephen semblait ne pas savoir comment réagir à cette explosion d'hilarité.

« Oh, Eustache, ce que c'était drôle ! s'écria Hilda sans préambule. M. Hilliard a eu l'amabilité de venir me voir pour affaires. Cela concerne un bout de terrain situé derrière la maison que j'essaie d'acheter pour la clinique. Je me demande pourquoi il s'est dérangé pour si peu de chose, mais, voilà, il est ici. À la fin du tour habituel que je fais faire aux visiteurs, il est sorti jeter un coup d'œil à la nouvelle propriété, comme il aime l'appeler. En fait, ce n'est qu'un ensemble de poulaillers où notre voisin garde une trentaine de poules. Après s'être assuré qu'il n'y avait pas de servitude de vue ou autres écueils de ce genre – ce dont j'aurais d'ailleurs pu me charger – il a dit qu'il aimerait regarder à l'intérieur d'un des poulaillers pour savoir ce que c'était que d'être une poule. Mais c'est vrai, monsieur Hilliard ! ajouta-t-elle en voyant l'expression incrédule voire choquée de son frère. (Stephen, lui, avait ouvert la bouche comme pour protester.) Il y est donc entré en rampant et moi, par curiosité, je l'ai suivi. On était serré là-dedans, crois-moi ! Puis soudain la cage a basculé, sous l'effet de notre poids, je suppose, nous retenant prisonniers. Juste à ce moment, Alice est venue me chercher. Bien entendu, nous étions invisibles, mais elle voyait le poulailler monter et descendre et elle entendait nos voix. Étant fille de fermier, elle s'y connaît dans ce genre de choses. Elle s'est donc suspendue à l'extrémité de la cage et l'a ramenée à l'horizontale. Nous sommes sortis à reculons l'un après l'autre. Je n'ai jamais autant ri de ma vie. »

Hilda fut reprise d'un fou rire qui la secoua tout entière. Toujours aussi belle, elle se tourna vers Stephen pour partager avec lui son accès de gaieté. Le jeune homme essaya de s'y joindre, mais n'y parvint qu'à moitié. Son pâle visage devint rouge comme une tomate.

« J'avoue que je suis surpris, dit Eustache.

— Tout le monde a été surpris, n'est-ce pas, monsieur Hilliard ? Le personnel a dû se divertir de notre aventure autant que nous. Ce que l'infirmière en chef va rire quand je la lui raconterai !

— Ne lui dites rien, je vous en supplie, dit Stephen qui après avoir repris des couleurs normales rougit de nouveau. À moins qu'elle ne soit déjà au courant, ce que je crains. La discipline en prendrait un coup. »

Hilda cessa de rire. Son visage retrouva son sérieux habituel, constata Eustache à regret.

« Ce n'est pas sûr, dit-il. La discipline exige une certaine tension, mais on ne peut la maintenir trop longtemps, sinon elle craque et déclenche une révolution. Non pas qu'une révolution puisse jamais avoir lieu ici, se hâta-t-il d'ajouter. Mais si l'on relâche la tension pour préserver la discipline, ce que je recommande, ne serait-il pas mieux encore de la relâcher complètement, de laisser aller les choses, de faire fi de sa dignité et… et de rire de l'incident du poulailler plutôt que de se détendre un tout petit peu de temps à autre – ce qui paraît nécessairement guindé et condescendant et prouve également que la tension n'est jamais vraiment maintenue ? À l'école – il se tourna vers Stephen – un jour de congé donnait bien plus de liberté que tout un trimestre plein d'après-midi libres. Cela vous permettait aussi de mieux travailler, conclut-il de façon un peu confuse.

— Bravo ! s'exclama Stephen. Je n'avais encore jamais entendu Eustache faire un aussi long discours, et vous, mademoiselle Cherrington ? Un véritable exploit oratoire. Peut-être y a-t-il du vrai dans ce qu'il dit. Dans ce cas, vous devriez me convoquer ici au moins deux fois par an et me faire exécuter un numéro comique pour renforcer la discipline. À condition que vous m'aidiez, bien sûr. »

À son grand plaisir, Eustache remarqua que Hilda avait retrouvé sa bonne humeur.

« J'y penserai, dit-elle. Si jamais la situation devenait désespérée, je vous appellerai.

— J'aurai peut-être très longtemps à attendre, répliqua Stephen avec une pointe de tristesse qui surprit Eustache. Appelez-moi avant qu'elle ne se dégrade trop. »

À ce moment, la domestique apporta le thé. Eustache vit avec satisfaction que son visage avait retrouvé son impassibilité.

« Un sucre ou deux, monsieur Hilliard ?

— Parfois, j'en demande trois.

— Vous les aurez.

— Hilda ne me les accorde jamais, dit Eustache, envieux.

— Oh, mais toi, tu es souvent ici, répondit Hilda, tandis que c'est l'unique visite de M. Hilliard. De plus, il est venu me voir pour affaires.

— Et aussi pour le plaisir, ajouta Stephen. Le plaisir donne-t-il droit à trois morceaux ? »

Hilda esquissa un sourire.

« Quel rapport ferez-vous à MM. Hilliard, Lampeter et Hilliard ? demanda-t-elle.

— Mon rapport, s'il mérite ce nom, est tout à fait officieux. Je ne suis encore d'aucune manière un associé du cabinet. Je ne le serai qu'à la fin de juin, après mes examens. Mais je dirai que je continue à penser que le propriétaire du terrain vous en demande trop cher. Selon vous, donc, mademoiselle Cherrington, les directeurs de la clinique seraient assez conservateurs, financièrement ?

— Autant parler à un mur, répondit Hilda avec véhémence. Il a fallu que je me batte pour la moindre amélioration. Au dernier conseil, je leur ai dit que s'ils payaient la moitié de ce terrain, dont nous avons besoin, je payerais le reste. Ils ont refusé. Je finirai sans doute par tout payer moi-même. »

Stephen se rembrunit, il prit une longue inspiration.

« Excusez-moi, mademoiselle Cherrington, mais je ne crois pas que ce soit sage. Je doute même qu'il faille offrir d'en payer la moitié. Je sais combien vous tenez à la clinique, mais celle-ci n'est encore qu'une expérience, même si elle représente déjà un succès remarquable. Songez à votre propre situation. Ne vous lancez pas dans des dépenses excessives. »

Hilda passa ses longs doigts sur son front.

« Je déteste les conseils de prudence, dit-elle. Si je les avais écoutés, jamais cet établissement n'aurait été remis sur pied. Ce n'est pas pour me vanter, mais s'il s'est développé, c'est entièrement grâce à moi. »

Alors qu'elle parcourait la pièce du regard, Eustache eut l'impression que les murs s'effaçaient, révélant toute l'étendue de la clinique.

« On n'aurait jamais commencé à construire l'aile nouvelle si je n'avais participé aux frais. J'ai horreur des économies de bouts de chandelle. Cela ne mène à rien, aussi bien à l'échelle nationale qu'ici. »

La conviction qu'elle mettait dans sa voix impressionna Eustache.

Je lui laisserai un chèque, se dit-il en partant.

Il tâta sa poche, le chéquier ne s'y trouvait pas, il n'y avait que la lettre de Dick.

Stephen, cependant, tenait bon.

« Je ne voulais pas diminuer vos mérites, mademoiselle Cherrington, dit-il, retrouvant son habituelle courtoisie que l'incident du poulailler avait un instant fait disparaître. Mais voilà : en tant que votre futur avocat, j'estime que vous ne devriez pas mettre tous vos œufs dans le même panier. Je veux dire : vous ne devriez pas confondre votre avenir et celui de la clinique, aussi rose qu'il puisse paraître. Comme je l'ai souvent répété à Eustache (il est très patient avec moi), l'argent est tout autre chose que la solution à nos engouements. Il a sa réalité propre qu'il faut respecter. Si vous investissez votre fortune dans la clinique et que ça tourne mal, que deviendrez-vous ? »

Cette hypothèse fit frémir Eustache, mais l'attitude impassible de Hilda indiquait que cela lui était égal.

« Ah, et puis il faut encore que je vous dise : bien qu'il soit ennuyeux d'attendre, le rythme naturel auquel avance une affaire est le meilleur. Ainsi on prend moins de risques. Tout doux, comme on dit. D'ailleurs, moins une entreprise paraît précipitée, et plus les gens seront nombreux à s'y intéresser et à voir que leur intérêt n'était pas mal placé. Si maintenant, par exemple, vous poussiez à l'acquisition du poulailler, en proposant de payer la totalité ou même la moitié du prix, les directeurs, Naboth et bien d'autres personnes dont nous n'avons jamais entendu parler se sentiraient légèrement froissés de ce qu'on ne les ait pas consultés. Vous savez à quel point les gens détestent ça. Ils verront d'un mauvais œil une transaction qui, même désormais irrévocable, suscitera de leur part animosité et ressentiment. Tandis que si tout le monde y participe, il y aura moins de frictions. Si c'est possible, il vaut bien mieux suivre la procédure habituelle. »

Très juste, songea Eustache, complètement gagné au raisonnement de Stephen et se félicitant à présent d'avoir oublié son chéquier. Et quel soulagement ce devait être pour Hilda de sentir qu'elle n'avait rien à faire, aucune responsabilité à assumer hormis regarder les événements suivre leur cours ! À sa grande surprise, il vit au visage durci de Hilda que les arguments de Stephen ne l'avaient pas impressionnée.

« Monsieur Hilliard, il vous est facile de dire ça, mais je sais d'expérience ce qui se passe quand on s'en remet aux autres. Les projets sont tout bonnement enterrés. Vous ne pouvez pas imaginer dans quel état j'ai trouvé cet endroit. L'infirmière en chef buvait. On négligeait tellement les enfants qu'ils attrapaient des escarres. Et j'ai découvert que lorsqu'ils étaient agités et difficiles, les infirmières les endormaient avec une bouffée de gaz. Les directeurs n'en savaient rien ou bien ils fermaient les yeux. Ils n'intervenaient pas et quand je leur en ai parlé, ils ont feint la surprise. À moins que je ne leur pose un ultimatum au sujet de ce terrain – ce qui veut dire offrir de le payer – ils en discuteront jusqu'à la fin des temps. Attendre après les autres, c'est renoncer, croyez-moi. »

Hilda avait les yeux brillants et la respiration légèrement haletante. Elle eut un geste impatient comme si elle balayait quelque chose. L'excitation la rendait encore plus belle. Fasciné, Eustache regretta de ne pas avoir apporté son chéquier, après tout. Mais il était incapable d'apprécier l'effet que la sortie de sa sœur avait sur Stephen. Les paupières plissées, celui-ci semblait se livrer à une synthèse de ce qu'elle avait dit et des aspects de la situation qu'elle avait omis.

« La clinique est-elle une œuvre de bienfaisance ? demanda-t-il.

— Pas exactement. Les patients paient leur séjour comme n'importe où, à moins qu'ils ne soient trop pauvres. Dans ce cas, ils nous versent ce qu'ils peuvent. Nous en soignons même quelques-uns gratuitement. Et puis il y a la liste de souscription à laquelle vous avez si généreusement versé, monsieur Hilliard. Nous essayons d'augmenter cette collecte de fonds, mais la clinique ne sera jamais financièrement indépendante. Son déficit, assez important, est couvert par les directeurs…

— De riches philanthropes, je suppose. Avez-vous signé un contrat ou un accord quelconque avec eux ? »

Hilda sourit.

« Non, mais ils ne seront pas assez bêtes pour me chercher noise.

— Pourtant, vous m'avez dit qu'ils ne s'intéressaient pas beaucoup à la clinique. »

Le sourcil froncé, Hilda contempla ses mains qu'elle avait croisées sur les genoux.

« Ce n'est pas tout à fait exact. Ils s'y intéressent, surtout, comme vous le savez, du point de vue financier. Bien sûr, c'est ce qui fait d'eux des hommes riches. Mais je les trouve trop prudents. J'ai bien peur qu'il me soit arrivé de le leur dire. Ils pensent qu'il suffit d'adopter un tas de résolutions. Comme si cet établissement pouvait être administré à coups de résolutions ! »

Tandis qu'elle parlait, une lueur s'était allumée dans ses yeux, mais celle-ci s'éteignit vite et, pour la première fois depuis l'arrivée d'Eustache, Hilda eut l'air presque détachée.

« Bon, je dois rentrer maintenant », dit Stephen.

Il se leva avec son souci habituel d'élégance.

« Le devoir familial m'appelle. Merci pour cette délicieuse après-midi, mademoiselle Cherrington. Je n'oublierai jamais le poulailler. Je dirai à mes petits-enfants : “Mes chéris, j'ai passé plusieurs minutes enfermé dans un poulailler avec la célèbre Mlle Cherrington.” »

Hilda, qui s'était levée à son tour, rougit légèrement.

« Il faudra revenir, marmonna-t-elle. On ne sait jamais à quel moment je pourrais rencontrer des difficultés.

— Oh, j'espère bien que non ! Je ne voudrais pas être associé dans votre esprit à une crise – en tout cas, pas à une crise de ce genre. Je vous écrirai. MM. Hilliard, Lampeter et Hilliard vous écriront aussi. En temps voulu, bien sûr. Pourrez-vous attendre ?

— Je veux régler cette affaire de poulailler le plus tôt possible, s'obstina Hilda.

— Oui, évidemment. Mais n'oubliez pas les ennuis que s'est attirés Achab – si je ne me trompe – en se montrant si… si impatient avec Naboth. Si seulement il avait suivi la procédure habituelle au lieu de faire appel à Jézabel !

— Je ne prendrai pas la défense de Jézabel, mais je crois me souvenir qu'Achab avait d'abord tenté de suivre la procédure habituelle.

— Vous avez le dernier mot, dit Stephen, galant. Maintenant, je vais m'adresser à Eustache. Il écoute toujours mes conseils. Au revoir, Eustache. Abstiens-toi de démolir St. Joseph. Vous ignoriez à quel point votre frère pouvait être destructeur, n'est-ce pas, mademoiselle Cherrington ? Et que je n'apprenne pas que tu as aidé ta sœur à acheter son vignoble derrière mon dos ! Il faut se méfier de lui en ce qui concerne l'argent. Il considère que c'est la manifestation normale de la générosité, alors qu'en fait c'est une peau de chagrin qui rétrécit à chaque souhait. Au revoir, mademoiselle Cherrington. »

« Il est parti, dit Hilda, quand la porte se fut refermée sur Stephen.

— Est-ce qu'il a pu t'aider ? demanda prudemment Eustache.

— Tu as entendu ce qu'il a dit. Il pense qu'en marchandant, nous pourrions économiser quelques livres.

— Et, dans ce cas, les directeurs paieraient le terrain ?

— Peut-être. Mais quand ? Moi, je le veux tout de suite pour y créer un verger et un potager. Il n'y a presque pas d'arbres fruitiers ici. Ils ont tous été vendus quand on a morcelé la propriété.

— On peut planter des arbres fruitiers en avril ? demanda Eustache d'un ton dubitatif.

— Bien sûr. Pourquoi pas ? Oh, est-ce que tous ces gens ne pourraient pas s'occuper de leurs propres affaires ? Que dirait M. Hilliard si j'entrais dans son cabinet et commençais à lui dire comment le diriger ?

— Il n'a pas encore de cabinet. Il n'en aura un qu'en juillet. Mais c'est toi qui lui as demandé de venir, non ?

— Je l'avais vaguement invité, mais l'instant d'après il frappait déjà à ma porte. »

Ces paroles provoquèrent chez Eustache un frisson de plaisir. Il jeta un regard anxieux à sa sœur pour voir si elle éprouvait la même chose que lui, mais le visage de Hilda, bien que moins sévère que d'habitude, ne montrait aucun signe de cette joie qui eût illuminé celui de Barbara en de semblables circonstances.

« Stephen a toujours paru s'intéresser à la clinique, dit Eustache, tâtant le terrain.

— Certes, et il a posé toute une série de questions intelligentes avec ce ton bizarre et tranché qui est le sien. Et puis, pas mal de questions stupides aussi, telles que : combien de jours de congé avaient les domestiques et que portaient-elles quand elles sortaient.

— Je ne connaissais pas les deux que j'ai vues », fit remarquer Eustache.

Hilda poussa un soupir agacé.

« Je suis obligée d'en changer tout le temps. Elles n'ont pas l'air de comprendre l'esprit de notre établissement. Je crois que les ouvriers les troublent. Je les surprends souvent en train de bavarder ensemble.

— N'est-ce pas naturel ? dit Eustache.

— Elles ne sont pas ici pour ça.

— Non, bien sûr… À propos, qu'a dit Stephen au sujet de la nouvelle aile ?

— Il a désapprouvé ma participation financière à sa construction. C'est une chose qu'on n'arrête pas de me reprocher. Pas seulement lui, tout le monde. Les gens sont tellement prudents ! Un pas après l'autre, n'ayez pas les yeux plus gros que le ventre. Ils ont des vues étroites, ils refusent de se donner du mal.

— Stephen a un esprit de juriste, je suppose, dit Eustache, essayant de passer du général au particulier.

— Oh, ça, ça ne me dérange pas. J'aimerais, pour changer, rencontrer quelqu'un qui ait un peu plus de cran. »

Eustache se rappela la lettre dans sa poche.

« Sais-tu qui j'ai rencontré l'autre jour à Oxford ? Dick Staveley.

— Dick Staveley ? répéta Hilda. Dick Staveley ? Tu veux dire… ?

Elle s'interrompit.

— Oui, confirma Eustache. Le Dick Staveley que nous avons connu à Anchorstone. Celui qui voulait que tu viennes faire du cheval avec lui. Mais tu n'as jamais voulu. »

Au bout d'un bref silence, Hilda déclara :

« Oui, je me souviens de lui. Je pensais l'avoir oublié. Alors, est-ce qu'il continue à vouloir que je fasse du cheval avec lui ? Parce que je refuserais. »

Eustache éclata de rire.

« Il ne m'en a pas parlé, mais il semble se souvenir très bien de nous. Il se rappelle m'avoir trouvé dans le bois et nous avoir vus jouer sur la plage.

— Je crois que nous étions en train de nous disputer ce jour-là.

— Pas du tout. Non, non, je me souviens de ce qui s'est passé. Ce n'était pas une dispute. Où en étais-je ? Ah oui, il avait lu un article sur ta clinique et semblait beaucoup s'y intéresser.

— Tous tes amis semblent s'y intéresser », dit Hilda avec une sorte de ricanement.

Eustache fut surpris par son changement de ton. Un instant plus tôt, elle était si radieuse, si sereine… Cependant, bien qu'il ait eu plus d'une fois la preuve du contraire, il pensait qu'avec un peu d'habileté il parviendrait à ses fins malgré l'humeur de sa sœur.

« Il semblait s'intéresser également à toi, dit-il.

— Voyons, Eustache, c'est impossible après toutes ces années ! répliqua-t-elle avec une brusque pointe d'irritation. J'aurais cru qu'Oxford te guérirait de ta manie de dire des bêtises de ce genre, mais je vois qu'il n'en est rien. »

Dans n'importe quel autre cas, cette rebuffade aurait réduit Eustache au silence. Mais il se sentit obligé de poursuivre, d'autant plus que la pendule posée sur la cheminée lui indiquait que le temps lui était inexorablement compté.

Il lui avait été impossible d'aborder le sujet de la lettre de Dick en parlant de la clinique. C'était cependant le moyen le moins dangereux. Il décida de l'essayer à nouveau.

« Dick est devenu député. C'est pour cela qu'il s'intéresse à la clinique, expliqua-t-il, elliptique.

— J'ai du mal à te suivre », répliqua Hilda.

Dans cette position, assise, penchée en avant, le menton touchant presque ses genoux, elle avait quelque chose de très sévère. Elle fixait le radiateur électrique d'un œil sombre.

« Il pense que le gouvernement pourrait soutenir ton entreprise, dit Eustache, nerveux mais résolu. Il pourrait lui accorder une subvention ou je ne sais quoi, et peut-être encourager la création d'autres établissements de ce genre. Dick m'a dit qu'il aimerait t'en parler.

— Ah oui ? »

Se levant du canapé, Hilda s'éloigna d'Eustache et se dirigea vers un coin de la pièce où une grande table carrée se dressait entre deux fenêtres. On y voyait trôner une machine à écrire submergée de papiers. On aurait dit un rocher ou encore un petit animal affamé dont les papiers constituaient la seule nourriture.

Le dos toujours tourné, Hilda les ramassa et se mit à les trier, les déposant au fur et à mesure dans les deux paniers rectangulaires qui flanquaient la machine.

« Quelle pagaille ! s'exclama-t-elle. Je me demande pourquoi Mlle Pinfold est incapable de ranger cette pièce. Il faudra que je lui parle. »

Une fois la table dégagée, tout l'espace prit soudain un aspect soigné, élégant, avec ses murs de plâtre gris-vert rehaussés de panneaux en stuc à la fois gracieux et sévères.

« Pourquoi M. Hilliard t'a-t-il qualifié de destructeur ? demanda-t-elle en revenant vers le canapé. Toi qui ne ferais pas de mal à une mouche ! »

Au ton qu'elle avait pris, Eustache comprit que ce n'était pas un compliment. Il imagina aussitôt la pièce bourdonnante et grouillante de mouches à viande qu'il devait écraser d'une main faible et inefficace. Mais, à son grand soulagement, il n'y avait pas un seul insecte en vue.

« Oh, c'était une simple plaisanterie. Il y a eu un petit chahut au Collège – comme ça arrive souvent après un dîner du Lauderdale. Cette fois-ci, ç'a été un peu plus... euh... turbulent à cause de la présence de Dick. »

À peine eut-il prononcé ces paroles, qu'Eustache les regretta, s'attendant à ce que Hilda lui lançât une bordée d'injures. À sa surprise, elle se contenta de demander :

« Que faisait-il à Oxford ?

— Eh bien, il est venu parler devant l'association en tant qu'ancien membre et invité d'honneur. Comme tu lis rarement les journaux, je doute que tu sois au courant. Dick s'est battu comme un lion pendant la guerre, il a reçu toutes sortes de médailles dont celle de la Royal Humane Society. Après l'Armistice, il a joué un rôle important dans nos négociations avec les Arabes – une tâche très périlleuse. » Eustache baissa respectueusement la voix. « À présent, la paix étant revenue, il pense que nous risquons de devenir trop mous. Il croit avoir pour mission de nous endurcir. En fait, je ne suis pas vraiment d'accord avec lui.

— Ça ne m'étonne pas. A-t-il quelque chose de concret à proposer ?

— D'après ce que j'ai cru comprendre, il estime que les députés devraient parler moins et agir davantage. Il voudrait que l'Exécutif soit plus indépendant. Tu connais la doctrine de la séparation des pouvoirs dont les journalistes victoriens étaient si fiers ? – eh bien, il souhaite sa suppression. Il aimerait nommer un certain nombre de commissaires régionaux munis de pleins pouvoirs dans leurs districts. Il leur suffirait de dire : "Je veux une douzaine de cliniques comme Highcross Hill dans mon secteur" pour que les travaux commencent aussitôt, sans perte de temps.

— Je vois… murmura Hilda, songeuse.

— Et ce matin j'ai reçu une lettre de lui nous demandant si nous voulions aller passer un week-end à Anchorstone.

— *Nous ?*

— Toi et moi. »

Eustache pensait que Hilda refuserait tout de suite. Le silence qui suivit eut une qualité bizarre, intemporelle.

« Vas-y, toi. Tu as toujours aimé rencontrer des inconnus. Moi, je n'irai pas. »

Bien que cette réponse fût assez catégorique, Eustache, encouragé par la pause, insista :

« Oh, viens, Hilda.

— Pourquoi veux-tu que j'y aille ? protesta Hilda. Pourquoi veux-tu que je fasse quelque chose contre mon gré ? Est-ce que je me mêle de ta vie, moi ? Ou alors, si je le fais, c'est juste pour ton… pour ton… »

Le mot qu'Eustache attendait ne vint pas. Au bout d'un instant, Hilda poursuivit :

« Quel intérêt ai-je à aller à Anchorstone ?

— Tu pourrais parler de la clinique avec Dick, suggéra Eustache sans conviction.

— La clinique, la clinique, toujours la clinique ! riposta Hilda, comme si elle se flagellait avec ce mot. Arrête d'essayer de m'amadouer avec la clinique. Si M. Staveley est désireux d'avoir des renseignements sur notre établissement, il n'a qu'à m'écrire ou, mieux encore, écrire à ma secrétaire. Celle-ci lui enverra une brochure illustrée avec tous les détails.

— N'aimerais-tu pas sortir un peu d'ici ? demanda Eustache, essayant une autre tactique.

— Peut-être que je devrais, mais pas pour me mêler à un tas de gens huppés que je ne connais ni d'Ève ni d'Adam et à qui je casserais les pieds. Nous n'aurions rien en commun. De plus, je n'ai rien à me mettre pour ce genre de visite.

— Tu pourrais t'acheter quelque chose, répliqua Eustache, surpris par sa propre insistance. Tu en as le temps. Dick ne nous invite pas avant le premier week-end de juin.

— Ah, il a fixé une date ?

— Il a suggéré celle-ci. Veux-tu voir sa lettre ? Je l'ai apportée. »

Eustache fouilla dans sa poche.

« Non, Merci. Enfin… puisque tu l'as sortie, autant que je voie ce qu'il dit. »

Eustache lui tendit la lettre. Hilda lisait vite. Ses yeux, aux blancs bleutés, parcoururent rapidement la missive. Au bout d'un moment, elle posa la feuille de papier.

« Comment ? Tu l'as déjà lue ? s'écria Eustache.

— Pas jusqu'au bout. Je ferais bien de la terminer. » Elle reprit la lettre.

« Il fait de drôles de “p”, tu ne trouves pas ?

— Où ça ? Montre-les-moi.

— Tiens, ici par exemple. » Se penchant vers Eustache, Hilda désigna un passage de son long index rougi par le travail et les vents froids. « “Quelqu'un d'important”, et ici : “Peut-être parviendrez-vous à persuader votre sœur”. Assez puérils, non ?

— Oui, peut-être, répondit Eustache, dubitatif.

— Je me demande pourquoi il me trouve un air “important” ?

— Tu penses qu'il aurait pu dire autre chose ?

— Non, mais il doit avoir l'habitude de voir des gens importants.

— Sur les photos, tu as un air important.

— Ah oui ? Est-ce cela que les photographes veulent dire quand ils me demandent de prendre un air moins sévère ?

— Dick a l'air assez sévère lui-même. Peut-être aime-t-il les gens qui lui ressemblent. »

Hilda tourna et retourna la lettre.

« Je ne pourrais pas lui apprendre grand-chose sur la Protection de l'enfance, déclara-t-elle. Je n'en connais que ce qui me concerne directement. Mais il me serait possible de le mettre en rapport avec des personnes mieux informées. Il ne semble pas s'intéresser aux infirmes. Là, je suis plutôt d'accord avec lui : ce que nous voulons, c'est les transformer en citoyens sains.

— Tu pourrais en parler avec lui. »

Pendant un instant, l'imagination d'Eustache joua avec une image de Dick et de Hilda qui, leurs têtes rapprochées, examinaient un diagramme à grande échelle d'enfants atteints de scoliose et de hanches tuberculeuses.

« Parler, parler », marmonna Hilda. Après un autre regard sur la lettre, elle la rendit à Eustache. « Merci de me l'avoir montrée. Mais je ne crois pas que j'irai. »

Eustache s'y était attendu, mais Hilda avait montré des signes de fléchissement. Le coup en fut d'autant plus dur.

« Oh, Hilda, ç'aurait été tellement amusant ! Nous aurions pu visiter tous ces endroits d'autrefois : les rochers où nous avions notre étang, le phare et le château d'eau. Tout nous paraîtrait beaucoup plus petit, bien sûr, moins… moins imposant. J'adore repenser à cette époque où nous étions toujours ensemble. Cela nous arrive rarement maintenant. »

Eustache soupira. En perdant l'avenir, il perdrait aussi le passé.

« Pour moi, cette époque n'a pas toujours été heureuse. Je ne me suis jamais sentie aussi angoissée que le soir où tu t'étais enfui pour faire le rallie-papier. Ensuite, tu es tombé malade et on m'empêchait de te voir. Puis pendant un an ou plus, tu étais toujours fourré chez Mlle Fothergill et c'est à peine si tu nous adressais la parole, à la maison. Puis il y a eu Nancy Steptoe, cette petite fille stupide et prétentieuse dont tu t'étais entiché. Et, vers la fin, Père s'est mis à boire. Bien entendu, tu n'en savais rien, mais moi j'étais au courant. Ensuite on nous a envoyés à l'école et je me suis sentie très seule. À St. Ninian, tu étais tout près de moi, mais on ne nous permettait presque jamais de nous rencontrer. »

À ce souvenir, les yeux de Hilda se mirent à briller.

« Pauvre Hilda ! murmura Eustache.

— Après, il y a eu la guerre et une fois de plus j'ai dû me faire du souci pour toi. Ce n'était pas ta faute, mais je n'ai jamais eu un moment de tranquillité aussi longtemps que j'ai cru qu'on pouvait t'envoyer au front. Je pensais toujours à toi quand ces stupides infirmières du Secours aux blessés parlaient de leur petit ami. Elles se moquaient de mon attachement pour toi. »

Aux yeux d'Eustache, le fait que Hilda pût s'apitoyer ainsi sur elle-même la rendait encore plus touchante. C'était lui, et lui seul, le responsable de cette souffrance.

« Je ne sais pas pourquoi je te raconte tout ça, poursuivit-elle, mais tu comprends, n'est-ce pas, que ma vraie place est ici, à Highcross ? C'est ici que je suis heureuse et je ne veux jamais quitter cet endroit. Certes, les désagréments n'arrêtent pas : ce problème du champ, les domestiques peu fiables et toutes ces vilaines petites manœuvres qu'il me faut anticiper et stopper. Livrée à elle-même, la nature humaine est affreuse, elle tombe dans le pire égout qu'elle puisse trouver. Mais cela ne me décourage pas ni ne gâte le plaisir que j'éprouve quand j'entre dans la maison, que je sens une bonne odeur de cire et entends cet endroit bourdonner d'activité. La clinique m'apporte un soutien, et c'est réciproque. Viens voir, continua-t-elle en guidant Eustache vers la fenêtre opposée. Cela te semblera peut-être peu de chose, mais c'est toute ma vie. »

Debout côte à côte, ils regardèrent dehors. Dans l'enclos carré, l'herbe était mal entretenue, remarqua Eustache, mais le soleil vespéral la parait de reflets dorés. Une impression d'espace et de paix se dégageait de ce lieu. Des lumières surgissaient en bas, dans la vallée. À gauche, sur la route en lacets, les réverbères étaient déjà allumés. Eustache les voyait serpenter vers lui. À un certain point, un éperon de la colline les lui cachait, puis ils réapparaissaient, plus lumineux et plus grands. Le premier plan disparut, seul le lointain resta visible. Les ormes qui limitaient le pré au-delà du mur du jardin auraient pu se dresser au bord d'un abîme tant ils se détachaient avec netteté sur un fond obscur et flou.

« Maintenant, tu comprends, n'est-ce pas, pourquoi je suis tellement attachée à cet endroit ? demanda Hilda.

— Oui.

— Et pourquoi je n'ai pas envie de le quitter, ne serait-ce que pour une nuit ?

— Oui. Mais tu y reviendrais.

— Tu continues à penser à Anchorstone Hall ?

— Une visite là-bas, même si elle ne te faisait aucun bien, ne te ferait certainement aucun mal. »

Hilda se détourna de la fenêtre.

« Je me demande pourquoi tu insistes tellement pour que j'y aille, ronchonna-t-elle. Ça ne peut pas être simplement parce que tu sais que ça ne me dit rien.

— Une fois là-bas, tu t'y plairais, déclara Eustache, employant sans conviction une formule éculée.

— Non. Parmi tous ces gens du monde, je me sentirais pareille à un poisson hors de l'eau. Ma présence ne t'apporterait rien. Au contraire, je représenterais un poids mort, une gêne. »

Cette humilité inhabituelle chez elle toucha Eustache.

« Tu as lu la lettre de Dick. C'est toi qu'ils veulent, et non moi.

— Ce n'est pas par esprit de contradiction. J'ai simplement l'intuition que je ne devrais pas y aller. Penses-tu que si je restais chez moi ils trouveraient un prétexte pour ne pas t'inviter ? »

Eustache rougit.

« C'est ce qui s'est produit quand nous habitions encore à Anchorstone.

— Et tu avais été déçu ?

— Oui, mais pas seulement pour moi. J'avais envie de te voir dans ce cadre, d'entendre tout le monde vanter ta beauté, de les voir t'ouvrir les portes, ramasser des choses pour toi et s'enquérir de tes souhaits - bref, te traiter comme une princesse, tu comprends ? »

Hilda ne répondit pas.

« Je suis convaincu que tu ne te sentiras ni intimidée ni tendue. Ce serait différent si on t'avait invitée comme ça, en passant. Mais Dick a vraiment insisté, et il est le seul fils Staveley. Tu as toutes les chances de te sentir la bienvenue.

— D'accord, si tu veux que j'y aille, j'irai. Mais, si c'est un échec, la faute retombera sur toi.

— J'en prends le risque », répondit Eustache avec gaieté.

Un trait de joie aigu comme une douleur, brillant comme une épée, le transperça. Sans que sa raison pût lui dire pourquoi, tout son être fut submergé de bonheur. Il eut l'impression que dorénavant rien, jamais, ne pourrait aller de travers. Était-ce parce que, pour la première fois, ou presque, il avait fait céder Hilda ? Une telle victoire aurait pu lui procurer une certaine satisfaction, mais non cette étonnante sensation de bien-être qui coulait en lui comme un vin capiteux, inondait les coins secs, poussiéreux de sa nature, émoussait les épines qui perçaient sa conscience sitôt qu'il entendait l'appel du bonheur. La pression de ce sentiment fut si forte qu'il ne tint plus en place. Marmonnant entre ses dents, il se mit à faire les cent pas devant la pendule électrique.

Hilda fit entendre un de ses rires.

« Dommage que tu ne puisses te voir ! Tu es d'un drôle ! »

Sous l'effet libérateur du mouvement, la marée de joie s'était calmée et avait atteint un niveau stable. À présent, il sentait une vigueur nouvelle envahir tout son être.

« Tu m'as rendu si heureux, dit-il. Je n'ai encore jamais été si heureux.

— Voilà ton côté destructeur qui ressort. Tu es impatient de me voir sacrifiée sur l'autel social. Enfant, tu jouais à être un raz-de-marée, un tremblement de terre ou l'Ange de la Mort. Tu étais toujours en train de détruire quelque chose – en imagination, bien sûr. »

Eustache se rappelait la sensation de puissance qui l'exaltait quand il avait soumis Pompéi et Herculanum. Mais cela n'avait certainement rien à voir avec ce sentiment de légèreté, de liberté retrouvée comme si on l'eût déchargé d'un lourd fardeau. Quel était ce fardeau et où avait-il disparu ? Pourquoi se sentait-il aussi soulagé que s'il avait suffoqué toute sa vie ?

« Je vais te mettre à la porte, dit Hilda, sinon tu rentreras très tard et tante Sarah sera fâchée. »

Pour une fois, la menace d'une réprimande laissa Eustache insensible. Il parvint au bas de l'escalier comme s'il eût flotté sur un nuage. Au milieu du parquet ciré, Hilda se baissa et ramassa un objet : un gant en peau de porc, presque neuf.

« Oh, il appartient à M. Hilliard. Maintenant, il va falloir que je le lui envoie par la poste. Si seulement les gens cessaient d'oublier partout leurs affaires ! Je ne me souvenais presque plus que ton ami était ici. J'ai l'impression qu'il y a déjà un siècle de ça. »

6

Une réunion de famille

À ANCHORSTONE, la salle des banquets et les cuisines adjacentes constituaient la partie la plus ancienne de la propriété, et la seule partie habitable du manoir construit par Roger de Staveley au XVe siècle. Au-dessus de la cuisine, il y avait des chambres où les domestiques continuaient à loger, mais il n'y en avait pas au-dessus de la salle, qui était restée en l'état hormis quelques créneaux qu'on avait rénovés. En brique rouge, surmontée d'un toit peu pentu couvert de plomb et percé de deux lucarnes, elle paraissait plus petite, moins imposante vue de l'extérieur que de l'intérieur. Surtout parce que le niveau de la cour avait été rehaussé, privant la porte d'entrée de soixante centimètres de hauteur. La famille passait habituellement par là, malgré l'inconvénient que cela présentait par temps pluvieux. On pouvait aussi accéder à la salle par la cuisine du bas, ou par la galerie des musiciens, ce qui offrait l'avantage d'être abrité, mais obligeait à parcourir de longs couloirs, à monter et à descendre des escaliers, alors qu'on pouvait l'atteindre depuis le Nouveau Bâtiment en quelques enjambées.

Le Nouveau Bâtiment avait la forme d'un L. Anchorstone Hall aurait formé un carré s'il n'y avait eu cet espace vide, presque aussi long qu'un de ses côtés, entre la salle des banquets et le Nouveau Bâtiment. Une mince balustrade et une grille en fer forgé fermaient cet intervalle, isolant la cour du jardin.

L'horloge bleue de la tour qui surmontait le portail indiquait une heure trente-trois lorsque sir John émergea de la porte victorienne de l'aile neuve et traversa la surface irrégulière de la cour, se dirigeant vers la porte Tudor de la salle des banquets.

Ses cheveux presque blancs dépassaient de la casquette gris foncé qu'il portait toujours en cette occasion. Ses vêtements, de la même couleur que son couvre-chef, étaient démodés depuis une bonne vingtaine d'années; ses guêtres, serrées aux genoux, ressemblaient de loin à une culotte de Cour; les chaussettes qui couvraient ses jambes minces, bien formées, comportaient le minimum de motifs nécessaires pour ne pas être unis. C'étaient presque des habits de pasteur, mais l'allure de sir John n'avait rien de clérical. Il marchait un peu voûté, mais d'un pas vif et, en dépit des inégalités du sol, ne faisait pas appel à sa canne.

Il descendit le petit escalier qui menait dans la salle des banquets et monta sur l'estrade, baigné par la radieuse clarté qui venait de la grande fenêtre. À tout moment de la journée, ou presque, ses vitres d'un vert doré donnaient à la lumière des teintes de coucher de soleil. Les autres fenêtres étaient placées très haut, dans le style Tudor, et à travers elles on ne voyait guère que le ciel; occupant toute la hauteur du mur, la baie faisait saillie, de sorte que le jardin semblait entrer dans la pièce. Sur l'estrade trônait la table de la salle à manger de dimension réduite, à peine plus qu'un carré. C'était là qu'ils s'asseyaient en été. En hiver, à cause des courants d'air, ils utilisaient la longue table de réfectoire placée au milieu de la salle.

Sir John posa sa casquette et sa canne sur la chaise qu'il réservait à cet usage et sortit sa montre.

« Madame sait-elle qu'il est l'heure de déjeuner ? » demanda-t-il à Crosby, le majordome.

Ce dernier était habitué à cette question : on la lui posait tout le temps. Non que lady Staveley fût peu ponctuelle, mais sir John, tout en n'ayant rien d'un tyranneau, ne supportait pas d'attendre ses repas.

« Je vais aller voir, sir John », dit-il.

Alors qu'il ouvrait la porte, une jeune femme entra.

« Bonjour, Anne, dit sir John en l'embrassant. Comment avez-vous passé cette belle matinée ?

— J'ai arrangé des fleurs, entre autres choses, puis je suis descendue au village où j'ai fait quelques courses. »

Pendant qu'elle parlait son visage s'éclaira, s'anima presque. Lorsqu'elle se tut, cette vivacité s'éteignit, remplacée par une expression semblable à un jour gris, ni maussade ni menaçant, mais comme résigné à l'improbabilité d'un changement. Son costume de flanelle grise lui seyait à merveille, cependant, tout comme son visage, il donnait une impression d'uniformité.

« Je vous félicite de vous être livrée à des occupations utiles ainsi que pour votre ponctualité », dit son père. Il s'interrompit comme s'il cherchait une autre raison de la louer, puis il ajouta : « Nous ferions bien de commencer. Votre mère nous en voudrait de l'attendre. Au fait, où est passé Crosby ?

— Ne l'avez-vous pas envoyé dans le Nouveau Bâtiment ?

— Ah oui. En effet. J'avais oublié. »

La porte s'ouvrit.

« Ah, et voici la maîtresse de maison, reprit-il. Edie, nous allions passer à table. »

Grassouillette et un peu essoufflée, lady Staveley s'assit, le dos tourné à la fenêtre. Crosby la rapprocha doucement de la table. Deux valets de pied rendirent le même service à sir John et à Anne. De ses doigts courts et potelés étincelant de bagues de diamant et de turquoise, lady Staveley réarrangea ses couverts. Il s'agissait là d'un rite. Personne ne parla jusqu'à ce qu'il fût accompli. À première vue, lady Staveley était une femme calme, maternelle, mais, au repos, son visage exprimait une froide autorité et un brin d'orgueil.

«J'ai eu une matinée chargée, annonça-t-elle. Mille choses à faire ! Saviez-vous que l'exposition florale aura lieu le 21 ? »

Père et fille admirent leur ignorance.

« Bates est affolé. À l'en croire, il n'a rien d'intéressant à montrer.

— C'est ce qu'il dit chaque année, assura Anne. Il nous a envoyé quelques très jolies fleurs ce matin.

— Oui, et comme vous les avez bien arrangées ! » s'écria lady Staveley en regardant les six petits vases d'argent où des pois de senteur précoces avaient été disposés avec un tel souci de la symétrie qu'il était impossible de les distinguer l'un de l'autre.

« Vous trouvez ? » Anne examina son œuvre sans enthousiasme. « On les arrange différemment de nos jours. On fait des bouquets serrés avec des rouges et des roses qui, à mes yeux, détonnent. Je crains que mes idées sur la décoration florale soient démodées.

— Eh bien, nous sommes des gens démodés, dit sa mère d'un ton satisfait, et ces idées nous conviennent. Avez-vous aussi mis des fleurs dans les chambres ?

— Oui. J'ai essayé de créer des bouquets différents. Bleus, simples et droits pour les messieurs, roses, raffinés et souples pour les dames, mais c'était trop compliqué et j'ai fini par les faire tous pareils.

— Ça ne m'étonne pas, commenta sir John. Je n'ai jamais rien entendu d'aussi extravagant. D'ailleurs, pourquoi les gens voudraient-ils des fleurs dans leur chambre à coucher ? Je suppose qu'ils ne les regardent jamais. Je refuse d'en avoir dans la mienne : je renverse toujours le vase. Bien entendu, si l'on est invalide, c'est différent. Mais elles sont malsaines : même à l'hôpital, on les sort dans le couloir la nuit. Ça prouve qu'elles empoisonnent l'air.

— Dieu merci, Anchorstone n'est plus un hôpital ! répliqua lady Staveley d'un ton énergique. Cette époque-là est révolue. Et, pour rien au monde, je ne voudrais qu'un de mes invités entre dans une chambre dépourvue de fleurs. Nous ne sommes pas encore des barbares !

— Très bien, ma chère, dit sir John qui paraissait content d'abandonner son rôle d'opposant. Faites ce qui vous plaît. J'essayais simplement d'alléger votre travail, ou plutôt celui d'Anne. À propos, *qui* vient cet après-midi ? »

D'un geste de la main, lady Staveley refusa l'assiette de jambon qu'on venait d'apporter en plus du plat de viande.

« Eh bien... » fit-elle, se demandant où commencer.

Les noms semblaient rester en arrière tels des invités qui se font des politesses pour franchir une porte. Cela la surprit car elle n'était pas femme à hésiter ou à douter.

« Tout d'abord, il y a Dick.

— Ah oui, il revient de sa tournée électorale, dit sir John. Il risque d'être fatigué.

— Dick n'est jamais fatigué, affirma sa femme.

— Tenir des réunions politiques est beaucoup plus fatigant qu'embobiner un tas d'Arabes, fit remarquer sir John. Qui d'autre ? »

Lady Staveley réfléchit et constata de nouveau que les noms répugnaient à se présenter.

« Nelly, dit-elle.

— Ah, Nelly. Cela fait longtemps que nous ne l'avons vue. Qu'est-ce qu'elle devient ?

— Elle est à Londres, l'informa Anne. J'ai passé deux ou trois nuits à Portman Square. Elle donnait une soirée musicale – un quatuor de musiciens étrangers. Il y avait beaucoup de monde.

— Pour la plupart des bohémiens, je présume, ironisa sir John. Vous ne deviez connaître personne.

— Je connaissais deux ou trois personnes, répondit Anne avec une certaine vivacité. Et puis, il y avait quelques-uns de ces vieux amis de tante Nelly que nous connaissons tous.

— Venus assister au cirque ?

— À dire vrai, ils ne se sont pas mêlés aux autres invités, mais je pense qu'ils trouvaient amusant de rencontrer des célébrités.

— Nelly a toujours aimé ce genre de raout. Enfin… on ne discute pas des goûts et des couleurs.

— Ce n'était pas tout à fait ma tasse de thé, admit Anne, avec un léger regret.

— Évidemment. Mais qui se chargera de distraire Nelly ? Elle va s'ennuyer à mort avec nous.

— Sornettes, John ! s'exclama lady Staveley. Elle a passé la moitié de sa vie à la campagne et possède plus de sens pratique que vous ne le croyez. Autrefois, elle s'intéressait beaucoup aux événements locaux de Whaplode. Elle y créait des pièces et autres distractions pour les villageois, elle contribuait aux fêtes de charité. Là-bas, on l'adorait.

— C'est ce qu'on dit, concéda sir John, mais j'ai entendu une version différente des faits. Il paraît que les villageois n'appréciaient guère ses bonnes intentions. Être obligés de se costumer en lady Macbeth et Jules César, de danser autour de l'arbre de mai et de boire des litres de soupe chaude, même s'ils étaient malades, les terrifiait. De toute façon, elle n'aura pas le temps d'organiser ce genre de divertissements ici. Alors, que pouvons-nous faire pour elle ?

— Eh bien, il y aura Antony.

— Antony ? Antony qui ?

— Le fils d'Helen. Antony Lachish.

— Pas possible ! Il vient ? Quel honneur ! Je sais qu'il fait rire les gens, mais moi je n'entends pas un mot de ce qu'il dit. Toujours si agité, toujours en train de sauter d'un endroit à l'autre et de disparaître tel un feu follet. Et cet air si délicat – non pas que je retienne cela contre lui. Lorsqu'il était petit, Helen le laissait trop souvent en compagnie d'adultes. Cela a stimulé exagérément son cerveau. Dommage. De toute façon, on ne peut jamais compter sur lui. Il nous a déjà fait faux bond deux fois, à la dernière minute. Pourquoi viendrait-il aujourd'hui ?

— J'ai reçu un télégramme de lui il y a une heure, répliqua lady Staveley avec un air de triomphe contenu. Le voici : "Arrive Anchorstone 6 h 28. Baisers. Antony."

— Tiens donc ! *Baisers !* railla sir John. Des baisers dans un télégramme. Où allons-nous ? Moi, je n'ai jamais eu l'impression qu'il nous aimait beaucoup. Enfin… espérons qu'il viendra. Il nous déchargera de la tâche de distraire Nelly. Qui d'autre sera là ? »

Désireuse d'en finir avec cette épreuve, lady Staveley replongea dans l'aquarium. Le poisson suivant fut facile à attraper.

« Victor Trumpington.

— Bien, dit sir John abruptement. Je suis toujours heureux de le voir. »

Anne rougit légèrement, mais ne fit pas de commentaire.

« Et puis ? demanda son père. Ou bien est-ce le dernier de la liste ?

— Pas du tout ! » répondit lady Staveley tout en souhaitant le contraire. Elle sentit que le programme du week-end paraîtrait peut-être plus agréable à son mari si c'était Anne qui le lui présentait. En effet, il se montrait rarement irrité avec elle. Elle se tourna donc vers sa fille.

« Je commence à m'emmêler, Anne. Qui d'autre attendons-nous ? »

Bien que comprenant le problème de sa mère, Anne refusa de l'aider.

« Ne m'avez-vous pas parlé de Monica ?

— Monica ? s'étonna sir John en se servant un morceau de fromage. Elle était ici il n'y a pas longtemps. Je m'en souviens parce que Dick n'est pas venu. Occupé à faire de la démagogie quelque part. J'ai eu l'impression que Monica était un peu déçue, mais qu'y pouvions-nous ? Enfin… elle le verra aujourd'hui, si ça peut la consoler. Une brave fille, on sait à quoi s'en tenir avec elle. Simple, directe, bonne cavalière – une sympathique sportive. Voilà donc tous nos invités ? Prenez un peu de porto, Edie. Ça vous aidera à affronter l'épreuve du week-end. »

Il poussa la carafe vers elle.

Lady Staveley échangea un regard avec sa fille. Il ne servait à rien de retarder le moment pénible. Elle se rappela une fois de plus que les aboiements de son mari étaient bien pires que ses morsures. Il ressemblait à un chien qui faisait tout un numéro devant les chevaux, mais c'était elle qui tenait les rênes. Elle enfreignit néanmoins une règle presque invariable et se versa un demi-verre de porto.

« Un peu de patience, dit-elle. La liste n'est pas tout à fait close.

— Quoi ? s'écria sir John en arrêtant son verre à mi-chemin de ses lèvres. Ne me dites pas qu'il y a encore un invité ! »

Anne pencha la tête au-dessus du plateau que lui remettait le valet de pied, les yeux fixés sur la grosse patte rouge de l'homme. Pour éviter toute explosion de colère devant les domestiques, elle demanda :

« Puis-je vous servir le café, papa ?

— Merci, ma chère. Avec trois cuillerées de sucre et sans lait. »

Anne lui tendit sa tasse.

« Et maintenant, voulez-vous que j'allume votre cigare ?

— Très aimable à vous. »

Par-dessus l'allumette, elle regarda la silhouette du serviteur se diriger vers le fond de la salle. Il était temps, car malgré le rite du cigare, sir John repartit aussitôt à l'attaque.

« Vous disiez que nous avions un autre invité ? »

Ce court répit avait donné à lady Staveley le temps de rassembler ses forces.

« Oui, répondit-elle avec un geste d'ironique défi. Il y aura aussi Mlle Hilda Cherrington et M. Eustache Cherrington. »

Ouf ! L'aveu était fait.

« Qui diable sont-ils ?

— Mlle Hilda Cherrington, expliqua lady Staveley, parlant aussi lentement, patiemment et plutôt fort comme si elle s'adressait à un étranger ou à un enfant récalcitrant – stratagème qu'elle employait parfois en pareilles circonstances – est la secrétaire de Highcross Hill, la clinique pour enfants handicapés. C'est bien ça, n'est-ce pas, Anne ? »

Sa fille acquiesça d'un signe de tête.

« Son nom ne me dit rien.

— C'est normal. Vous ne fréquentez pas les milieux médicaux. Elle accomplit du très bon travail là-bas.

— Mais que vient-elle faire ici ? » demanda sir John.

Lady Staveley tourna la cuiller dans son café.

« C'est une longue histoire, mais je l'abrégerai autant que je peux. Dans leur enfance, Mlle Cherrington et son frère vivaient à New Anchorstone. Lui, c'est le petit garçon qui s'est perdu dans notre parc un jour de pluie en compagnie de Nancy Steptoe, la fille du major Steptoe. Dick, qui passait par là, a entendu la fillette crier au secours. Il a emmené les enfants ici. Nous leur avons donné des vêtements secs et une boisson chaude. Le petit garçon a eu une crise cardiaque, je crois. En tout cas, il est tombé très malade. Je doute que vous vous en souveniez : c'est très ancien.

— Ça commence à me rappeler vaguement quelque chose. Mais ce que je ne comprends pas, c'est pourquoi, après tant d'années où nous nous sommes fort bien passés les uns des autres, vous les avez soudain invités pour le week-end. »

Lady Staveley soupira.

« Voulez-vous continuer, Anne ? demanda-t-elle. Vous connaissez la suite mieux que moi.

— Tout ce dont je me souviens, dit la jeune fille, c'est que Dick et moi, Nancy et Gerald Steptoe chevauchions sur la plage en direction de New Anchorstone. Dick ronchonnait parce qu'il n'y avait ni château de sable ni jardin de rocaille à écraser. Soudain, nous avons aperçu deux enfants dans le lointain. "Venez, on va galoper droit sur eux !" a crié Dick. Vous savez combien il aimait faire peur aux gens. Quand nous fûmes plus près, Nancy nous a dit que c'étaient les Cherrington, des amis à elle. Du coup, nous nous sommes arrêtés. Les gosses avaient l'air de se disputer. La fille menaçait le garçon de sa pelle et lui, complètement désemparé, la regardait comme un lapin hypnotisé par une hermine.

— J'espère bien qu'ils ne feront pas ça ici, dit sir John.

— Dick a dit que nous devions empêcher la fille de tuer son frère. Il a demandé à Nancy de nous précéder et de féliciter le garçon pour l'argent que lui avait laissé la vieille Mlle Fothergill.

— Vous vous souvenez de cette vieille dame, John ? demanda lady Staveley. Elle était à moitié paralysée et vivait avec une dame de compagnie.

— Bien sûr, elle était l'un des piliers de ce village. Dommage qu'elle soit morte.

— Elle ne pouvait pas vivre éternellement, papa. Eh bien, ils ignoraient tout de cet héritage. Dick m'a demandé si nous devions les mettre au courant et j'ai dit que oui. Ensuite, Dick m'a présentée à la sœur…

— Il la connaissait ? s'étonna sir John.

— Il avait été chez les Cherrington pendant la maladie du garçon pour prendre de ses nouvelles, et c'est là qu'il avait fait la connaissance de la fille. C'est à peine si elle nous a répondu. Elle semblait timide et fâchée. À cause de la dispute, je suppose.

— Est-ce qu'elle était jolie ? s'informa sir John. Quoique ce soit difficile à dire à cet âge-là.

— Oui, assez jolie, répondit Anne. Je me souviens que Dick m'avait dit qu'elle viendrait nous voir un jour, mais elle n'est jamais venue. Voilà tout ce que je sais. Maman vous racontera le reste.

— Je ne peux que vous rapporter ce que Dick m'a dit, déclara lady Staveley. Le garçon a fait bon usage de son argent. Il a obtenu une bourse pour Haughton, puis une autre pour St. Joseph…

— Sapristi ! s'exclama sir John. Il devait être ce que nous appelions un "crack".

— L'autre jour, Dick s'est rendu à Oxford pour parler devant une association d'étudiants et il a découvert que M. Cherrington en était le secrétaire. Je suppose qu'ils se sont entretenus du passé.

— Je ne vois toujours pas ce que la sœur vient faire là-dedans.

— Cela a un rapport avec la politique. Dick voudrait des renseignements sur la Protection de l'enfance et comme cela semble être la spécialité de Mlle Cherrington, il pensait pouvoir faire appel à ses lumières.

— Il ne pouvait pas la rencontrer à Londres ? demanda sir John.

— Vous savez bien qu'il aime montrer notre maison aux gens. Et puis, il voulait revoir ce garçon auquel on prédit un bel avenir et qui adore les vieilles demeures. Il a donc pensé que c'était une bonne occasion pour les inviter tous les deux. À en juger par sa lettre, c'est une gentille fille.

— Je veux bien vous croire », dit sir John d'un air absent. Maintenant qu'il savait tout, son indignation semblait se refroidir. Cependant, il eût été dommage d'abandonner le feu alors qu'il rougeoyait encore. « Ce que j'aimerais quand même savoir, c'est qui a lancé ces invitations, reprit-il.

— Dick et moi, avec l'aide d'Anne, répondit lady Staveley. Y voyez-vous un inconvénient ?

— Je crois deviner qui a choisi qui, dit sir John, l'air sombre. Et où mettrez-vous tout ce monde ?

— Quelle étrange question, papa ! s'écria Anne. Vous voulez vraiment le savoir ?

— C'est ma maison, à ce que je sache.

— Nelly est dans la chambre principale, Monica dans la chambre des magnolias, Mlle Cherrington dans la chambre Anne Boleyn, Victor dans la chambre Nelson. Nous avons logé Antony et M. Cherrington dans deux des chambres de la tour. Ainsi ils se tiendront compagnie. Antony aime bavarder.

— Ça, on peut le dire ! railla sir John. Où sont les appartements de Dick ?

— Son salon ?

— Non, son salon, je sais où il se trouve. Je veux parler de sa chambre à coucher.

— Il a la chambre Roi Henry. On est en train de repeindre la sienne. »

À en juger par son expression, sir John eût aimé critiquer cet arrangement, mais il se contenta de dire :

« Bon, je suppose que ça ira.

— Libre à vous de modifier cette distribution, mon cher, dit lady Staveley d'un ton suave. Les cartes sont déjà sur les portes, mais il est facile de les changer.

— S'il n'en tenait qu'à moi, je sais bien ce que j'en ferais, répliqua sir John, mais ce dernier éclair, affaibli, était inoffensif. Si vous voulez bien m'excuser, je vais aller faire un petit somme. Serai-je de service à l'heure du thé ? »

Victorieuse, lady Staveley sentit qu'elle pouvait se permettre d'être magnanime.

« Comme vous voudrez, mon cher. Antony et les Cherrington arrivent par le 6 h 28. Les autres viennent tous en voiture, à moins que Dick ne prenne son avion.

— J'espère qu'il n'en fera rien, dit sir John en se levant. Je n'aime pas du tout cette nouvelle lubie. Les voitures sont déjà assez dangereuses. Ce garçon est imprudent. Un de ces jours, il se fichera en l'air. »

Lady Staveley perdit son calme habituel.

« Pour l'amour de Dieu, ne dites pas des choses pareilles ! s'écria-t-elle d'un ton presque brusque. Moi aussi j'aimerais qu'il y renonce. Peut-être qu'un jour il se lassera de prendre des risques. »

Ramassant sa casquette et sa canne, sir John marmonna quelque chose. Puis son pas claqua sur les marches cirées et la porte se referma derrière lui.

Une fois seules, la mère et la fille échangèrent des soupirs de soulagement et, autant que le permettait leur souci des convenances, se tassèrent sur leur chaise.

« Tout compte fait, ça s'est bien passé, dit lady Staveley. Vous m'avez été d'un grand secours, Anne.

— À l'entendre parler, on ne dirait pas, mais papa aime recevoir. Encore plus que nous, je dirais.

— Évidemment. Il n'a à s'occuper de rien.

— Je sais, mais quand nos invités seront là, il déploiera toute son affabilité et sa courtoisie vieux jeu, et il nous reprochera de ne pas en faire assez pour eux. Cela ne m'étonnerait pas qu'il s'entiche de Mlle Cherrington. »

Une ombre passa sur le visage de lady Staveley. Ses yeux, généralement remplis de bonne humeur, se durcirent un peu. Son petit nez bien dessiné d'aristocrate, qu'abritaient d'ordinaire ses joues rebondies, s'affirma soudain.

« Impossible de savoir qui lui plaira, dit-elle. Malgré nos nombreuses années de mariage, je n'en sais toujours rien. Mais je souhaite qu'il trouve en Mlle Cherrington une interlocutrice intéressante.

— Et puis, il y aura Monica, dit Anne, pensive.

— Oui, cette chère Monica. Je craignais qu'elle ne puisse venir, étant prévenue si tard.

— Votre explication concernant la Protection de l'enfance était admirable. Même moi je l'ai trouvée convaincante.

— Les engouements de Dick m'inquiètent toujours un peu. Il est tellement impétueux ! Nous ne savons rien de cette fille. Elle risque de le prendre au sérieux. Je n'ai jamais connu quelqu'un d'aussi agité que votre frère. Je suppose qu'il s'agit simplement d'un nouveau caprice. Après tout, cela fait quinze ans qu'il l'a vue. Elle a peut-être changé.

— Il est possible que cela se passe comme ce jour où il nous a demandé d'inviter Mlle Vandernest, vous en souvenez-vous ? Il l'a prise en grippe dès le premier soir et a refusé de lui parler. Le lendemain, il est sorti toute la journée et nous l'a laissée sur les bras. »

Lady Staveley rit.

« Oui, c'était bien ennuyeux, mais d'un autre côté quel soulagement ! Si je savais comment présenter quelqu'un sous un jour défavorable, je le ferais, pour leur bien à tous deux.

— Vous en êtes tout à fait capable, maman.

— Pas quand il s'agit de Dick… Quinze ans plus tard. C'est bizarre qu'il se soit souvenu d'elle tout ce temps. Je me demande à quoi elle ressemble. Elle doit avoir le genre infirmière. Elles sont souvent très jolies.

— Dick m'a dit qu'elle ne l'appréciait pas », révéla Anne brusquement.

Lady Stavely reprit un air grave.

« Ah, il t'a parlé d'elle ?

— Il m'a juste dit ça. Peut-être aime-t-elle les vieilles demeures, elle aussi, et pas seulement pour les regarder.

— Ce serait l'explication la plus plausible, mais cette fille n'a pas l'air d'être quelqu'un d'intéressé.

— Alors, pourquoi vient-elle ? »

Les deux femmes n'obtinrent jamais de réponse à cette question.

7

Le berceau du rêve

HORMIS lady Nelly Staveley, tous les invités étaient arrivés, avaient salué leurs hôtes et étaient allés dans leurs chambres se changer pour le dîner. Allongé dans la baignoire, Eustache se rappelait les événements de ces dernières heures. Il essaya d'imaginer ce que faisait Hilda, mais elle l'avait quitté à la porte du salon en compagnie d'Anne et, depuis, il tentait en vain de l'évoquer. Elle ne répondait pas à son appel. Le jeu des circonstances, interférant avec la réalité, les avait séparés. Il vivait une expérience nouvelle qui le mettait mal à l'aise et à la fois lui plaisait. Malgré sa nervosité, une sorte d'exultation le gagnait, montant en lui comme des bulles de champagne.

C'était merveilleux de se trouver ici, dans ce cadre où l'avaient ramené bien des songes éveillés et autant de rêves nocturnes. Et il s'y trouvait en compagnie de Hilda. Ses vœux étaient comblés.

Sous le charme de la conversation pleine d'imprévus d'Antony, ils ne s'étaient pas rendu compte de la longueur du voyage. Eustache avait craint que Hilda ne montrât une réserve méfiante envers son ami. Celui-ci, en effet, affectait un ton frivole. Il prenait au sérieux les idées, mais pas du tout les questions pratiques de la vie. Cependant, il montrait une insatiable curiosité d'autrui et rares étaient ceux qui pouvaient résister à l'intérêt évident qu'il manifestait pour leurs moindres remarques. Parler lui venait aussi naturellement que respirer comme si chacune de ses inspirations eût envoyé une bouffée d'oxygène dans son cerveau, parfois aux dépens de son corps. À côté de Hilda, dont le visage rayonnait de santé, il paraissait terriblement fatigué : il avait le teint gris et des ombres sur les tempes. Une ou deux fois, il s'endormit au beau milieu d'une phrase. Sa tête tomba sur son épaule, touchant presque celle de Hilda, il ouvrit la bouche et alla jusqu'à ronfler. Et pourtant les traits de son visage et son corps frêle continuaient d'exprimer l'intensité de sa vie intérieure, si bien que même à ces moments où la plupart des gens sombrent dans une sorte d'abrutissement animal, on eût dit qu'il ne cessait pas de penser et il revenait à lui d'un seul coup, comme si on rallumait la lumière. Il trouvait tout aussi facile de passer sans transition de la parole au silence : il ne dissociait pas les deux et, lorsqu'il avait envie de lire, il prenait son livre et lisait. Les contraintes sociales n'existaient pas pour lui, il les bannissait et, avec elles, bien des préoccupations ennuyeuses qui, aux yeux d'Eustache, grippaient les rouages de la vie quotidienne. Quelle importance s'ils perdaient leurs bagages ? Quelle importance si le train tombait en panne ? Quelle importance si, après tout, lady Staveley ne les attendait pas et les envoyait à l'hôtel ? La loquacité d'Antony privait de tels désastres de toute signification.

Cette euphorie persista jusqu'à la grille d'Anchorstone Hall, survécut au franchissement du fossé et à l'ouverture du portail ; elle les accompagna tandis qu'ils traversaient la cour, entourés de bâtiments peu familiers qui les regardaient d'un œil critique et ne les lâcha même pas quand la porte s'ouvrit, révélant l'impassible Crosby flanqué de ses deux aides en livrée à boutons d'argent.

D'une voix basse et solennelle, Crosby avait commencé à parler à Antony du rangement des bagages, question qui aurait chassé toute autre préoccupation de l'esprit d'Eustache. Antony, lui, noya le problème sous un flot de paroles incohérentes accompagnées de grands gestes. La méthode s'avéra efficace : l'homme inclina la tête, l'air satisfait. Il modifia son comportement de manière imperceptible et les conduisit à pas lents à l'autre bout du hall d'entrée qu'il traversa en diagonale. Hilda et Eustache le suivirent à une certaine distance, mais Antony se maintint à ses côtés. Puis, sans attendre que la porte fût totalement ouverte, il pénétra dans la pièce en se glissant derrière un paravent. Alors que ses compagnons étaient encore à mi-chemin, il avait déjà atteint la cheminée où les attendaient quatre à cinq personnes qui, sembla-t-il à Eustache, les examinaient avec curiosité. Levant les bras à la façon d'un oiseau qui apprend à voler, Antony s'écria : « Nous voici ! »

C'est ainsi que la glace avait été brisée. Eustache aurait voulu poser bien d'autres questions à Antony, mais celui-ci avait disparu. S'apercevant qu'il n'avait pas apporté de nœud papillon, ce dernier avait sonné depuis sa chambre, et depuis celle d'Eustache sans que personne répondît à son appel.

« Je n'aime pas trop ça, dit-il. Dick s'est arrangé pour nous isoler ici comme les Princes de la Tour, loin de tout secours et hors de portée de voix. Il pourrait nous faire n'importe quoi. »

Une vive inquiétude assombrit son visage. Eustache se sentit devenir nerveux.

« Je ferais bien d'inspecter la tenture », dit Antony.

Il tira sans ménagement sur la tapisserie bleu-vert – qui devait coûter une fortune, se dit Eustache – et regarda derrière.

« Non, il trouverait cette méthode trop simple, reprit-il. À mon avis, il songe plutôt à nous défenestrer. »

Eustache le suivit jusqu'à la fenêtre. En bas, dans le fossé, des amas sombres de nénuphars se détachaient sur l'eau brune. Devant eux, s'étendait le parc. De vieux arbres vert argent que les intempéries de la mer du Nord avaient rabougris surgissaient des longues ombres qu'ils projetaient sur l'herbe dorée. Beaucoup avaient l'air miteux, aucun ne semblait avoir son compte normal de feuilles. Ils n'arrivaient qu'à mi-hauteur de la tour de l'église sereinement dressée au-dessus d'eux. À gauche, le long du mur, saillait la fenêtre à encorbellement de la chambre d'Antony.

« C'est sans doute celle-là qu'il choisira, dit Antony. Si je dois mourir, ce sera avec un nœud papillon. Je vais aller lui en emprunter un. Je le braverai dans sa tanière pendant que tu prendras ton bain.

— Tu sais où est sa chambre ?

— Non, mais en procédant par tâtonnements, je finirai bien par la trouver. Implore Dieu que je revienne sain et sauf. »

Située entre leurs deux chambres, la salle de bains n'était guère plus qu'un placard où régnait une épaisse buée. Eustache constata avec soulagement que la fenêtre était trop haute pour permettre une défenestration. Il se demanda si Hilda avait une salle de bains personnelle ou si, comme lui, elle en partageait une – avec Anne peut-être, ou avec Monica dont il n'avait pas saisi le nom de famille. Il espéra qu'elle ne se sentait pas trop seule.

Lorsque les invités avaient décidé qu'il était temps de s'habiller pour le dîner et qu'ils s'étaient séparés, il n'avait pas noté l'expression de Hilda, tant il était content de partir avec Antony. Anne s'était chargée de Hilda en donnant un peu l'impression d'accomplir un devoir. En tout cas, elle n'avait pas regardé sa sœur de la manière qu'il eût voulu.

Eustache serait bien allé dans sa chambre, mais il doutait que ce fût correct. Or, comme d'habitude, il voulait se conduire convenablement. De plus, il ignorait où se trouvait la chambre de sa sœur, les couloirs étaient sans doute mal éclairés et il risquait d'entrer par erreur chez quelqu'un d'autre. Hilda était quelque part dans le bâtiment central. Il se pouvait que sa porte fût gardée, comme la sienne, par des seaux à incendie rouges qui portaient le nom d'Anchorstone Hall et les instructions à suivre en cas d'accident. Une domestique avait probablement défait la valise de sa sœur. Hilda avait peut-être trouvé ses affaires moins élégantes que celles des autres invités. La bonne avait dû sourire avec dédain. Elle en parlerait à l'office. Hilda possédait très peu de bijoux : une ou deux broches et la bague de fiançailles, sertie de grenats, qui lui venait de sa mère. Elle avait aussi les colliers de facture ancienne ou artisanale qu'il lui avait offerts. Lors de leur achat, ils lui avaient paru beaux, il n'en était plus si sûr à présent. Indifférente à ce genre de parures, Hilda ne les portait jamais.

En tout cas, elle pourrait toujours mettre sa montre. Elle avait fêté son anniversaire en mai et Eustache avait tenu à lui donner une montre-bracelet sertie de diamants. Ce bijou lui avait coûté une fortune, mais il aimait d'autant plus faire un cadeau que celui-ci était cher : la satisfaction du bénéficiaire comptait beaucoup moins. Hilda en avait manifesté fort peu. En fait, elle aurait volontiers refusé la montre si Eustache n'avait pas insisté, disant qu'il devait partager avec elle ses dépenses vestimentaires.

Les revenus d'Eustache, à dire vrai, étaient moins élevés que le salaire de Hilda. Cependant, si, en dépit de l'opposition de Stephen, elle avait contribué à l'achat du poulailler, elle se retrouvait peut-être sans le sou. Eustache ressentait un certain malaise à la pensée que les emplettes nécessaires à leur visite avaient pu la ruiner. Jusqu'à la dernière minute, elle avait refusé de venir ; elle protestait encore sur le quai de la gare : on aurait dit qu'il menait un agneau à l'abattoir. Sans la présence d'Antony, leur voyage eût été sinistre. Si Hilda avait deviné qu'il avait acheté cette montre essentiellement pour qu'elle la portât ici, jamais elle ne l'aurait acceptée. Peut-être ne la porterait-elle pas, après tout. Peut-être était-elle en train de se demander si elle devait la mettre ou non, tout en souhaitant retourner à la clinique. Les femmes portaient-elles des montres-bracelets à un dîner ? Eustache ne s'en souvenait pas et Hilda ignorait ce genre de chose. Si seulement il avait pu voir son visage lorsque Anne l'emmenait ! Son imagination refusait, semblait-il, d'établir un contact avec elle.

Il fallait maintenant qu'il laisse la salle de bains à Antony. Son ami n'avait aucune notion du temps et serait certainement en retard pour le dîner – perspective que redoutait Eustache. Il leva la bonde et s'enveloppa d'une grande serviette. Il était en train d'examiner la carpette pour voir si, comme le prétendait Antony, l'arbre généalogique des Staveley était brodé dessus, quand ce dernier fit irruption dans la salle de bains.

« Ça y est, je l'ai ! cria-t-il en agitant un nœud papillon. Je suis sûr qu'il a quelque chose qui cloche – il me paraît si bizarre… À ton avis, est-ce qu'il ne viendrait pas d'un Arabe à l'agonie ? Il est peut-être empoisonné, comme la tunique de Nessus. À moins qu'il ne se transforme en serpent et ne m'étrangle au beau milieu du dîner. Je ferais bien de l'essayer. »

Il ôta sa propre cravate et la jeta par terre, manquant de peu la baignoire, puis il passa le nœud papillon de Dick sous le col mou de sa chemise.

« Quelles énormes ailes ! On dirait celles d'une chauve-souris. C'est bien de Dick, ça, d'avoir un nœud papillon pareil ! »

Avec l'éponge d'Eustache, il essuya la buée sur le miroir.

« Et puis, il est beaucoup trop grand ! Je vais ressembler à M. Gladstone.

— Raccourcis-le par-derrière. Sous ta veste, ça ne se verra pas.

— Excellente idée. Sais-tu que tu es ingénieux ? Est-ce que tu crois que ça va embêter Dick ?

— Ça m'étonnerait, dit Eustache, sans conviction.

— Ça pourrait lui servir de prétexte pour me pendre. Qui aurait pensé qu'il avait le cou si large ?

— Il est plutôt du genre musclé.

— C'est vrai. Quand je suis entré dans sa chambre, il était nu comme un ver. Sa peau s'ajuste à lui à la façon d'une cuirasse – c'en est presque dégoûtant. Son corps a quelque chose d'une arme mortelle. La virilité montrée de la sorte a un aspect repoussant.

— Il ne s'attendait pas à ce que tu le surprennes dans cette tenue, fit remarquer Eustache en serrant la serviette de bain autour de lui.

— Je ne sais pas qui il attendait, en tout cas, il n'a pas eu l'air surpris. Il s'est contenté de désigner la commode de son long bras velu. "Premier tiroir à gauche", m'a-t-il dit. »

Antony commença à arracher ses vêtements, les jetant dans tous les coins de la pièce.

« Reste ici, dit-il, ou alors laisse la porte ouverte pour que nous puissions bavarder. »

Il y eut un bref silence avant le bruit d'un corps plongeant dans le bain, puis Eustache, qui avait commencé à s'habiller, entendit Antony demander :

« Que penses-tu de Monica ?

— Je n'ai pas eu le temps de la regarder attentivement.

— C'est une brave fille, une fille utile, en quelque sorte. Tu n'auras aucun problème avec elle. Elle est disposée à parler de n'importe quoi. Elle n'est ni brillante ni même intelligente, mais elle a un bon lancer. »

Eustache s'étonna d'entendre cette métaphore sportive dans la bouche d'Antony.

« C'est une orpheline, tu sais, poursuivit Antony. Comme elle est assez riche, elle voyage pas mal et sort beaucoup. Elle vit dans un quasi-célibat, mais sans en faire une règle absolue. Elle joue très bien au golf et au tennis. Les Staveley ne la trouvent pas tout à fait à leur goût.

— Ah oui, pourquoi ?

— Pas assez vieille école. Mais j'ai l'impression qu'ils la jugent capable de tenir tête à Dick. »

Eustache digéra cette information en silence, puis il dit :

« Tu crois vraiment qu'elle le pourrait ?

— Non, j'en doute. Elle tiendrait bien son rôle, seulement je crois que ce que Dick recherche, c'est quelqu'un de plus exotique, quelqu'un qui ressemblerait davantage à un papillon posé sur une roue. Écraser Monica ne lui procurerait aucun plaisir. Elle resterait accrochée durant quelques tours, un peu plus longtemps qu'une autre, et dirait : “Comme c'est amusant !” Puis elle descendrait juste à temps, à peine abîmée.

— Tu crois cependant qu'elle se mesurerait à lui ? demanda Eustache, tout content de pouvoir maintenir le ton mondain de cette conversation.

— Elle penserait peut-être que cela en vaut la peine. »

Eustache sentit sa bonne humeur décroître. Comme il savait peu de chose des règles gouvernant ce monde dont il s'était approché sans prendre garde, telle une phalène se cognant contre une lampe ! On serait bientôt lundi, l'expérience serait terminée. Il ne laisserait à Anchorstone Hall aucune trace de sa visite, pas même une ride ou un léger déplacement des feuilles de nénuphar sur l'eau du fossé.

« Parle-moi de l'autre homme, dit-il. C'est à peine si je lui ai adressé deux mots.

— Victor Trumpington ? »

Un grand vacarme éclata dans la salle de bains : le choc de deux poussées contraires tel le bruit qui avait sans doute accompagné la célèbre expérience d'Archimède.

« Victor Trumpington ? répéta Antony en apparaissant à la porte, drapé de sa serviette, les cheveux dressés sur la tête. Oh, c'est simplement un gars qui travaille au Foreign Office et que tout le monde aime. Il est de toutes les fêtes. Un mondain par excellence. »

Négligeant le reste de son corps, Antony se pencha et s'essuya le petit orteil avec un soin méticuleux. Il était incapable de suivre la moindre routine, même dans ses gestes les plus mécaniques. À présent, il se frottait le poignet gauche. L'os délicat blanchit sous ce traitement.

« Mais sa présence ici tient à une autre raison, poursuivit-il. Cela fait des années qu'Anne et lui essaient de se marier. C'est devenu tellement flagrant qu'ils en sont maintenant à hésiter. Ou alors ils attendent de voir s'ils rencontreront quelqu'un de plus intéressant.

— Elle a l'air assez sympathique, déclara Eustache.

— Sympathique, d'accord, mais enfin si terne ! dit Antony en contemplant son genou droit sans se résoudre à l'essuyer. La pauvre fille ! Comment pourrait-elle être différente ? Quand la famille était à Londres, on ne lui permettait jamais de faire un pas toute seule. Elle était toujours accompagnée, même pour une simple promenade. Comme Dick était assez turbulent, ils devaient se croire obligés de la surveiller de près. Elle n'a jamais vu l'ombre d'une clé de la maison ou un symbole quelconque de liberté. Elle était *cloîtrée.*

— Lady Nelly Staveley ne pouvait-elle rien faire pour elle ?

— Oh, mais c'est que chez la tante Nelly, elle n'y allait (quand elle sortait, j'entends) que strictement gardée par un chaperon à l'œil de lynx. Sir John et la cousine Edie ont toujours critiqué lady Nelly. Ils lui ont même reproché de ne pas avoir d'enfants. Elle désirait ardemment en avoir, mais que pouvait-on attendre d'un mari comme Freddie ? Je veux dire, on ne pouvait pas s'attendre à ce qu'il... Quoi qu'il en soit, le penchant de Freddie pour la boisson ne l'empêchait pas d'être bien plus aimable et bien plus aimé que ses cousins – ce qui devait les énerver. Quant à elle, tout le monde l'*adorait*. En dehors d'Anchorstone, le nom de Staveley désigne simplement lady Nelly.

— J'ai hâte de faire sa connaissance.

— Je t'envie », dit Antony. Il se mit à frotter vigoureusement ses cheveux, bien que ceux-ci n'eussent pas l'air d'avoir jamais été mouillés. « Quelqu'un a dit un jour : "Ah, si je pouvais la rencontrer de nouveau pour la première fois !" Une phrase à double tranchant, comme la plupart des compliments. »

La pendule posée sur la cheminée sonna la demie.

« Bonté divine ! Il est huit heures et demie ! s'écria Eustache. Nous ferions bien de nous presser ! »

La peur d'être réprimandé était chez Eustache l'une des rares choses capables de surpasser son aversion de dire aux autres ce qu'ils avaient à faire. Antony, cependant, resta impassible.

« Je crois que toutes les pendules de cette maison, à part la grande horloge, ont été avancées de dix minutes, dit-il. "Toujours à l'heure, mais jamais à l'unisson", telle devrait être la devise des Staveley. À leur place, je l'inscrirais partout. »

Lorsque Eustache se retourna après avoir mis son nœud papillon, Antony avait disparu.

8

Billard-pelote

Le salon affichait son origine victorienne. Le plafond était décoré de caissons de bois clair en forme de losange, chacun encadrant les armes des Staveley ou de familles apparentées. À leur arrivée, Antony avait discrètement levé les yeux pour attirer l'attention d'Eustache sur cette curiosité, mais celle-ci se voyait bien mieux maintenant qu'on avait allumé le plafonnier : des ampoules nues placées à l'intersection des losanges qui déversaient une lumière crue sur les têtes au-dessous. Hilda avait le dos tourné – un dos peu familier car à moitié nu. Quand Eustache entra en compagnie d'Antony, elle fit volte-face avec une expression qui semblait dire : « Tu m'as fourrée dans ce guêpier, à toi de m'en sortir. »

Victor Trumpington, un homme d'une trentaine d'années, élancé et pourvu d'une moustache blonde, se trouvait près d'elle. Il avait l'air de quelqu'un qui a été découragé et qui se demande s'il convient de repartir à l'assaut. Eustache eut l'impression que tous avaient essayé de se mesurer à Hilda et avaient échoué, tant ils semblaient coupés les uns des autres, absorbés dans quelque rumination morose et fermés sur eux-mêmes. Eustache baissa les yeux devant Hilda : il ne trouvait rien à lui dire. Il s'approcha de lady Staveley qui se tenait près de la cheminée. Sa robe de velours noir rehaussée d'un collier de diamants la faisait paraître plus petite et d'un abord moins facile que lorsqu'elle portait son tailleur mauve en tweed épais.

« J'espère que votre chambre est confortable », dit-elle.

Eustache lui assura que sa chambre était charmante.

Lady Staveley le remercia d'un plissement discret des yeux, puis tourna son regard vers Hilda qui s'entretenait avec Antony. Quoique « s'entretenir » n'était pas le mot : tous deux fixaient le plancher comme si l'autre venait de faire une remarque trop profonde pour susciter une réponse. Eustache ne se rappelait pas avoir jamais vu Antony déconcerté. Son nœud papillon remontait sur le côté, lui chatouillant presque l'oreille. Machinalement, Eustache se tourna vers Dick. On ne pouvait sérieusement lui reprocher d'avoir un cou de taureau ; il était fort bien proportionné, mais montrait tant de naturel dans ses habits qu'il paraissait plus petit qu'il ne l'était en réalité. Après la description qu'en avait donnée Antony, Eustache s'attendait presque à lui voir des cornes et une queue. Il fut un peu déçu de constater que rien ne le distinguait particulièrement et qu'il avait, comme les autres, une expression guindée.

« J'ai l'impression que ton nœud papillon s'agite beaucoup sur Antony », dit-il.

Dick sourit.

« C'est un nœud papillon intelligent. Il sait qui est son maître », répondit-il, et à son tour il tourna les yeux vers Hilda. Ce n'était pas que la toilette de Hilda fût trop recherchée : une robe de soie raide, bleue, dont le haut se pailletait d'argent sous l'effet de la lumière. Hilda avait une telle allure qu'elle n'aurait pas pu en faire trop. Cette tenue, qu'Eustache l'avait aidée à choisir, paraissait pourtant un peu trop coûteuse, et Hilda ne s'y sentait pas à son aise : elle ne l'habillait pas, encore qu'elle la couvrît dans une certaine mesure. Anne et Monica semblaient correspondre à leurs robes, plus simples ; celle de Hilda accrochait le regard. Les autres jeunes femmes avaient discrètement voilé leur personnalité ; Hilda arborait la sienne tel un phare. Elle rayonnait de ses yeux, de sa bouche qu'Eustache l'avait persuadée de rougir, de sa peau – une révélation pour lui –, de son expression qui reflétait toutes ses pensées. Elle s'affirmait, se distinguant des autres presque autant que si elle s'était mise à crier.

C'est cette image de Hilda qu'Eustache avait dans la tête lorsqu'il avait imaginé l'arrivée de sa sœur à Anchorstone. À présent, il comprenait son erreur. Hilda n'était pas une lumière qu'on pouvait baisser. Elle resplendissait, mais il parut à Eustache que plus elle jurait avec son entourage, plus elle éprouvait une gêne qui se communiquait aux autres. Quand le majordome lui offrit du sherry, elle commença par refuser, puis, devant l'insistance d'Antony, en prit maladroitement un verre. N'en ayant pas l'habitude, le vin lui enflamma aussitôt le visage, véritable incendie qu'Eustache n'aurait su comment éteindre.

Sir John Staveley consulta sa montre.

« Neuf heures moins le quart, annonça-t-il, brisant le silence. Attendons-nous Nelly ou passons-nous à table ? »

Presque à cet instant, la porte s'ouvrit et lady Nelly s'avança dans la pièce. On ne pouvait pas dire qu'elle marchait, car elle semblait avancer sans se mouvoir. C'était une grande femme qui se tenait très droite tout en inclinant légèrement la tête comme si elle rendait grâce des qualités qui lui valaient une si grande popularité et des qualités qu'elle appréciait chez les autres, c'est du moins ce qu'Eustache se dit plus tard. Elle semblait sourire en permanence et offrait son sourire à chaque personne présente quoique avec, chaque fois, une expression différente que seul percevait sans doute celui qui en avait le bénéfice. Elle s'arrêta près de Hilda, tourna à demi la tête, puis poursuivit son chemin.

« Suis-je en retard ? demanda-t-elle d'un ton surpris. J'en serais navrée. »

On aurait dit qu'elle n'avait jamais été en retard, qu'elle trouvait la situation un peu comique et donnait aux autres l'occasion de se montrer indulgents envers elle.

« Non, Nelly, la rassura sir John. Vous arrivez juste à temps pour boire du sherry. »

L'air à demi étonné, comme doutant qu'on pût servir une telle merveille, elle prit un verre sur le plateau du majordome. Puis elle promena son regard sur la compagnie, l'arrêtant un bref instant sur Hilda, et s'exclama :

« Quel délice ! »

La tension qui régnait dans la pièce se relâcha. Sir John s'avança.

« Je crois que vous ne connaissez pas Mlle Cherrington », dit-il.

Il commençait à peine de parler que déjà lady Nelly s'était tournée vers Hilda et lui avait pris la main.

« Quelle robe ravissante ! s'écria-t-elle. J'adore cette couleur. »

Des conversations s'élevèrent comme sur un coup de vent.

Eustache avait du mal à croire qu'il se trouvait toujours dans la même pièce tant celle-ci lui paraissait à présent accueillante. Les armoiries elles-mêmes cessaient d'être menaçantes, fondues dans le plafond et évoquant des batailles livrées depuis longtemps. Il se réjouit que, dans le soulagement général, on l'eût oublié, d'autant plus que le visage de Hilda, qu'il apercevait à côté de celui de lady Nelly, s'était détendu, souriait même. Après quelques mots prononcés par sir John, tous s'éloignèrent de la cheminée.

Eustache s'apprêtait à s'effacer et à prendre la queue du cortège, quand il entendit lady Staveley s'écrier :

« Oh ! que je suis étourdie ! Nelly, j'ai oublié de vous présenter M. Eustache Cherrington. »

Eustache s'arrêta, immobilisant les autres convives autour de lui. Se détournant d'une manière imperceptible de Hilda, lady Nelly baissa vers lui un regard qui exprimait la surprise et le regret qu'on eût différé si longtemps cette rencontre.

« Le frère de Mlle Cherrington ? demanda-t-elle. N'est-ce pas charmant ? Moi, je n'ai jamais eu de frère. »

À l'entendre, on eût dit qu'un frère était la chose la plus désirable et la plus rare au monde. Et quand elle attarda sur lui un regard à la fois émerveillé et amusé, Eustache sentit qu'il était quelqu'un et que, pour la première fois, on l'appréciait à sa valeur.

« Bon, assez bavardé, Nelly, dit sir John. Je vous emmène dans la salle à manger. Antony conduira Edie. Je laisse aux autres le soin de se débrouiller. »

Il offrit son bras à lady Nelly. Celle-ci le prit d'un geste coquet, une coquetterie discrète, mais qui charmait, tout comme son sourire qui avait gagné toute l'assemblée.

« Nous pensions que vous ne viendriez jamais ! s'écria lady Staveley quand sir John ramena enfin les hommes de la salle des banquets. Non pas que vous nous manquiez, mais nous nous inquiétions de vous. J'ai failli envoyer quelqu'un pour voir car je sais que John serait d'exécrable humeur s'il était privé de partie de cartes.

— Dick nous a parlé de son projet d'aide aux jeunes, répondit sir John en jetant un coup d'œil à Hilda qui, comme Eustache s'y attendait, se détourna. Il a traité le sujet avec beaucoup d'éloquence. Bon, et maintenant, qui veut faire une partie de bridge ? Ne répondez pas tous en même temps. »

Après quelques hésitations, Monica et Victor se joignirent au couple des Staveley pour le bridge. Ils se rendirent dans la pièce adjacente.

« Et nous, que faisons-nous ? demanda Dick. Qu'avez-vous envie de faire, tante Nelly ?

— Je crois que je vais rester ici et repenser à notre merveilleux dîner. »

Eustache devina que passer la soirée d'une façon aussi inactive ne disait rien à Dick qui déclara :

« J'ai l'impression de ne pas avoir pris assez d'exercice. Ne ris pas, Anne. Tu es toujours en train de te moquer de moi.

— Tu aurais dû venir ici à pied au lieu d'arriver en avion », riposta sa sœur.

En avion ! Eustache regarda Dick avec un effroi mêlé d'admiration. Comment Anne pouvait-elle prendre un tel exploit avec autant de désinvolture ?

« Il va falloir que je renonce bientôt à voler, dit Dick. C'est mauvais pour mon foie. Si nous faisions une partie de billard-pelote ? Jouez-vous au billard-pelote, mademoiselle Cherrington ? »

Hilda répondit d'un ton un peu abrupt qu'elle n'avait joué à aucun jeu depuis qu'elle avait quitté le lycée.

« Voulez-vous apprendre ? demanda Dick.

— Tu ne peux pas lui demander de jouer à ça, intervint Anne. Et après dîner encore ! C'est un jeu extrêmement pénible, mademoiselle Cherrington. Il vous réduit les mains en charpie.

— Je suis sûr que ce genre de petit inconvénient n'arrêterait pas Mlle Cherrington », affirma Dick.

À son étonnement, Eustache entendit Hilda déclarer qu'elle pouvait toujours essayer.

« Parfait ! s'exclama Dick avant que quelqu'un d'autre ait pu placer un mot. Bon, qui veut jouer ? Anne. C'est une championne. Elle a un méchant coup hooké et triche admirablement. Le seul ennui, c'est qu'il nous est impossible de faire équipe : nous nous tapons mutuellement sur les nerfs. En fait, c'est ma faute.

— Je déteste qu'on m'abreuve de conseils », expliqua Anne.

Anne semblait tenir tête à Dick mieux que quiconque, remarqua Eustache.

« Mlle Cherrington ne verra pas d'inconvénient, je suppose, à ce que je lui donne des conseils : elle est débutante. Qui veut être le quatrième ? »

Dick regarda Antony, puis Eustache d'un air interrogateur. Eustache aurait voulu se rendre invisible.

« Allez, viens, Antony. Je sais très bien que tu es capable de jouer. Je me souviens à quel point tu étais dangereux autrefois avec tes coups légers en bout de table. Tes boules courtes étaient superbes, très subtiles. Tu as toujours été un as du combat rapproché. »

Il était rare qu'Antony refusât de relever un défi lorsqu'on le lui lançait en public.

« D'accord, Dick, dit-il en jetant un coup d'œil à Eustache. Je suis ton homme.

— Bravo ! Nous laisserons à Eustache le soin de s'occuper de tante Nelly. Il lui parlera littérature. Bien entendu, ils peuvent venir jouer quand ils le voudront. Nous risquons en effet d'avoir un blessé. Je compte sur Mlle Cherrington et son expérience médicale pour panser nos plaies. Le poste des secours d'urgence se trouve dans le logement de l'intendante, c'est sur notre chemin. On y dépose les accidentés. Au revoir, tante Nelly. Je vois que vous mourez tous deux d'envie de nous accompagner. »

Eustache fit à Hilda un signe avec ses sourcils, mais elle ne le remarqua pas.

Conduits par la haute silhouette de Dick, ils traversèrent la pièce en ordre dispersé, puis la porte se referma derrière eux.

« Il faut toujours en passer par ses quatre volontés, n'est-ce pas ? commenta lady Nelly. Mais cet arrangement n'est pas pour me déplaire. »

Eustache sentit que cette politesse en appelait une autre, mais son esprit préoccupé ne put rien lui suggérer.

« Est-ce que le billard-pelote est vraiment un jeu dangereux ? » demanda-t-il.

Lady Nelly rit.

« Vous pensez aux doigts de votre pauvre sœur ? Non, ce n'est pas vraiment un jeu dangereux, mais Dick va sans doute s'efforcer de le rendre aussi dangereux que possible.

— Ça m'ennuierait qu'elle se blesse », dit Eustache.

Une personne plus âgée parvenait parfois à dissiper ses craintes en les tournant en dérision de façon répétée.

« Oh, je suis sûre qu'il prendra grand soin d'elle. Cela va vous amuser : j'ai joué une fois à ce jeu. Ce qui meurtrit les doigts, c'est d'attraper les boules dures. Cependant, comme votre sœur fait équipe avec Dick, elle n'en recevra pas. »

Eustache fut soulagé d'apprendre qu'il n'y avait pas lieu de s'inquiéter pour Hilda.

« Votre sœur est véritablement charmante, poursuivit lady Nelly. Je comprends que vous n'ayez pas envie de la voir avec un œil au beurre noir. Vous êtes fier d'elle, n'est-ce pas ? Je me demande pourquoi personne ne m'en a jamais parlé. »

Une nuance dans sa voix incita Eustache à demander :

« Et moi ? On vous a déjà parlé de moi ? »

Lady Nelly sourit. Vu ses manières plutôt vagues et rêveuses, on s'étonnait de la fermeté de son large visage. Ses traits, cependant, avaient l'air d'être restés à l'état d'ébauche. Eustache avait l'impression qu'ils étaient difficiles à percevoir comme si une brume, qui eût émané d'elle, les avait estompés. Parfois, l'esprit semblait s'en retirer, les laissant vacants quoique toujours très beaux. Puis son sourire aux mille facettes la ramenait à son interlocuteur. Elle répondit à sa question.

« Oui, bien sûr. Antony notamment m'a beaucoup parlé de vous. Mais je ne vais pas faire souffrir votre modestie en vous répétant ce qu'il m'a dit.

— Il m'a aussi dit beaucoup de choses sur vous.

— Vous piquez ma curiosité. Ce cher Antony ! Et que vous a-t-il dit ? »

En songeant aux diverses appréciations qu'avait dû susciter la personne de lady Nelly, Eustache se sentit accablé. Compliments spirituels lancés par des hommes de lettres, compliments tendres murmurés par des galants de la Belle Époque, debout derrière elle, penchés au-dessus de sa chaise, compliments majestueux prononcés par des rois sur leur trône et que lady Nelly recevait avec une inclination de la tête voire une révérence. Il crut percevoir comme un bourdonnement de voix provenant des nombreuses réceptions somptueuses, brillantes ou plus intimes qui s'étaient déroulées avant la guerre. Mais aucune de ces voix n'était assez intelligible pour pouvoir lui souffler une réponse.

« C'était si affreux que ça, pour que vous n'osiez pas me le répéter ? »

L'idée d'inventer une amabilité quelconque traversa l'esprit d'Eustache, mais fut aussitôt rejetée par sa conscience. Si seulement il se rappelait ce qu'avait dit Antony ! Ce dernier appartenait au monde de lady Nelly, il en comprenait les règles et même si son propos pouvait sembler bizarre dans la bouche de quelqu'un d'autre, Eustache n'en serait pas tenu responsable. Oui, mais quel propos ? Que les Staveley critiquaient lady Nelly ? Non, ce n'était pas possible. Que l'alcool avait tué son mari ? Encore moins. Que tout le monde l'adorait ? Trop familier. Se rappelant une autre phrase, il sauta dessus.

« Il a dit que c'était vous qui aviez donné du prestige au nom des Staveley. »

Les yeux de lady Nelly se plissèrent, sa large bouche s'élargit et elle partit d'un rire inextinguible.

« Je ne me moque pas de vous, dit-elle, mais c'est tellement drôle, si vous saviez ! Alors, il a vraiment dit ça ? Ma belle-famille ne serait certainement pas d'accord avec cette affirmation, je le crains.

— Il a dit que personne n'avait jamais entendu parler des Staveley avant votre mariage avec M. Frederick Staveley », dit Eustache, encouragé par son succès et espérant qu'il ne se montrait pas trop déloyal envers ses hôtes.

Lady Nelly se mit à rire de plus belle.

« Pardonnez-moi, finit-elle par dire, mais personne ne l'a encore jamais appelé Frederick, finit-elle par dire. Je crois que je n'ai jamais entendu ce nom jusqu'à ce jour. Ne croyez pas que je sois cruelle, poursuivit-elle, reprenant son sérieux à une vitesse étonnante. De toute façon, il y a très longtemps de ça. Pauvre Freddie. Vous êtes presque trop jeune pour avoir pu le connaître », ajouta-t-elle, se défendant mentalement d'une accusation de dureté qu'Eustache était loin de porter contre elle.

Pendant un moment, elle eut l'air très mélancolique et Eustache commença à se dire qu'il lui avait gâché la soirée, qu'il était un goujat, un sacré imbécile qui ne savait pas parler à une inconnue, surtout lorsque c'était une belle et fascinante femme du monde. Il ferait mieux de s'excuser ou de sonner une retraite précipitée vers la salle de billard – n'importe quoi pour la débarrasser du cauchemar de sa présence.

« Non, dit-elle soudain comme en réponse à ses pensées, bien que ce ne fût pas le cas. Non, je pensais à ce que vous avez dit – enfin, à ce qu'Antony a dit. Comme tout cela est loin maintenant, c'est vraiment de l'histoire ancienne. Quand Freddie m'a épousée, il n'avait pas le sou, c'est-à-dire, pas plus d'un millier de livres par an. »

De ses yeux d'améthyste sombre, le sourcil levé, elle paraissait interroger Eustache, comme si elle attendait qu'il la plaignît d'avoir épousé un homme aussi démuni.

Abandonnant tout à coup la répugnance qu'il avait toujours manifestée à parler argent avec des inconnus, Eustache, pour qui mille livres représentaient une grosse somme, lui lança un regard dubitatif et finit par répondre :

« Oui, cela paraît peu.

— N'est-ce pas ? Mais Freddie était si beau ! Il n'avait pas la distinction de John, mais plutôt un aspect très romantique, tenez, un peu comme Dick. En réalité, ce n'est pas moi qui ai fait connaître leur nom, mais leur mine de charbon dans le Derbyshire.

— Ils sont très riches à présent ? demanda Eustache avec respect.

— Oh, très riches, non ! Disons qu'ils sont à l'aise. Joli petit endroit ici, vous ne trouvez pas ?

— Ici ? »

Eustache crut avoir mal entendu. Que voulait-elle dire ? Il promena son regard sur la vaste pièce dont les coins se perdaient dans l'ombre maintenant qu'on avait éteint le plafonnier.

« Non, je ne parle pas de ce monstrueux mausolée héraldique, dit lady Nelly, mais de la maison elle-même. Elle a du charme, non ? Les grandes demeures, elles, sont écrasantes. »

Eustache essaya désespérément d'adopter les critères de sa compagne.

« Oui, évidemment… Les Staveley, c'est une très vieille famille, je crois ? »

Il supposait que lady Nelly, issue aussi d'une vieille famille, montrait quelque intérêt pour un lignage d'une ancienneté comparable. Cependant, il constata avec surprise que, tout comme Antony, elle ne semblait pas s'être beaucoup penchée sur la question.

«Je crois que oui, fit-elle, évasive. Oui, bien sûr qu'elle l'est. Beaucoup plus que la mienne, en fait. Nous, j'ai peur que nous n'ayons été, à l'époque élisabéthaine, que des profiteurs et des accapareurs de terre. Comparés aux Staveley, tout au plus des champignons. En ce sens, ils ont toujours fait partie du tableau, c'est vrai. Vous vous intéressez à la généalogie, monsieur Cherrington? Ça doit être une étude passionnante. Un de mes cousins y passe sa vie.

— J'aime tout ce qui est ancien, dit Eustache, espérant que la simplicité de cet aveu lui éviterait d'être accusé de snobisme.

— Alors, il faudra que vous veniez voir Whaplode. Je serais très heureuse de vous le faire visiter. La propriété n'était pas un majorat, et mon père n'avait rien à faire de ses cousins de Tasmanie si bien que j'en ai hérité. Elle ne m'appartient que pour la durée de ma vie, vous devez donc vous dépêcher. Je ne suis pas sûre toutefois que la maison soit assez vieille pour satisfaire vos austères désirs, poursuivit lady Nelly d'un air taquin. C'est une sorte d'énorme grange qui ne doit dater que du XVIIIe siècle.

— J'adorerais la voir, lady Eleanor!» s'écria Eustache sentant qu'une invitation aussi munificente excusait, non, exigeait, l'emploi de son prénom.

À sa déconvenue, elle éclata de rire.

«Vous la verrez, dit-elle, mais de grâce, ne m'appelez pas lady Eleanor! Appelez-moi comme vous voudrez, mais pas comme ça. Personne ne m'a jamais appelée ainsi. Je ne devrais pas répondre, je ne devrais même pas savoir à qui vous vous adressez.

— Je suis absolument navré», bredouilla Eustache, souhaitant que la terre l'engloutisse. Ne sachant où poser les yeux, il les leva au plafond. Les emblèmes répétés des Staveley lui rendirent un regard froid, hostile.

Lady Nelly continuait à rire.

« Ne vous tracassez pas, dit-elle, je me souviendrai toujours de vous comme de la seule personne qui ait pris mon nom au sérieux, à juste titre d'ailleurs. Eleanor, ça fait si distingué, si médiéval ! Je vais sans doute demander à tout le monde de m'appeler ainsi désormais. Mais il faudra alors que je sache m'en montrer digne, que je sois vraiment une Eleanor. Croyez-vous qu'un nom puisse influencer la personne qui le porte, monsieur Cherrington ? »

Eustache se demanda si Hilda eût été différente si on l'avait appelée Joy, par exemple.

« À mon avis, ce sont les gens qui influencent leur nom, répondit-il.

— Oui, quand il s'agit de fortes personnalités, peut-être. Un nom a son propre caractère, après tout. Certains individus s'accordent avec le leur, d'autres non. Puis-je connaître le vôtre ? » Eustache se sentit confus. Toutes sortes d'inhibitions et de tabous surgirent dans son esprit, le contraignant à taire son nom. Pis encore : son nom lui paraissait trop minable, trop bête et trop insipide pour être prononcé. Ah, que ne l'avait-on baptisé Valentin ou Horace ! Mais lady Nelly attendait. Elle ne devait pas comprendre pourquoi il tardait tant à répondre à une question aussi simple.

« Eustache, hélas ! lâcha-t-il.

— Pourquoi dites-vous hélas ? Je trouve que c'est un nom charmant, moi, et qui vous va très bien, si vous me permettez cette remarque. Mais oui, c'est vrai ! Je m'en souviens maintenant. Dick vous a appelé Eustache. » Elle s'interrompit comme pour savourer le son de ce mot. « Mais, dit par lui, on croirait que ce n'est pas le même nom. Ou est-ce que je l'imagine ?

— Je préfère la façon dont vous le prononcez.

— Vous ne voyez donc pas d'objection à ce que je l'utilise ?

— Non, non, je vous en prie », bafouilla Eustache.

Il la regarda un long moment. Quand on regarde quelqu'un, l'œil accroche généralement un détail qui gâte le tableau : une mèche en désordre, un profil raté, une partie du visage terne ou désagréable. Mais Eustache ne découvrit aucun défaut dans ce pur cristal. Il se détourna, sachant que ses traits ne pourraient exprimer les sentiments qu'il éprouvait. À ce moment, la porte s'ouvrit, laissant entrer un cliquetis et des tintements qui ne tardèrent pas à s'intensifier. Il vit Crosby s'approcher d'eux, suivi d'un valet, chacun des deux hommes portant un plateau étincelant de verres, de bouteilles, de carafes et de siphons.

« Limonade, orangeade, boisson au gingembre, eau chaude, madame ? psalmodia Crosby.

— L'embarras du choix ! s'écria lady Nelly. Donnez-moi un peu d'orangeade, Crosby, s'il vous plaît.

— Et que puis-je vous servir, monsieur ? » demanda le majordome.

Eustache hésita. Il avait déjà pas mal bu et tout le monde savait que le whisky faisait mauvais ménage avec le champagne.

« Pour lui, ce sera un whisky-soda, trancha lady Nelly. J'en aurais volontiers pris un moi-même si vous me l'aviez proposé. »

Le visage du majordome se détendit et son compagnon alla jusqu'à sourire.

« Il n'est pas trop tard, madame, dit Crosby, la main tendue au-dessus de la carafe.

— Arrière, tentateur ! s'écria lady Nelly d'un ton théâtral. M. Cherrington boira ma part. »

Eustache accepta le whisky avec reconnaissance.

« On dirait que vous avez du mal à prendre une décision, dit lady Nelly quand le cliquetis et les tintements se furent éloignés. Êtes-vous toujours ainsi ou c'est la vue de toutes ces boissons qui vous a dérouté ? »

Ragaillardi par le whisky, Eustache sortit de sa réserve.

« Mes hésitations me font souffrir le martyre.

— Allons, allons, vous êtes beaucoup trop jeune pour être martyrisé par quoi que ce soit. Ce n'est qu'à mon âge qu'on commence à l'être. Vous étudiez à Oxford et, d'après ce que m'a dit Antony, vous obtenez de fort bons résultats. Alors, vous n'avez qu'une chose à faire : aller de l'avant. C'est ce qu'a fait votre sœur, à ce qu'il paraît.

— Hilda est beaucoup plus entreprenante que moi. C'est sans doute l'une des raisons pour lesquelles je ne le suis pas. »

Eustache fut surpris par ses propres paroles. Si l'effaceur de mots avait été inventé, il s'en serait tout de suite servi.

« Parlez-moi un peu de vous, dit lady Nelly. Nous avons beaucoup trop parlé de moi, et ce n'est pas là un sujet très intéressant. » Elle lui sourit. « Jusqu'ici, je n'ai entendu dire que du bien de vous. Je serais curieuse à présent de découvrir le revers de la médaille. »

Eustache but une autre gorgée. Dans la pièce totalement silencieuse, seul se faisait entendre, de temps à autre, le craquement encourageant d'un feu de bois, bien superflu au demeurant. Malgré la concurrence des lampes, le feu dansait sur la robe en satin couleur d'huître de lady Nelly, se reflétait en flammes minuscules dans les perles de son collier. L'invitation à se confier ressemblait à un cadeau offert sur un plateau d'argent ; la décliner eût été une grossièreté, un affront sans précédent. Eustache était convaincu que personne n'avait jamais rien refusé à lady Nelly.

Les mots lui vinrent d'abord avec difficulté. Eustache n'avait pas encore décidé sous quel jour il voulait paraître à son auditrice. Il s'efforça d'abord de s'en tenir aux faits, mais ceux-ci devaient sembler bien insignifiants à cette femme qui avait tellement plus d'expérience que lui ! Il essaya de les grossir, puis, pris de honte, il adopta un ton léger, caustique, comme s'il savait que toutes ces choses ne comptaient pas plus que le faible tambourinement de la pluie sur les vastes toits de Whaplode. Mais elle n'approuvait pas son attitude : une ou deux fois, elle contesta gentiment son évaluation des événements et le rappela à la vérité de ses sentiments. Il répugnait à Eustache d'être pris au sérieux. Il aimait à penser que sa personne n'avait pas d'importance car ainsi la déception qu'il ne manquerait pas de causer n'aurait pas d'importance, elle non plus. Les principes moraux enracinés en lui n'allaient pas sans la présence d'un méchant de service, il accepta ce rôle. Il le trouvait toutefois déplaisant car il ne se confiait pas à un confesseur, ou à Stephen, mais à une grande dame qu'il ne connaissait pas. Il aurait mieux fait de l'amuser par une conversation légère d'après-dîner, tandis que leurs hôtes bridgeaient dans la pièce voisine et qu'au bout d'un couloir, au-delà du logement de l'intendante abritant l'infirmerie, Hilda, Dick Staveley et les autres riaient, criaient, jouaient dans la salle de billard à un jeu brutal, dangereux, auquel il avait refusé de participer. Sa voix pleine de trémolos, geignarde (était-ce possible ?), sa tendance à s'épancher, la demande informulée d'absolution qu'il adressait à cette présence auguste mais douce à ses côtés, sur le canapé – tout cela lui paraissait de la plus haute inconvenance.

Le sentiment que, tout en paraissant s'en prendre à lui-même, il blâmait implicitement les autres lui faisait également horreur. Il était déjà fort condamnable de se déshabiller en public, mais dévêtir sans pudeur des personnes absentes, incapables de se défendre, voilà qui était pire. Pourtant, le visage de lady Nelly où passaient des expressions aussi changeantes que les aspects de la lune dans un ciel nuageux et qui miroitait comme ses perles à la lueur du feu, ne semblait pas l'accuser d'indélicatesse. Or, se disait-il, le jugement d'une telle dame ne pouvait se trouver en défaut, elle devait mieux que quiconque relever les offenses au bon goût, tout en sachant évidemment ne pas le montrer. Eustache espéra presque qu'elle se levât, se drapât dans sa robe de satin couleur d'huître et dît: «Arrêtez de laver votre linge sale et usé, monsieur Cherrington. Cela me déplaît. Cela me dégoûte. Je ne veux pas en entendre davantage. Je regrette d'avoir dit que je vous appellerais par votre prénom. Je retire ma proposition. Je vais aller dire bonne nuit à mes hôtes. Vous pouvez emporter vos confessions dans la salle de billard ou dans tout autre endroit de votre choix. Adieu!»

Mais rien de tel ne se produisit. Et Eustache ne put se rappeler plus tard les encouragements progressifs qui l'avaient sauvé tant de l'abîme du manque d'assurance que des hauteurs enivrantes de la vanité, et plus ou moins ramené à son état d'esprit habituel.

«Eh bien, vous vous êtes vraiment raconté, finit par dire lady Nelly. Je crois que, sous vos airs timides, vous adorez vous entendre parler. Ne faites plus jamais semblant d'être muet.»

Sa souriante ironie était plus précieuse qu'une louange. Eustache qui, à la suite de ses confidences, commençait à douter de lui, reprit courage.

«Maintenant, je pense que nous devons faire quelque chose de terre à terre, poursuivit lady Nelly. Vous croyez sans doute que je ne le suis pas, terre à terre, mais vous vous trompez.» Elle ébaucha un sourire qui s'évanouit presque aussitôt. Pareil à une fleur, celui-ci passait par tous les stades de développement, depuis le bouton jusqu'au plein épanouissement. «Vous m'avez dit qu'il vous était difficile de travailler chez vous, à la maison?»

Eustache eut l'impression d'avoir trop parlé.

«Ce n'était pas exactement ce que je voulais dire.»

Lady Nelly écarta cette restriction.

« Je lisais entre les lignes. Bon, voilà ce que je vous propose. J'ai loué une maison à Venise pour juillet, août et septembre. Comme elle est très vieille – elle date du XVe siècle – vous vous y sentirez à l'aise. Prenez donc votre courage à deux mains et venez m'y rejoindre. C'est l'endroit idéal pour un homme de lettres. Byron, Ruskin, Browning et D'Annunzio adoraient Venise. Vous aurez votre propre chambre. Vous pourrez y travailler jusqu'à ce que les yeux vous sortent de la tête. Aucun bruit de circulation, juste celui, très doux, des rames des gondoliers. Je vous protégerai des importuns et ne me permettrai de vous voir que de temps à autre. Je posterai un Marco ou un Tito, avec un doigt posé sur leurs lèvres, devant votre porte. Quand vous serez en manque d'inspiration, vous pourrez faire un tour sur la Piazza ou aller vous baigner au Lido. J'y louerai une *capanna* et un canot à moteur qui nous y conduira. De mon temps, ce genre de bateau existait à peine. Ils me déplaisent, mais les Vénitiens en raffolent, paraît-il, et nous devons suivre la mode. Ne refusez pas tout de suite, comme j'ai vu que vous étiez sur le point de le faire. Réfléchissez. Je parlerai à votre sœur. Elle pensera sans doute comme moi que c'est exactement ce qu'il vous faut – et, de toute façon, même si ce n'est pas à vous, c'est ce qu'il me faut à moi.

— Oh ! » murmura Eustache, puis il se tut.

La pièce devint floue et soudain lui apparut le pont des Soupirs avec un palais et une prison « de chaque côté » (une des rares erreurs syntaxiques de Byron).

« Vous croyez que vous pourrez me supporter si longtemps ? » demanda-t-il, sa pensée s'attachant, comme à l'accoutumée, au côté temporel.

Se rendant compte que lady Nelly n'avait rien dit sur la durée de son séjour, il rougit. Sa compagne, cependant, le mit tout de suite à l'aise. Mettre les gens à l'aise semblait être sa mission dans la vie.

« Rassurez-vous, je n'essaierai pas de vous retenir », dit-elle. Elle avait tellement l'air de répondre à sa question que, pendant un instant, Eustache crut qu'elle le faisait. « La porte restera ouverte et le prisonnier pourra sortir à pied ou à la nage. » Avec un petit geste comique, elle imita quelqu'un qui piquait une tête dans l'eau. « J'espère quand même que vous suivrez sérieusement votre cure. » Un instant, elle parut rêver ; revenant à elle, elle sourit : « J'ai l'impression de vous avoir perturbé. On dirait que je vous emmène au poteau d'exécution. Allons donc voir ce que fabriquent les joueurs de billard-pelote. »

Elle le guida le long d'un interminable couloir. À tous les coins se dressaient des hallebardiers en bois montés sur des socles. Moustachus et les yeux fous, ils tenaient une lanterne de leur main libre. La lumière tombait sur des objets plus prosaïques : brochet empaillé exposé dans une vitrine, baromètre, minuscule commode aux tiroirs étiquetés où l'on devait ranger des œufs d'oiseau. Bientôt, ils entendirent le bruit mat d'une balle rebondissant sur une surface capitonnée, élastique, des pas précipités, puis un fracas et un éclat de rire.

« C'est le moment d'entrer », décida lady Nelly.

Eustache n'oublia jamais la scène qui s'offrit à leurs yeux. Dick, à quatre pattes, cherchait la boule sous un canapé. À leur entrée, il se redressa. Antony et lui avaient ôté leur veste et retroussé leurs manches de chemise aussi haut qu'ils le pouvaient, ce qui, dans le cas de Dick, ne dépassait pas ses robustes poignets. Anne n'était plus la même, mais c'était Hilda qui avait le plus changé. Bien que de travers et froissée par endroits, sa robe semblait enfin lui appartenir. Sa tenue inhabituelle laissait transparaître sa vraie personnalité maintenant portée à sa puissance maximale. Hilda électrisait la pièce. Tous les joueurs tournèrent des yeux brillants d'excitation vers les nouveaux venus. On aurait dit que ces derniers étaient des extraterrestres difficiles à identifier au premier coup d'œil.

« Vous avez bien choisi votre moment, tante Nelly, dit Dick. Une minute plus tôt, vous auriez reçu la boule dans la figure. J'ai frappé la porte juste à l'endroit où se trouve votre tête. Vous auriez dû vous servir d'Eustache comme bouclier. »

Pendant qu'il parlait, l'étrange pouvoir qu'avait lady Nelly de transformer une atmosphère, c'est-à-dire, de la détendre, commença à agir. Les joueurs sentirent leur excitation tomber en même temps qu'ils eurent l'impression d'être aussi gauches et frustes que si on les avait surpris en train de faire la roue dans l'antichambre de Cléopâtre. En présence de lady Nelly, tout effort violent paraissait inconvenant. Gênés, ils se détournèrent et tentèrent de recouvrer leur assurance. Hilda tapota légèrement sa robe ; à l'exemple d'Antony, Dick descendit ses poignets de chemise et chercha sa veste des yeux.

« Oh, mais qu'est-ce que vous faites ? s'écria lady Nelly avec la crainte qu'éprouve une personne plus âgée à l'idée de passer pour un rabat-joie. Eustache et moi sommes venus vous voir jouer, c'est tout. Remettez-vous à l'aise et continuez la partie. J'ai horreur des gladiateurs en habit de soirée.

— Nous avions terminé, déclara Dick, mais pour faire plaisir à ma tante nous allons vous présenter un match de démonstration. Soigneurs, hors du ring ! »

Les quatre joueurs reprirent leur position à la table tandis que lady Nelly et Eustache les regardaient, assis sur un canapé surélevé placé sur le côté.

Même s'il ne pouvait apprécier les subtilités du jeu, Eustache discerna très vite les différents styles des joueurs. Calme et assurée, Anne rattrapait toutes les boules qu'elle pouvait, mais ne se fatiguait jamais à tenter des coups impossibles. Bien qu'il ne frappât pas la bille très fort, Antony avait des réflexes si rapides que rien ne pouvait le surprendre et, quand il avait réussi à déstabiliser un adversaire, ses coups en douceur le long de la bande étaient mortels. Dick, à ce qu'il sembla à Eustache, tentait les coups qui avaient le plus de chance de déconcerter ses adversaires, même quand ce n'était pas la meilleure tactique qu'eût exigée la situation. Déployant une énergie étonnante, omniprésent, il frappait si fort la boule que celle-ci sautait souvent par-dessus la bande et se cognait bruyamment aux lambris, ce qui faisait briller les yeux de Hilda. Cette dernière tapait dans la boule avec de grands gestes circulaires, la ratant parfois complètement. Elle jouait avec maladresse, mais comme si sa vie en dépendait. Elle semblait incapable de réduire ses enjambées ou d'aller se mettre où il fallait. Grâce à sa bonne appréciation des distances, elle réussit cependant à jouer plusieurs coups longs et à blouser la boule.

Eustache applaudit furtivement sans réussir à attirer son attention. À la différence des autres, Hilda ne parlait pas entre les manches ; elle gardait les yeux fixés sur la table, les mains prêtes à entrer en action. Celles-ci étaient rouges et meurtries, mais Hilda n'avait pas l'air de s'en soucier. Elle ne se laissait jamais déstabiliser par un coup difficile. Heureusement qu'elle a enlevé sa montre, se dit Eustache.

Les deux équipes étaient plus ou moins de la même force. Anne et Antony marquaient une légère avance, mais au prix d'un énorme effort, Dick et Hilda parvinrent à égaliser le score. Eustache se rendit compte que l'entrain ostentatoire de Dick faisait partie intégrante du jeu, tout comme les exhortations qu'il adressait à Hilda et les encouragements ironiques qu'il lançait à ses adversaires. Il ne pouvait laisser les choses suivre leur cours ; l'événement le plus banal, il fallait qu'il en fît une fête avec défilé, fanfare et spectacle de foire. Derrière cette attitude frénétique, on le sentait calme et même détaché, mais Hilda absorbait toute cette excitation tel un alcool, elle en était comme enivrée.

« La belle », annonça quelqu'un.

Les joueurs se consultèrent.

« On fait une partie ou une mort subite ? demanda Dick. Moi, je vote pour une mort subite. »

Les autres donnèrent leur accord. Quand ils reprirent leur place, tous, y compris Anne et Antony, avaient l'air aussi sérieux que s'il s'agissait pour eux de faire face à une grave crise.

« Ils sont assez drôles, vous ne trouvez pas ? » murmura lady Nelly, mais Eustache ne put se résoudre à acquiescer.

Le tournoi avait été long et acharné. Finalement, Hilda se ressaisit de manière fort honorable. Sa boule roula vers le bout de la table. Antony y apparut comme par enchantement et l'envoya contre la bande. Rapide comme l'éclair, Dick se précipita pour l'atteindre avant qu'elle ne s'immobilise. Dans son mouvement, il heurta la table qu'il ébranla sur toute sa longueur. Le choc prolongea la course de la boule durant peut-être une fraction de seconde. Déjà Dick était sur elle. Le vacarme qu'elle déclencha en heurtant les lambris emplit la pièce. Mais la boule s'était immobilisée, elle était morte avant que Dick ne s'en fût saisi, Eustache l'aurait juré.

« Alors ? demanda Dick à la compagnie.

— Antony et moi pensons que la boule était morte, Dick, déclara Anne d'un ton ferme.

— De ta place, tu ne pouvais pas très bien voir. Quel est ton avis, Antony ?

— Je ne suis pas impartial, bien sûr, mais j'ai eu l'impression qu'elle était morte.

— Faisons appel à l'assistance, proposa Dick d'une voix assurée. Peut-on connaître votre verdict, tante Nelly ?

— Impossible. J'étais beaucoup trop occupée à vous admirer tous.

— Eustache ? » interrogea Dick d'un ton aussi jovial que si la question avait déjà été tranchée en sa faveur.

Eustache prit une profonde inspiration. C'était cruel de lui laisser le soin de décider ! Il eut l'impression que son opinion allait modifier tout le cours de l'histoire.

« Eh bien, c'était vraiment de justesse, mais je pense que tu es arrivé trop tard. »

Dick se rembrunit.

« Décidément, rien n'échappe aux spectateurs.

— Je suis d'accord avec Eustache », intervint brusquement Hilda.

Comme par enchantement, le visage de Dick s'éclaira.

« Eh bien, voilà qui règle la question, dit-il, retrouvant sa bonhomie. Vous êtes tous contre moi, même ma partenaire. Tant pis. Nous nous sommes bien amusés quand même. La prochaine fois, il faudra y jouer vous aussi, Eustache, vous êtes d'accord, Hilda ?

— À mon avis, ce jeu est trop violent pour mon frère », dit Hilda. Nerveuse, elle parlait d'un ton plus catégorique qu'elle n'aurait voulu. « Il a le cœur faible, voyez-vous. »

À son grand soulagement, Eustache constata que personne ne le regardait.

« L'important, c'est qu'il en ait un, de cœur... » commenta Dick avec désinvolture, faisant ainsi un sort à l'organe vital d'Eustache.

Mais lady Nelly s'était tournée vers son voisin.

« Venise est l'endroit rêvé pour ceux qui doivent ménager leur cœur, dit-elle. Pas de collines, pas de billard-pelote, pas d'émotions fortes. Juste quelques ponts à franchir. Demain, je parlerai à votre sœur, conclut-elle en se levant. Merci à tous pour cette passionnante soirée. Mais regardez-moi ces pauvres mains !

— Et si nous procédions maintenant à une inspection des mains? suggéra Dick, en étendant les siennes sur la table de billard. Mettez les vôtres ici, tout près des miennes, Hilda. Puis les vôtres, Anne, et ensuite les vôtres, Antony. »

Obéissants, ils posèrent les mains sur la table comme s'il fallait deviner où était la pièce. Lady Nelly se penchait par-dessus leurs têtes baissées pour les examiner.

« Les mains d'Antony sont noires et jaunes, déclara-t-elle du ton d'un juge. Celles d'Anne sont noires et bleues. Quant à celles de Mlle Cherrington, je n'essaierai même pas de les décrire. Je ne comprends pas qu'avec d'aussi belles mains vous acceptiez de jouer à un jeu pareil. Celles de Dick, en revanche, sont intactes. C'est à croire qu'elles sont en cuir.

— Est-ce que selon vous il faudrait tout de suite soigner les mains de Hilda? demanda Dick en remettant sa veste. Dans ce cas, le mieux pour elle serait de rompre les rangs et de se faire porter malade. Je sais où l'intendante range sa pharmacie.

— À votre place, j'éviterais de me faire soigner par Dick, mademoiselle Cherrington, dit Anne. Il est davantage doué pour tuer que pour guérir.

— Je te remercie, Anne! s'écria Dick. Quand je pense que je me suis toujours conduit en frère avec toi! Je te demanderais bien de m'aider si je ne savais que tu t'évanouis à la simple vue d'un sparadrap. »

Debout dans l'ombre de la porte, Eustache réussit à saisir une des mains de Hilda. À son étonnement, elle ne la retira pas. Il n'eut toutefois pas le temps de l'examiner: une autre main s'en empara d'autorité et Dick déclara d'une voix grave:

« Je crains que ce soit assez sérieux, vous ne pensez pas, Eustache? Je vais m'en occuper. »

Lady Nelly intervint.

« Je crois que vous en avez déjà assez fait comme ça, Dick. Venez dans ma chambre, mademoiselle Cherrington, je vous donnerai une très bonne pommade. Elle est censée guérir tous les maux, depuis un cœur brisé jusqu'aux cors aux pieds, c'est dire…

— Et pourquoi pas la tête aussi ? ajouta Dick avec un soupir bruyant. Les mains sont davantage mon rayon que les cœurs, tante Nelly.

— L'important, c'est d'avoir le cœur sur la main, répliqua lady Nelly d'un ton enjoué. Venez, mademoiselle Cherrington. »

Ils retournèrent au salon. Les bridgeurs étaient allés se coucher, et il était vide. Un chœur de « bonne nuit » retentit au bas de l'escalier.

Tandis que les autres montaient nonchalamment les marches, Eustache entendit Dick dire :

« J'éteindrai, Antony. Ah, et voici ce que je te dois pour ce soir. »

Il sortit quelque chose de sa poche.

« Mais tu n'y penses pas, Dick ! protesta Antony.

— Si, j'y pense. Je t'assure que moi je te l'aurais réclamé. Bonne nuit, Antony. Bonne nuit, Eustache. »

Antony et Eustache traversèrent la cour. La lune brillait à travers une légère brume, la nuit était d'une délicieuse tiédeur. Après les divers et tumultueux moments qui avaient marqué la soirée, le sentiment d'intimité et de détente qu'Eustache trouvait toujours auprès d'Antony agit à la façon d'un baume.

« Dick et toi, vous avez parié sur le jeu de pelote ? demanda-t-il.

— Oui, Dick adore parier. Il engagerait un pari sur une partie de colin-maillard. »

Quand ils atteignirent leur porte qui rappelait à Eustache l'entrée d'un bâtiment universitaire, Antony dit :

« J'ai peur d'avoir un peu noirci Dick tout à l'heure. Au fond, il n'est pas si mal que ça. Je l'ai même trouvé assez sympa ce soir.

— Cela m'a étonné qu'il appelle Hilda par son prénom, dit Eustache, allumant la lumière pour entrer dans sa chambre. Ça fait longtemps ?

— Il a dit qu'il ne pouvait pas lui apprendre à jouer s'il ne l'appelait pas Hilda. Il en a fait toute une histoire. Pourquoi ? Ça t'ennuie ? »

Eustache réfléchit un moment.

« Non, non. Disons que ça m'a fait un peu drôle, c'est tout. J'ignore pourquoi.

— En fait, c'est un assez brave type. Seulement, il ne veut pas qu'on connaisse sa vraie nature. Ses boniments ne sont qu'un écran de fumée. Je crois qu'il était sincèrement navré pour les mains de ta sœur.

— Oui, c'est bien possible. Je ne les ai pas bien vues, moi, ses mains. »

Il se rappela que le « bonne nuit » qu'il avait adressé à Hilda avait été une pure formalité. Toute la soirée, il avait essayé de lui envoyer un message, mais n'avait jamais réussi à capter son regard.

« Ça m'ennuierait beaucoup qu'elle se soit blessée, dit-il, angoissé. C'est moi qui l'ai poussée à venir ici. Ce serait affreux si elle s'était fait mal et ne pouvait pas reprendre son travail.

— Bah ! à ta place, je ne m'inquiéterais pas. » Antony étouffa un bâillement et adressa à Eustache un sourire d'excuse.

« Lady Nelly va s'occuper d'elle. C'est un ange, non ? Quel effet t'a-t-elle fait pendant votre petite conversation, après le dîner ?

— Elle est irrésistible. » Eustache eut le sentiment que c'était la chose à dire. « Je t'en reparlerai demain. »

Une fois seul, l'idée qu'il était invité à Venise le submergea de bonheur. C'était un sentiment si fort qu'il eut du mal à se déshabiller. À chaque vêtement qu'il ôtait, il avait l'impression de se rapprocher du but. Mais quand il se coucha, des doutes l'assaillirent. Que diraient-elles ? Que dirait tante Sarah d'une proposition qui tenait si peu compte du sérieux de la vie ? Et que dirait Hilda, elle qui n'aurait pas laissé passer un seul jour sans avoir accompli quelque tâche épuisante ? Pendant qu'il se prélasserait dans une gondole, elle braverait un conseil d'administration.

« Comment vous êtes-vous blessée aux mains, mademoiselle Cherrington ?

— Oh, je me suis fait ça à Anchorstone Hall en jouant à un jeu assez brutal, trop brutal en tout cas pour mon frère Eustache. C'est pourquoi j'ai joué à sa place.

— Et après, il n'a pas songé à vous panser les mains ?

— Non, il a laissé ce soin à lady Nelly Staveley. Elle a fait de son mieux, comme une grande dame qu'elle est, mais une professionnelle aurait été plus efficace.

— Espérons que vous recouvrerez bientôt l'usage au moins d'une de vos mains, mademoiselle Cherrington, sinon nous nous verrions dans l'obligation de…

— Je guérirai certainement, si vous voulez bien m'en laisser le temps. »

Hilda était peut-être encore chez lady Nelly ; ou lady Nelly était peut-être allée chercher un pansement dans le logement de l'intendante. Avec des couloirs plongés dans l'obscurité, comment trouverait-elle son chemin ? L'horloge sonna une heure. Hilda doit être dans sa chambre à présent, se dit Eustache ; il faudrait que j'aille la voir. Je peux me rhabiller en vitesse ou juste passer ma robe de chambre. Mais ça va sembler bizarre si je suis surpris à une heure pareille dans la maison, frottant des allumettes et laissant tomber partout les bouts brûlés.

Il y avait tant de portes dans le couloir, c'était ça, l'ennui. Et il n'avait pas la moindre idée de celle qui menait à la chambre de Hilda. Et si elle avait mis ses chaussures dehors, ses chaussures bleues? Il les reconnaîtrait car il l'avait aidée à les choisir. Non, c'était idiot, il n'y avait pas de chaussures devant les portes: on était dans une maison privée et c'eût été un manque de savoir-vivre. N'empêche, il ne devait pas renoncer; il ne pourrait pas s'endormir avant d'avoir vu les mains de Hilda; mais, pour cela, il devait essayer toutes les portes.

Et que diraient leurs occupants, que dirait lady Staveley, par exemple, s'il se glissait dans sa chambre? Elle le prendrait pour un fou, elle hurlerait et réveillerait toute la maisonnée. Il passerait probablement le reste de la nuit dans un donjon et serait emmené le lendemain matin sous escorte. Tant pis, il fallait qu'il trouve Hilda, qu'il lui demande si elle avait très mal et qu'il lui dise à quel point il était navré.

Est-ce que ces chaussures n'étaient pas celles de Hilda? Elle ne connaissait pas la règle qui interdisait de les mettre devant sa porte. Il faudrait qu'il le lui dise un jour. Peut-être que personne ne les avait vues, à part les domestiques. Eux, ils se moqueraient un peu d'elle, sans d'ailleurs lui porter moins de considération.

La poignée tourna facilement et sans bruit. Il entra.

Était-il dans la chambre de Hilda? Il aperçut Dick assis sur le lit, vêtu seulement de son pantalon de pyjama.

Il se leva et marcha vers Eustache, ses yeux luisaient au clair de lune.

«Je vous attendais, dit-il. Je savais que vous vous introduiriez ici en douce.

— Je cherche Hilda, répondit Eustache, d'un air égaré. Ne vous êtes-vous pas trompé? N'est-ce pas sa chambre ici?

— C'est vous qui faites erreur », assura Dick en se rapprochant…

Eustache se réveilla en sursaut. Un mince rayon de soleil balafrait le mur, les oiseaux chantaient. Immensément soulagé, il se rendormit.

9

Les mains de Hilda

SUR le coup de neuf heures, sir John Staveley posa sa casquette et sa canne sur leur chaise habituelle, dans la salle des banquets. La pièce était vide, mais un coup d'œil sur la table montrait que quelqu'un y avait déjà pris son petit déjeuner. De la baie vitrée, il contempla la vaste étendue de gazon. Les rhododendrons et les azalées aux fleurs blanches, écarlates et orange semblaient encore alourdis de sommeil. La couleur ambrée de la vitre avait beau toujours enjoliver la météo, sir John sut néanmoins que la journée s'annonçait exceptionnellement belle.

Se retournant, il descendit les marches qui menaient à la partie centrale de la salle. Il remplit son assiette d'œufs au bacon, remonta sur l'estrade et s'assit. À ce moment, sa femme entra.

« Bonjour, ma chère. » Sir John se leva et l'embrassa. « Cette portion serait-elle trop copieuse pour vous ? demanda-t-il en désignant le contenu de son assiette.

— Je crois que oui. Je me servirai moi-même, si cela ne vous ennuie pas.

— Elle n'était pas mal, notre partie de bridge d'hier soir, fit-il remarquer quand sa femme le rejoignit. Mais c'est quand même dommage que vous n'ayez pas répondu à mon annonce à cœur !

— Comment pouvais-je savoir que vous aviez la reine ? répliqua lady Staveley, sur la défensive.

— Vous deviez bien vous douter que j'avais une forte donne, sinon je n'aurais pas annoncé sans-atout. »

L'air légèrement gêné, lady Staveley regarda ailleurs.

« Je devais penser à autre chose, avoua-t-elle.

— Il ne fallait pas. Rappelez-vous que le bridge, c'est sérieux. Monica non plus n'était pas dans sa forme habituelle. C'est dommage que Dick n'aime pas le bridge. »

Lady Staveley examina les miettes révélatrices.

« Il a déjà mangé ?

— En tout cas, quelqu'un a mangé. Ça pourrait être n'importe qui. Comment le savoir ? Grâce à vous, la maison est pleine de gens qu'on ne connaît pas.

— Votre conversation avec Mlle Cherrington, hier soir, au dîner, n'avait pas l'air de vous déplaire. »

Sir John se redressa et saisit les revers de sa veste, version dominicale, mais à peine différente, de son vêtement campagnard de tous les jours.

« Elle est d'une beauté remarquable, il faut en convenir. Un peu timide au début, d'accord, mais ensuite quand il s'est agi de son hôpital, quelle éloquence !... J'ai failli lui promettre de verser à sa souscription.

— Elle vous l'a demandé ?

— Grand Dieu, non ! Mais il est évident qu'elle tentera l'impossible pour réaliser son projet. On dirait qu'en dehors de l'hôpital il n'y a rien d'autre dans sa vie. C'est plutôt rare chez une jeune fille, vous ne trouvez pas ?

— Oh, elle n'est pas si jeune que ça. Son frère m'a dit qu'elle avait presque quatre ans de plus que lui.

— Et lui, qu'est-ce que vous en pensez ? » Sir John fronça le nez. « Je le trouve un peu gnangnan.

— Non, je ne suis pas d'accord. Il a de la conversation. Nous avons parlé agréablement de livres. Ce qu'on pourrait lui reprocher, c'est de trop chercher à plaire. Il paraissait beaucoup se préoccuper de sa sœur: il n'arrêtait pas de la regarder pour voir comment elle s'en sortait.

— Je le comprends. Une belle fille comme ça!» Sir John eut un rire bref. Ils se turent un instant.

«Je me demande ce que les autres ont fait après le dîner», reprit-il. Puis comme la porte s'ouvrait, il ajouta: «Ah, voilà Anne, elle pourra nous le dire.

— Je pourrai vous dire quoi? s'enquit Anne après avoir salué ses parents.

— À quoi vous avez passé votre temps pendant qu'on jouait au bridge.

— Je serais incapable de vous dire ce qu'ont fait tante Nelly et M. Cherrington, répondit Anne depuis le chauffe-plat. Quand nous sommes partis, ils étaient tous les deux assis sur le canapé.

— Alors, il n'y a aucun doute, ils auront eu une conversation à cœur ouvert, dit lady Staveley. Et vous, qu'avez-vous fait?

— À votre avis? Dick nous a poussés à jouer au billard-pelote. Regardez-moi ça!»

Elle montra ses mains.

«Oh, ma pauvre chérie!

— Vous n'avez pas dû frapper la boule comme il fallait, déclara sir John d'un ton catégorique. Il est évident que si vous la frappez du plat de la main vous ne pouvez que vous faire mal.

— Je ne l'ai pas frappée du plat de la main, papa.

— De toute façon, c'est un jeu barbare et, de plus, pas du tout recommandé pour les tables de billard, dit sir John. Bien que, de nos jours, il y ait peu de gens qui jouent au billard: ça ne va pas assez vite pour eux. Qui a gagné?

— Antony et moi, de justesse, répondit Anne. Dick a essayé de tricher en contestant notre victoire.

— Je n'aime pas du tout que vous disiez des choses pareilles sur Dick, l'admonesta sa mère.

— C'était une plaisanterie.

— Je sais, mais un étranger risquerait de mal l'interpréter.

— Ou de l'interpréter correctement.

— Allons, allons ! fit sir John. Et Mlle Cherrington, comment s'en est-elle tirée ?

— Elle a joué avec Dick, je suppose, intervint lady Staveley.

— Avec qui d'autre aurait-elle pu jouer, ma chère ?

— Elle a fait preuve de beaucoup de courage, déclara Anne. D'accord, elle n'a pas joué avec grâce, son style laissait à désirer et papa n'aurait certainement pas approuvé la façon dont elle frappait la boule, mais elle a montré une grande énergie.

— Ça ne m'étonne pas d'elle, déclara sir John, l'air satisfait. Mais Dick aurait tout de même pu lui indiquer comment tenir la main ! ajouta-t-il, indigné.

— Il l'a fait, papa, et même plusieurs fois. Ce qu'il y a, c'est qu'on a du mal à se rappeler la bonne méthode quand on joue pour la première fois, si étrange que cela puisse vous paraître. Mlle Cherrington a souvent dû se meurtrir les mains, mais jamais elle ne s'est plainte.

— Elle doit être habituée aux durs travaux, dit lady Staveley.

— La pauvre fille ! s'exclama sir John. J'espère que vous lui avez donné un remède. De l'alun en poudre, c'est ce qu'il y a de mieux. Elle devrait s'exercer un peu ce matin, doucement, je veux dire, juste pour endurcir ses paumes et assouplir ses doigts.

— Je ne suis pas du tout sûre qu'elle en ait envie, papa. Vous avez des idées étonnantes sur ce que les gens aimeraient faire. À mon avis, elle ne voudra plus jamais voir une table de billard de sa vie. »

Le visage de lady Staveley s'éclaira un peu.

« Alors, selon vous, ça ne lui a pas vraiment plu ?

— Ce n'est pas ce que j'ai dit. En fait, je crois qu'elle y a pris plus de plaisir que nous. Seulement, de là à imaginer qu'elle aurait envie d'y jouer tous les jours…

— Monica pourrait la remplacer ce soir – à condition que Mlle Cherrington joue au bridge, évidemment, suggéra sir John d'un air pensif. À propos, où est-elle, Monica ? Elle descend très tôt d'habitude.

— Elle a une légère migraine et s'est fait servir son petit déjeuner au lit.

— Monica ? Une migraine ?

— Voyons, papa, nous avons tous une migraine de temps à autre.

— Elle n'en avait pas hier soir.

— Qu'en savez-vous ? Elle souffrait peut-être le martyre. Mais vous étiez trop absorbé par votre bridge pour le remarquer.

— C'est vrai, elle m'a paru fatiguée, dit lady Staveley.

— Ce serait bien la première fois, persista sir John, l'air chagrin. Cherrington joue peut-être au bridge, quoique ça m'étonnerait… Bien entendu, Antony n'y joue pas : ça l'obligerait à se taire.

— Ne vous inquiétez pas, nous nous arrangerons pour vous organiser quelques robres, n'est-ce pas, maman ? dit Anne d'un ton apaisant.

— En attendant, il va falloir trouver quelque chose à faire aujourd'hui. Les Cherrington iront sans doute à l'église ? À moins qu'ils ne soient pas croyants ?

— M. Cherrington m'a dit qu'il aimerait se promener sur la plage et revoir les endroits où sa sœur et lui jouaient enfants, l'informa Anne. Il avait l'air si drôle en m'annonçant ça ! Il semblait se demander si ce serait enfreindre les règles de la politesse, ajouta-t-elle, souriant à ce souvenir.

— Ça me paraît plutôt bizarre, comme envie », commenta sir John.

Lady Staveley leva la tête.

« Absolument pas, voyons, c'est tout ce qu'il y a de plus naturel. Bien entendu, il demandera à sa sœur de l'accompagner. Ils pourraient y aller cet après-midi. Ils voudront peut-être refaire connaissance avec la ville et y prendre le thé. Nous enverrons le chauffeur les chercher.

— Il ne faudrait pas qu'ils aient l'impression que nous voulons nous débarrasser d'eux. De plus, nous ne connaissons pas les projets de Dick.

— Ça c'est vrai, acquiesça lady Staveley, songeuse.

— Dick m'a dit qu'il leur avait demandé de rester jusqu'à mardi, annonça Anne.

— Quoi, toute la bande ? s'écria sir John, consterné.

— Non, seulement M. Cherrington et sa sœur.

— Que diable allons-nous en faire ?

— Les gens n'ont pas toujours envie qu'on s'occupe d'eux, papa.

— Si Dick y tient, nous pouvons le leur proposer, bien sûr, dit lady Staveley. Mais je suppose que Mlle Cherrington doit rentrer travailler.

— Dommage qu'une aussi jolie fille soit infirmière, dit sir John.

— Les infirmières sont souvent jolies, déclara lady Staveley. Vous ne l'avez pas remarqué ?

— Mlle Cherrington n'est pas infirmière, elle gère une clinique pour enfants, rectifia Anne. Il y a une nuance.

— J'ai l'impression qu'Anne la trouve sympathique, dit sir John.

— En fait, je la comprends mal, dit Anne. Elle ne ressemble à aucune de mes connaissances – je ne parle pas de son rang social. J'avoue qu'elle m'intrigue. Elle me donne toutefois l'impression de ne pas s'intéresser aux gens.

— Qu'est-ce qui vous fait penser ça? demanda lady Staveley. Elle est assez farouche, c'est vrai, et même parfois... disons un peu gauche.

— Ça, c'est surtout à mettre au compte de la timidité, maman. Et puis, elle n'approuve peut-être pas notre mode de vie. Mais je ne crois pas qu'elle soit très attentive aux autres. C'est à se demander si elle a conscience de ce qui se passe autour d'elle.

— Et que se passe-t-il autour d'elle?» demanda sir John.

Ses sourcils froncés traduisaient le léger agacement que lui causait l'analyse tentée par Anne du caractère de Hilda.

«Rien d'autre, espérons-le, que l'ennuyeuse routine d'un week-end à Anchorstone, dit lady Staveley. Ah, voici Victor!»

Eustache s'habilla précipitamment, d'abord pour être à l'heure, et puis pour voir Anchorstone Hall dans cette fraîcheur matinale qui entrait par sa fenêtre ouverte; il espérait en outre devancer les autres dont il redoutait l'affluence au petit déjeuner. Mais il désirait par-dessus tout partir à la recherche de Hilda et savoir comment allaient ses mains avant que le reste des invités ne s'interposât entre elle et lui. Habitué à lui parler en tête-à-tête, la présence d'autrui l'inhibait terriblement. Il ne trouvait rien à lui dire.

Une fois dans la cour, sous l'horloge bleue qui indiquait neuf heures moins vingt, Eustache se demanda quel serait le meilleur moment pour faire face aux dames qui revenaient du bain et à leurs femmes de chambre (il les imaginait nombreuses) en train de vaquer discrètement à leurs affaires en un endroit où se tenait Hilda. Un cuisinier coiffé d'une toque blanche apparut à une porte, à gauche de la salle des banquets, jeta un regard circulaire autour de lui, puis disparut. Eustache soupira. Que de nouveautés se présentaient à lui auxquelles il fallait s'habituer ! Peut-être était-il plus sage de manger d'abord et d'agir ensuite. Il se dirigea vers la salle des banquets. Qui sait s'il n'y rencontrerait pas Hilda ?

Elle n'y était pas. Il eut la pièce ensoleillée pour lui tout seul et en sortit sans avoir résolu son problème. Neuf heures moins cinq paraissait un moment particulièrement peu propice pour partir à la recherche de Hilda : le moment où toutes les portes des chambres s'ouvriraient à la volée pour se vider de leurs occupants.

« Bonjour, monsieur Cherrington. Puis-je vous aider ? Vous paraissez un peu perdu.

— Oh, je cherchais ma sœur Hilda. Sa chambre se trouve dans ce couloir, vous savez.

— Oui, mais n'entrez pas là. C'est la salle de bains de lady Staveley.

— Et cette porte-ci ?

— C'est ma chambre.

— Excusez-moi. J'essaierai un peu plus loin. On a du mal à s'y retrouver avec toutes ces portes, n'est-ce pas ?

— Oui, surtout lors d'une première visite. N'allez pas par là : c'est un WC. »

L'interlocuteur imaginaire d'Eustache se mit à rire d'une façon assez déplaisante.

« Oh, mon Dieu, je n'arrête pas de me tromper !

— En effet, vous n'avez pas eu beaucoup de chance jusqu'ici. Essayez le couloir sur la droite. »

Si seulement Antony avait été réveillé lorsqu'il était descendu ! Mais il dormait dans un grand désordre de draps, à côté de sa tasse de thé pleine. Eustache n'avait pas eu le cœur de le tirer de son sommeil.

Dans son agitation, il avait sans le vouloir franchi la grille et était entré dans le jardin. Il tourna à droite, s'éloignant de la salle des banquets. Ici s'élevait l'aile neuve qu'Antony méprisait tant. Quelles longues rangées de fenêtres ! Hilda devait se trouver derrière l'une d'elles. Si seulement il pouvait lui envoyer un message télépathique et lui suggérer de suspendre à sa fenêtre une serviette de bain, comme ç'avait été fait à Glamis Castle. Mais cela ne lui faciliterait pas la tâche : il lui faudrait ensuite repérer, à l'intérieur, la chambre correspondant à la serviette. Eustache se demanda si Anchorstone Hall était hanté, et, dans ce cas, par quelle sorte de fantôme. Dick le lui confirmerait certainement. Il inventerait un fantôme sur-le-champ. Impossible de l'associer, lui, à un fantôme : il était bien trop charnel. Au physique comme au moral. Sans doute était-il plus facile de l'associer à un diable ?

Eustache suivit, sur la droite, un chemin terreux, humide, bordé de marronniers. Il paraissait peu fréquenté. Ce n'était pas le plus beau côté de la maison, peut-être avait-on planté les arbres pour le cacher. Puis cet écran s'interrompait et la partie récente se prolongeait par une façade d'un pur XVIIIe siècle. C'était peut-être là que se trouvait la bibliothèque. Quel soulagement après le prétentieux style pseudo-élisabéthain de l'aile victorienne ! Eustache parvint à un pont enjambant le cours d'eau qui alimentait les douves. La rivière vagabondait ensuite entre de charmantes berges couvertes d'azalées. On eût dit qu'elle avait terminé son service militaire et retournait à la vie civile.

Un canot de forme banale, dont la peinture s'écaillait, était amarré sur la rive. Une rame y était couchée. Eustache fut tenté de s'embarquer, de glisser sur l'eau claire et peu profonde, entre les azalées, jusqu'à la mer. Un vers d'Emily

Brontë lui vint à l'esprit: « Éternellement, totalement libre. » Comme cela devait être apaisant de se laisser emporter le long de pelouses bien entretenues et de quais en brique, d'arrière-cours où du linge séchait sur une corde, de traverser des champs de blé ou des potagers, de passer sous des sureaux et des aulnes – de découvrir un paysage où alternaient sans fin terres habitées et inhabitées, en friche et cultivées. La rivière devient plus rapide. Regarde ! Brusquement, devant toi, elle se sépare en deux bras. Quel est ce bruit, cette chose qui gronde et qui grince ? Ce doit être un moulin à eau. Eustache n'avait pas vu le danger à temps. Il allait droit sur le lugubre bâtiment de pierre qui s'élevait au milieu du cours d'eau: en haut, un mur aveugle, en bas les aubes de la roue qui tournaient. Le canot n'obéissait plus aux coups de rame. Eustache vira de bord, se précipitant à sa perte. Soudain, Hilda fut avec lui dans le bateau. Ils étaient ensemble, tels Tom et Maggie Tulliver dans *Le Moulin sur la Floss*.

Regardant à nouveau la barque, Eustache se mit à rire en pensant à la fin dramatique qu'il avait imaginée pour son voyage. La petite embarcation renouvela son invitation. Parvenu au bas de la berge, Eustache découvrit que le canot était amarré à un pieu par une chaîne cadenassée. Qu'à cela ne tienne, se dit-il, je demanderai la clé à Dick.

En traversant un pont, il aperçut devant lui cette célèbre façade de la maison représentée sur les gravures des compartiments de chemin de fer ou dans des livres d'architecture. Il s'enfonça dans le parc, cherchant un meilleur point de vue.

Elle datait sans doute du XVIIe siècle et ressemblait à celle d'un collège avec sa tour construite au-dessus du portail et ses deux ailes. Des morceaux de silex miroitaient sur le mur gris cendré. D'ici, il lui était facile d'identifier sa chambre: sa fenêtre se trouvait à gauche de celle d'Antony, reconnaissable à son encorbellement. Mentalement, il la marqua d'une croix. Oui, Stephen, c'est ma fenêtre, celle de la chambre où je dors quand je séjourne à Anchorstone Hall. Avec quelle patience les siècles avaient-ils attendu sa visite ! Ils vivaient toujours, prisonniers de cette fière demeure. Eustache contempla avec émotion l'architecture indestructible. Les contours de l'espace qu'elle dérobait au ciel se gravaient dans sa mémoire. Puis il prit progressivement conscience qu'une autre ombre se profilait à l'arrière-plan. Autour, au-dessus, au-delà de la silhouette d'Anchorstone Hall, écrasant ce « charmant petit endroit », se dressaient les murs imposants de Whaplode.

Eustache franchit le pont-levis et fut salué par le gardien en chapeau haut-de-forme. Après lui avoir rendu sa politesse, il suivit le sentier qui passait sous les fenêtres. Celles-ci étaient assez basses pour qu'il pût regarder à l'intérieur. Là, sur un des rebords, il aperçut les heaumes qu'avait mentionnés Antony : il y en avait trois, dont un couché sur le côté. Ils avaient un air à la fois abandonné et romantique. On ne pouvait tout à fait prendre au sérieux le défi qu'ils semblaient lancer, un défi expiré depuis des siècles et dont plus personne, même pas une femme de chambre, ne se souciait.

Au coin de la muraille, Eustache quitta la rivière qui, délaissant un manoir dont elle ne défendait plus l'accès, s'étalait et formait un large croissant d'eau brillante, presque un lac, entre le jardin et le parc. La pierre grise céda la place à la brique. Eustache descendit le chemin abrupt. Il parvint au-dessous des fenêtres de la salle des banquets, trop bas, se dit-il avec satisfaction, pour être vu de ceux qui prenaient leur petit déjeuner. Au bout de la vaste pelouse, la haie s'interrompait ; un pont de bois mi-Chippendale, mi-chinois, bordé d'une balustrade à barreaux, menait à cette ouverture : ce devait être le jardin car, à travers la brèche, on voyait briller des taches rouges et blanches. Ignorant son appel, Eustache continua tout droit et se retrouva soudain devant une petite ruine. Au milieu des longues herbes jaunies, s'élevait ici un pilier, là un fragment de mur. Certains vestiges tenaient encore debout, mais la plupart gisaient à terre. Quelques-unes des pierres s'enfonçaient dans l'herbe qui les baignait comme de l'eau. Cette longue plaque gravée d'une croix avait peut-être été le couvercle d'un cercueil, cet octogone brisé, orné d'une moulure à croisillons presque effacée et posé sur un socle, des fonts baptismaux. Sur tout un côté, la ruine s'appuyait au mur de la salle des banquets. Des morceaux de tympans, de bossages, de consoles, de chapiteaux adhéraient à la paroi rosâtre; certains, exposés à la pluie, s'étaient recouverts de mousse; ici, une porte semblait avoir été condamnée, là, une fenêtre. Eustache essaya de comprendre quel rapport logique s'établissait entre ces vestiges et tenta d'imaginer le mur tel qu'il devait être autrefois. Les repères, néanmoins, se situaient tous à des niveaux différents: la porte s'ouvrait à mi-hauteur du mur, la fenêtre disparaissait dans le sol. Rien ne collait. Peut-être y avait-il eu là une crypte.

« Alors, on visite ? » dit une voix derrière lui.

Eustache sursauta, puis se tourna. Il aperçut Dick Staveley, appuyé, les bras croisés, sur les fonts baptismaux.

« Oui, je me promenais par là, dit Eustache, toujours enclin à vouloir excuser ses activités pour innocentes qu'elles fussent. J'essayais de reconstituer mentalement cette construction. C'était une chapelle, je suppose ?

— En effet. Un tas de petits Staveley ont été baptisés sur ces fonts. Et puis, à la Réforme, le Staveley de l'époque devint un si ardent protestant qu'il fit démolir la chapelle. Il en a utilisé les pierres pour bâtir autre chose.

— Mais c'est du vandalisme ! »

Eustache craignit que ce terme, appliqué à un ancêtre de Dick, ne fût désobligeant. Mais Dick approuva:

« Tout à fait. Et l'on raconte même qu'il a ordonné de désacraliser le site. Est-ce que vous ne sentez pas une odeur de grand lessivage religieux ?

— Non, pas vraiment. Je trouve à cet endroit une atmosphère particulière, pleine de charme. S'il m'appartenait, j'y viendrais souvent.

— Moi aussi, je l'aime, dit Dick au grand étonnement d'Eustache, je l'aime plus qu'une église pourvue d'un toit… À propos, irez-vous à l'office ? Je tiens à vous dire qu'il n'y a aucune obligation.

— Oui, j'avais l'intention d'y aller, mais je voulais d'abord voir Hilda et prendre des nouvelles de ses mains. Le problème, c'est que j'ignorais où était sa chambre.

— Ah, ça, j'aurais pu vous le dire. De toute façon, il suffisait de lire son nom sur la porte.

— Bien sûr ! Que je suis bête ! »

À l'idée qu'en faisant appel à son bon sens il se serait épargné beaucoup d'inquiétude, il éprouva une immense honte mêlée de remords.

« Vous ne l'avez pas vue, je suppose ? » dit-il.

Dick se redressa légèrement.

« Non, pas ce matin. Moi aussi je voudrais savoir dans quel état sont ses mains. Est-ce qu'elle va à l'église ? »

Eustache réfléchit un moment.

« Rarement. Elle n'est pas vraiment pratiquante.

— C'est bien ce que je pensais », déclara Dick, toujours appuyé sur les fonts baptismaux.

Eustache qui, depuis la veille au soir, voyait en Dick un être sans cesse en mouvement, s'étonna qu'il pût se tenir aussi immobile.

« Hilda a toutefois des principes bien ancrés. Elle obéit à des impératifs éthiques très élevés, dit Eustache, assez surpris du tour intime que prenait sa conversation avec Dick. Mais, d'une manière générale, sa morale consiste surtout à travailler dur tout en faisant du bien autour d'elle – si vous voyez ce que je veux dire.

— Oui, je crois que je comprends.

— Elle juge les gens à leur travail.

— Et non pas à la manière dont ils mènent leurs vies privées ?

— Non. Je ne crois pas que ça l'intéresse.

— Mais elle-même, elle doit bien en avoir une, de vie privée ? »

Eustache hésita.

« Si vous voulez dire dans sa famille, avec nous, elle en a une, c'est évident. Mais pour le reste, elle ne semble s'intéresser aux autres que dans la mesure où ils ont un rapport avec son travail à la clinique. » Il se tut un instant. En parlant de Hilda, il prenait sans le vouloir une voix spéciale, plus grave que sa voix habituelle, presque solennelle. Il s'efforçait en vain d'adopter un ton léger. « À ses yeux, les relations purement personnelles relèvent de la complaisance, je crois. Je n'en suis pas sûr, évidemment.

— Est-ce que ça veut dire qu'elle ne les considère pas comme sérieuses ? demanda Dick et, avant qu'Eustache ait eu le temps de répondre, il ajouta : Ne s'intéresse-t-elle pas aux vôtres ? »

Eustache rougit. Sa vie lui parut soudain dépourvue de toute relation personnelle intéressante. Bien entendu, il ne voulait pas que Dick s'en doutât. Il répondit d'un ton désinvolte :

« Absolument pas. Elle ne se mêle pas de mes affaires. »

Faux, archi-faux ! Pourtant, dans le sens où l'entendait Dick, c'était vrai.

« Et vous ne vous mêlez pas non plus des siennes ? N'avez-vous jamais été tenté de faire preuve de sévérité paternelle à son égard ? »

Eustache se mit à rire.

« Ça ne serait même pas la peine que j'essaie. Vous savez qu'elle est bien plus âgée que moi ? Et puis, voyez-vous, Hilda était très jeune quand notre mère est morte et même notre père, de son vivant, n'a jamais exercé beaucoup d'autorité sur elle.

— Donc vous êtes seuls au monde ? De pauvres petits orphelins ?

— Non, pas tout à fait. Nous avons une sœur cadette, qui est d'ailleurs mariée à présent, et une tante dont le foyer est aussi le nôtre. À part elles, nous n'avons pas d'autres proches parents.

— Je vois. En somme, il n'y a personne qui puisse s'occuper de ce que vous faites ? »

Se penchant au-dessus des fonts, Dick arracha du tronc un fragment de maçonnerie qui sortait, telle une dent, d'une fissure sur le côté.

Eustache eut l'impression que la pierre criait, il ne put cacher la souffrance qu'il ressentit. Dick sourit :

« Allons, ne soyez pas triste. Ce morceau devait tomber de toute façon. Je ne fais que devancer le vent et la pluie. »

Avec une gaieté espiègle, il lança la pierre à Eustache qui l'attrapa et la mit dans sa poche.

« Votre sœur partage-t-elle votre goût des vieilles demeures ? »

Eustache se demanda quelle réponse Dick voulait entendre.

« Non, je ne crois pas. Je ne dis pas qu'elle serait incapable de les aimer. Seulement, pour elle, les choses doivent bouger. Elle est pour le changement et se méfie du statu quo. Elle préfère regarder en avant plutôt qu'en arrière.

— Vous voulez dire qu'elle ne se soucie pas du passé ?

— Exactement. Le passé est banni de son esprit.

— Elle limite les dégâts, c'est très sage de sa part. Dites-moi, à sa clinique, est-ce qu'elle donne des fêtes, des soirées joyeuses – enfin, ce genre de chose ? Excusez-moi si je suis indiscret, mais j'aime bien savoir comment vivent mes amis. Je suis très curieux de nature.

— Oui, elle organise des fêtes pour les enfants, des arbres de Noël, des représentations avec des prestidigitateurs et des pique-niques en été.

— Et c'est tout? Rien de plus... de plus adulte? Par exemple, des sauteries pour le personnel, des cocktail-parties pour les parents ou des javas pour les toubibs?»

Eustache, de nouveau, se mit à rire.

«S'il y en a, elle ne m'en a jamais soufflé mot. Danser, ça ne lui dit rien et, d'une façon générale, elle n'éprouve pas d'intérêt pour les distractions en elles-mêmes. Pour elle, c'est comme s'il s'agissait d'une vente de charité ou d'une journée de vente d'insignes. Elle se donnera un mal fou pour les mettre sur pied et après elle cessera d'y penser – jusqu'à la prochaine fois.

— Une autre façon de tout effacer.

— Je suppose que oui.»

Eustache regarda le portrait de Hilda qu'il était en train de dessiner, la main comme guidée par les questions de Dick. Cette jeune femme sûre d'elle qui limitait les dégâts et faisait table rase du passé ne ressemblait pas exactement à celle qu'il connaissait, mais elle avait beaucoup de ses traits. Et surtout, le dessin avait l'air de plaire à Dick. Or Eustache était toujours content de faire plaisir.

«Mais nous n'allons pas rester debout comme ça, dit soudain Dick. Asseyons-nous. Vous avez l'air un peu fatigué. Vous vous sentez bien?»

Eustache se rendit compte à ce moment qu'il se sentait effectivement fatigué. En même temps, il fut touché par la sollicitude de Dick. Avançant avec précaution dans l'herbe haute et les ruines, ils parvinrent aux restes d'une stalle et s'y assirent. Un siège plutôt austère.

«Les vieux moines devaient drôlement souffrir sur ces bancs, commenta Dick. Mais nous pouvons bien supporter un peu d'inconfort pendant deux ou trois minutes. Vous n'êtes pas pressé ?

— Non, pas vraiment. Je voudrais juste parler un instant avec Hilda avant d'aller à l'église.

— Oh, vous avez le temps. Vous fumez ? »

Eustache prit une cigarette dans l'étui en or de Dick, qui remarqua :

« Cela doit faire un bout de temps que je vous ai rencontrés sur la plage, votre sœur et vous.

— Quatorze ou quinze ans.

— Tant que ça ? C'est curieux, dans ce cas, que je m'en souvienne si bien.

— Je m'en souviens très bien, moi aussi. Je pourrais même retrouver l'endroit exact. En fait, j'allais vous demander si ça vous ennuierait que Hilda et moi nous y promenions cet après-midi. Histoire de revoir les lieux. »

Cette requête parut amuser Dick.

« Bien sûr que non, dit-il. Nous pourrions y aller tous ensemble avec nos filets à crevettes. Avec de la chance, on en pêcherait quelques-unes. Sauf si… » Dick s'interrompit.

« … sauf si nos amis ont fait d'autres projets.

— Évidemment, dans ce cas…

— Enfin, nous verrons. Est-ce que vous vous souvenez de Nancy Steptoe, la fille qui était avec nous ce jour-là ?

— Parfaitement. Je me suis souvent demandé ce qu'elle était devenue.

— Elle a épousé un gars très distingué nommé Alberic, mais il s'est révélé bien décevant. J'ignore s'ils sont toujours ensemble. En fin de compte, mieux vaut ne pas se marier, ce n'est pas votre avis ? »

Des souvenirs de la noce assez chaotique, mais apparemment heureuse, de Barbara vinrent à l'esprit d'Eustache.

« Je n'en suis pas sûr », dit-il.

Dick arracha une herbe et se mit à la sucer.

« En tout cas, vous, vous n'avez pas sauté le pas.

— Ma situation ne me le permet pas, du moins, pas encore.

— Je vous garantis que vous prendrez beaucoup plus de plaisir à vous prélasser au soleil, au Lido, en compagnie de tante Nelly, qu'à vous mettre en ménage et payer des employés pour pousser des landaus.

— Oh ! Lady Nelly vous a parlé de son invitation ?

— Mais oui, et je crois bien que vous lui avez tapé dans l'œil. Quelle femme charmante ! Je suis sûr qu'elle est beaucoup plus heureuse depuis la mort de mon pauvre oncle. Il était devenu un véritable boulet pour elle. Ne vous liez jamais, telle est ma devise. D'ailleurs, elle semble être aussi celle d'un grand nombre de personnes dans cette maison. »

Alors qu'il parlait, sir John et lady Staveley franchirent le portail de fer et passèrent à côté d'eux sans les voir. Ils avaient cet air recueilli et résolu des gens qui se rendent à l'église.

« Voici une exception à la règle, risqua Eustache.

— D'accord. Mon père aime arriver avec dix minutes d'avance à l'office. Pour lui faire plaisir, ma mère est donc obligée de le suivre. Ça finit toujours comme ça.

— Qu'est-ce qui finit comme ça ?

— Le mariage. À moins qu'il ne craque tout de suite.

— Je suppose que chacun doit faire un certain nombre de concessions », déclara Eustache sans conviction.

À peine eut-il prononcé ces paroles qu'il eut honte de leur banalité. À Oxford, ses amis s'en seraient peut-être servis pour le dénigrer. « Savez-vous ce que dit Eustache ? Que, dans un couple, on doit se faire un certain nombre de concessions. » Il lui aurait fallu vivre avec cet opprobre. Mais Dick ne paraissait pas difficile en matière de conversation. Il se contenta de répliquer :

« Ah non, j'ai horreur de ce genre de marchandage. Tiens, voilà les cloches qui sonnent. Vous avez l'intention d'aller à l'église ? Vous n'êtes pas obligé, je le répète. »

Le carillon emplit l'air d'une irrésistible ambiance dominicale dont le costume en tweed de Dick avait d'une certaine manière détourné l'esprit d'Eustache. Ce dernier envisageait toujours d'assister à l'office, mais il répugnait à interrompre une conversation qui lui semblait loin d'être frivole.

« Et vous, vous en avez l'intention ? demanda-t-il pour gagner du temps.

— Peut-être, mais c'est pour une raison très précise.

— Ah. Et peut-on savoir laquelle ? »

Dick ne répondit pas. Se tournant vers lui, Eustache vit qu'il fixait son regard au-delà de la pelouse, sur l'ouverture dans la haie où brillaient les séduisantes et gaies couleurs du jardin. Il paraissait avoir oublié son compagnon. Par-dessus le gazon leur parvenait un murmure de voix entrecoupées qui se mêlait aux crescendos et aux diminuendos rythmés des cloches. Les personnes qui parlaient étaient invisibles.

« On dirait que ce sont les filles, murmura Dick. Ah, les voilà ! »

Au moment où elles franchirent l'arceau de verdure dans leurs robes claires et fleuries, on eût dit qu'elles apportaient avec elles la fraîcheur du jardin. S'arrêtant sur le pont « chinois », elles regardèrent l'eau, en bas.

Se penchant de part et d'autre, elles s'appuyaient à la balustrade. Avec leurs bras minces qui prolongeaient le dessin des barreaux délicats, elles offraient un spectacle charmant.

« On dirait des dryades ! s'écria Eustache.

— Ce terme ne convient guère à Monica, remarqua Dick, les yeux rivés sur le petit groupe, ni à Anne, la pauvre. En revanche, il va bien à votre sœur.

— Vous croyez ? Ça me rappelle que je voulais lui demander comment allaient ses mains et lui parler de mon projet pour cet après-midi. »

Il se leva, mais Dick le retint.

« Un moment ! Il ne faut pas qu'elles sachent que nous les avons vues. »

Le trio, Hilda au milieu, traversa lentement la pelouse. Eustache constata avec plaisir que la robe de sa sœur, quoique de nouveau plus voyante que celle des autres, convenait à la circonstance. Hilda marchait au pas de ses compagnes bien qu'elle parût gênée par leur allure de promeneuses. Les deux autres tournaient vers elle des visages amicaux, presque respectueux, tandis qu'elle-même avait l'air de leur expliquer quelque chose, expression qu'elle arborait si souvent avec des inconnus. Même si leur conversation ne dépassait pas le stade des questions et des réponses, au moins ne restaient-elles pas silencieuses.

Lorsqu'elles tournèrent le coin de la salle des banquets, Eustache se leva de nouveau.

« Je vais courir après Hilda. Je l'attraperai juste avant qu'elle n'entre à l'église. »

Dick, immobile, continuait à regarder l'endroit où les dryades avaient disparu.

« À votre place, je me garderais d'interrompre leurs confidences, dit-il. Elles sont en train de faire connaissance et pour des jeunes femmes, c'est là une chose difficile. Est-ce que votre entretien ne peut attendre la fin de l'office ?

— Si, évidemment, dit Eustache, mal à l'aise.

— Alors, rasseyez-vous, et racontez-m'en un peu plus. »

Ayant le sentiment de ne pas avoir rempli ses obligations envers Dick, Eustache se rassit docilement sur la pierre rose.

« Que voulez-vous que je vous dise ?

— Parlez-moi du premier soupirant de votre sœur. »

Cette demande stupéfia Eustache. Elle lui semblait déloyale, contraire à toutes les règles, au-dessous de la ceinture. Ce genre de curiosité était indigne d'un gentleman. En l'espace de trente secondes, il rejeta autant de réponses.

« Du premier soupirant de ma sœur ? répéta-t-il.

— Oui, c'est ça.

— Eh bien, j'ai peur que cela me soit impossible, dit Eustache lentement, d'une voix qui se voulait neutre.

— Impossible, vraiment ? Vous n'êtes pas très observateur, à ce que je vois. Bon, alors dites-moi quelque chose sur l'homme qui lui a donné son premier baiser. »

Au beau milieu de son trouble, Eustache se rendit compte que le carillon s'était tu. Une seule cloche continuait à répéter ses sommations avec tant d'insistance qu'il eut l'impression que son cerveau vibrait.

« Je crois qu'aucun homme ne l'a jamais embrassée, à part moi.

— Non, c'est vrai ? », fit Dick, poli, mais incrédule. Il se leva lentement de la pierre, s'épousseta négligemment et fixant sur le visage bouleversé d'Eustache un regard amusé, il ajouta :

« Vous pouvez m'en parler en chemin. »

Le battant de la cloche résonnait toujours dans la tête d'Eustache.

« J'ai oublié quelque chose dans ma chambre, bredouilla-t-il. Allez-y, je vous rattraperai.

— D'accord, d'accord, dit Dick, d'un ton presque indifférent. Vous savez où se trouve l'église. »

Là-dessus, ils se séparèrent.

« Ne juge pas Ton serviteur, ô Seigneur, car aucun être vivant ne sera justifié à Tes yeux. »

Eustache referma aussi silencieusement que possible la porte cloutée et s'assit, hors d'haleine, sur le banc le plus proche. Une fois de plus, ce manque de ponctualité qu'il ne cessait de déplorer et de craindre l'avait rattrapé. Pourquoi s'était-il senti obligé d'aller dans sa chambre, simplement parce qu'il avait dit à Dick qu'il y allait ? Pour rendre son prétexte plausible, sans doute. Une illusion puérile car Dick savait aussi bien que lui qu'il n'y avait rien oublié. Cependant, sa conscience, ou ce qui en tenait lieu, avait exigé qu'il montât à sa chambre. Après s'être creusé la cervelle pour trouver un objet vraisemblable, il prit une autre demi-couronne pour la collecte. Maintenant qu'il l'avait apportée, il lui faudrait s'en séparer. Ça lui servirait de leçon. Il se sentit humilié.

« Ne juge pas Ton serviteur, ô Seigneur. »

Les gens d'Anchorstone Hall étaient assis dans le chœur, des deux côtés apparemment. À travers le jubé, toujours beau malgré les ravages du temps, il apercevait sir John, lady Staveley ainsi qu'Anne et Dick, au bout de la rangée. Les autres devaient être en face d'eux. Il ne voyait pas Hilda et, de ce fait, se sentit plus que jamais coupé d'elle. Elle n'était pas croyante ou, du moins, la religion ne lui offrait aucun secours. C'était plutôt elle qui eût secouru la religion. Hilda était tellement indépendante, tellement habituée à se dévouer pour autrui que la croyance religieuse lui était inutile. Était-ce une marque d'orgueil ? Même prier pour elle semblait impertinent ou, du moins, absurde, comme si l'on se fût mis à prier pour une sainte. Enfant, Eustache avait toujours prié pour elle, et il avait envie de le faire maintenant. Cependant, prier pour elle eût été admettre qu'elle en avait besoin. Or l'idée qu'il avait d'elle, celle d'un être infaillible, lui embrouillait l'esprit. Et puis, que pouvait-il demander pour elle ?

Il regarda autour de lui. Il y avait là une cinquantaine de personnes alors que l'église aurait pu facilement en contenir cinq cents. Tout le monde pouvait voir qu'il n'était pas d'ici, mais on ne pouvait deviner en lui un invité du manoir parce qu'il n'était pas assis sur le siège des puissants. Il se trouvait au milieu du sanctuaire avec des pêcheurs, des ouvriers agricoles et des gens de la sorte – ou plutôt avec leurs épouses : il y avait très peu d'hommes. Ceux-ci avaient l'air si empruntés dans leur col qu'on pressentait qu'ils n'en portaient qu'une fois par semaine. Eustache avait l'impression d'être un voyageur de première classe que les circonstances avaient obligé de s'installer en troisième.

Ses hôtes en seraient peut-être froissés. Se diraient-ils qu'en se séparant d'eux il s'affichait comme socialiste ? Peut-être avait-il enfreint un usage immémorial en ne se joignant pas à eux. Quand il sortirait de l'église, il serait marqué du stigmate invisible, mais bien présent, que portaient les prolétaires. En outre, il ne pourrait admirer l'envers du jubé, fierté d'Anchorstone. En définitive, il aurait mieux valu ne pas venir. Il ne serait certainement pas venu s'il n'avait espéré donner bonne impression de lui aux Staveley et être regardé, bouche bée, par des péquenauds parce qu'il occupait une place féodale et privilégiée tout près de l'autel.

« Ne juge pas Ton serviteur, ô Seigneur. »

La question que Dick lui avait posée sur Hilda l'avait presque fâché ou, du moins, abasourdi. Quelle question ? Peu importait. Mieux valait ne pas y penser, surtout en ce lieu. Bien qu'au fond… Quoi de plus normal pour un homme comme Dick de poser ce genre de question ? Stephen, lui aussi, avait posé un tas de questions, mais pas celle-ci. À Oxford, Eustache vivait dans un type de société où l'on ne posait pas de telles questions. On en posait d'autres, en revanche, qui auraient certainement surpris Dick et lui auraient paru d'assez mauvais goût. À la guerre, au ministère du Travail, et dans le vaste monde – qui comptait les fidèles au col trop serré de cette église –, on posait souvent cette question (peu importait laquelle !).

Peut-être pas sur sa sœur à lui, mais sur les sœurs d'autres hommes. Qu'il était puéril de sa part de la craindre ou d'en prendre ombrage. Comme si personne n'avait jamais été… embrassé, comme si Barbara et son Jimmy ne s'étaient jamais mariés ! Cela l'aurait-il ennuyé si Dick, ou un autre, lui avait demandé quel était le premier homme qui avait embrassé Barbara ? Non. Il se serait mis à rire, heureux et même fier des nombreuses conquêtes de sa jeune sœur. Une sorte de barrière s'était édifiée autour de sa relation avec Hilda, une barrière qui ne laissait passer ni air ni lumière, bannissait l'humour et imposait une attitude guindée. De quel droit attribuait-il à Hilda des sentiments qu'il ne faisait qu'imaginer ? Au lieu de se fâcher contre Dick, il devrait lui être reconnaissant. Un mausolée, c'était bon pour les morts, mais pas pour les vivants.

Dès la fin du service, je me rendrai sur la tombe de Mlle Fothergill, se dit-il. J'en aurai juste le temps pendant qu'ils sortent. Ensuite, je rattraperai Hilda, je prendrai de ses nouvelles, je lui demanderai où se trouve sa chambre et je lui dirai tout ce qui me passera par la tête.

« Ne juge pas Ton serviteur, ô Seigneur. »

Convaincu de son infériorité, Eustache cessa d'en vouloir à Dick.

S'humilier vous apportait la sérénité. Renonçant à critiquer les autres, il ne se sentit plus en conflit avec lui-même et se mit à écouter l'office maintenant à moitié commencé.

Il avait surestimé le temps qu'il faudrait aux gens du manoir pour sortir de l'église. « À la mémoire de Janet Fothergill. » Debout devant la pierre tombale en marbre qui portait ces mots en lettres si noires et si nettes qu'elles auraient pu avoir été gravées hier, il vit le petit cortège descendre le sentier qui menait au portail du parc – Dick et Hilda marchant en tête. Ils devaient être sortis par une porte du transept. Eustache essaya de penser à Mlle Fothergill, mais le noir luisant et le blanc éclatant de la stèle ne rappelaient en rien les rouges et les mauves fanés qu'elle aimait, tout comme le soleil n'avait rien à voir avec la pénombre qui, même aux jours les plus clairs, régnait dans le salon de Laburnum Lodge. Se détournant de la tombe, il courut après les autres. Mais l'étang qui se trouvait près de l'église le retint un instant. Devant cette étendue d'eau ombragée et sillonnée de canards, il ressentit le choc d'un véritable souvenir, le premier, en fait, que sa visite lui eût accordé. Son enfance l'envahit avec une telle force, prenant la place de son moi adulte, que le portail Tudor parut lui barrer le passage comme s'il défendait le caractère privé du parc contre lui, contre le public. De même qu'à Highcross Hill, quoique de façon beaucoup moins nette, il eut l'impression qu'il devait faire demi-tour, que sa marche était entravée et son pas ralenti. Il se faufila à travers le portail tel un intrus.

La cour cuisait au soleil. Elle ressemblait d'autant plus à une fournaise qu'elle était déserte. Eustache s'arrêta, hésitant, et regarda les vibrations de l'air chaud qui montaient des pavés brûlants. Soudain, un cri lui parvint, apparemment de nulle part, et l'instant d'après Antony se tenait devant lui, sans qu'on ait eu le temps de le voir arriver.

« Je te cherchais, Eustache. Nous t'avons vu tout à l'heure au cimetière. Tu contemplais une tombe d'un air si mélancolique que nous n'avons pas voulu te déranger. Qu'est-ce que tu fais ?

— Je me demandais où était Hilda.

— Ça, je peux te le dire. Dick est en train de lui faire visiter la maison. Tous les autres la connaissent déjà.

— J'aimerais bien la voir moi aussi. Mais peut-être que… » Eustache s'interrompit. « Tu sais comment les retrouver ? »

Antony réfléchit un moment.

« Ils peuvent être n'importe où. Bon, viens, je t'emmène. Il n'y a pas grand-chose à voir, en fait. La bibliothèque est assez belle, mais elle ne leur sert à rien : à part la cousine Edie, personne n'ouvre jamais un livre ici. Je suppose que tu n'as pas envie d'explorer les chambres à coucher victoriennes ? Toutes portent le nom de rois ou de reines dont il est absolument impossible qu'ils y aient dormi. Vraiment, c'est plutôt moche. Des lits en forme de créneaux et des aquarelles représentant la maison, peintes par des vieilles filles de la famille dans les années soixante… quand elles avaient soixante ans !

— Chut ! avertit Eustache car toutes les fenêtres semblaient se pencher pour écouter les paroles d'Antony. Moi, j'aimerais bien les visiter, ces chambres.

— Aucun intérêt, je t'assure, décréta Antony. Allons d'abord voir le donjon. Si Dick y a enfermé ta sœur, nous pourrons la délivrer. »

Ils effectuèrent leur tour sans rencontrer ni Dick ni Hilda. Cependant, alors qu'Eustache arpentait la cour de crainte d'être en retard pour le déjeuner, le Destin leva son interdit et fit apparaître Hilda. L'événement se produisit d'une façon si naturelle qu'Eustache se demanda comment il avait pu passer la matinée à essayer de le provoquer. Il se rendit compte à quel point son soulagement était excessif quand sa sœur, en l'apercevant, ne manifesta pour toute émotion qu'une légère surprise.

« Oh, Hilda ! s'exclama-t-il. Impossible de te trouver. On aurait dit que quelqu'un t'avait escamotée. Comment vont tes pauvres mains ?

— Mes mains ? répéta Hilda. Mes mains ? Oh, je vois ce que tu veux dire. Mes mains. Elles vont bien. »

Elle les tendit, montrant d'abord ses articulations, puis ses paumes. Un de ses ongles était cassé et quelques meurtrissures formaient encore des taches jaunes sur la peau.

« Pourquoi ? Tu t'inquiétais pour mes mains ?

— Eh bien, oui, un peu, avoua-t-il à contrecœur car il savait que toute anxiété à son sujet irritait sa sœur.

— Mes mains vont très bien, répéta Hilda.

— Et toi, tu vas bien ? insista Eustache, espérant qu'une question formulée en termes si généraux ne pouvait présenter matière à offense.

— Oui, assura de nouveau Hilda.

— Tu t'amuses ?

— J'ai l'air de ne pas m'amuser ? »

Si c'était le cas, mieux valait se taire.

« Enfin, tu ne t'ennuies pas ?

— Pas plus que je ne m'y attendais.

— Il n'y a rien qui te préoccupe ?

— Non, je ne vois pas ce qui pourrait me préoccuper.

— Oui, en effet. Je me demandais simplement – Eustache était décidé à se débarrasser de cette incertitude lancinante au risque de paraître ridicule, et il savait qu'il le serait – si tu étais contente de ta chambre. »

Hilda se raidit et Eustache comprit qu'il était allé trop loin.

« Tu sais bien que je me fiche de l'endroit où je dors, dit-elle, l'air sombre, puis elle ajouta, comme après coup : Il est possible que, dès que nous en aurons terminé avec cet ennuyeux repas, Dick m'emmène faire un tour dans son avion.

— Oh, Hilda, n'y va pas ! »

Elle se tourna vers lui comme s'il était une mouche qui se serait posée sur elle, mais, pareil à une mouche, il ne tint pas compte de son geste.

« Promets-moi que tu n'iras pas ! » insista-t-il.

Au lieu de réitérer sa résolution, elle lui lança un regard soucieux, comme si l'invitation de Dick lui posait des problèmes plus importants que l'approbation ou la désapprobation de son frère.

« Tu n'as qu'à venir avec nous.

— Tu n'y penses pas ! D'abord, il ne doit pas y avoir assez de place et puis j'aurais le mal de l'air. De toute façon, Dick ne m'a pas…

— Qu'est-ce que je n'ai pas fait ? dit une voix près de lui. De quoi s'agit-il ? poursuivit Dick, s'interposant entre eux. D'un conseil de famille ? » Il regarda Eustache d'un air sévère, puis ébaucha un sourire. « Je crois bien qu'il va falloir que je prenne votre défense. Au nom du sexe masculin, j'élèverai une vigoureuse protestation contre un tyran en jupon.

— Mais, fit Eustache, c'était moi qui… »

Il s'interrompit.

« Quel que soit le coupable, il faut qu'il s'arrête, décréta Dick. Maintenant, allons déjeuner, sinon mon père va s'énerver. »

10

Le sixième ciel

Dès que l'avion s'ébranla, Eustache fut persuadé qu'il avait une avarie. L'appareil glissait, prenait rapidement de la vitesse, décollait, mais les roues si fragiles d'aspect, si petites par rapport au poids de la machine, restaient à trente ou quarante centimètres du sol. Tout près, à moins de trois ou quatre cents mètres, se dressaient les arbres du parc, innocents objets devenus soudain lourds de menace. L'avion ne parviendrait jamais à les survoler. Si seulement Dick s'arrêtait pendant qu'il en était encore temps et recommençait ses manœuvres ou, mieux, renonçait à son projet !

Jetant un coup d'œil à ses compagnons, alignés comme sur la touche d'un match de football, Eustache vit que leurs visages n'exprimaient pas la consternation. Tous riaient et agitaient la main. Le « Je vous attends pour le thé ! » lancé par lady Staveley fut le seul cri qui s'éleva. Dick et Hilda parurent l'entendre car ils se tournèrent et firent des signes. Pour Eustache, toute séparation était un déchirement. Comment les autres pouvaient-ils prendre celle-ci avec une telle sérénité ? Il retint son souffle tandis que l'avion, dans un rugissement triomphal, et comme s'il avait seulement feint d'être relié à la terre, s'en détachait et que du vide apparaissait entre le sol et lui. Seulement du vide, pas le ciel : les arbres continuaient à dominer l'horizon. Puis, presque sans transition, ceux-ci rapetissèrent, ne furent bientôt plus que des buissons, et une large bande bleue s'interposa entre eux et l'engin. Comme s'il perdait de la hauteur, l'avion frôla les cimes ; il se déplaça ensuite sur un fond de feuillage, bolide d'acier déchirant la douceur de l'air. Le vrombissement du moteur sembla faiblir avant de reprendre force. Eustache se rendit compte que l'avion revenait. Étaient-ils en panne d'essence ? Ou bien Hilda avait-elle exigé d'être ramenée à terre ? Mais il comprit qu'il était vain de s'interroger sur quelque chose qui allait plus vite que ses pensées. Le rugissement s'amplifia. Il eut un instant l'impression que la machine restait suspendue, immobile, en un intervalle intemporel dans lequel il accumula toutes sortes d'événements – saluts, têtes se penchant par-dessus le bord de la carlingue, et même un échange de remarques – que sa mémoire refusa de lui confirmer par la suite. À peine le contact avec ceux qui étaient restés à terre avait-il été établi que l'appareil et sa cargaison humaine reperdirent leur identité pour devenir un simple objet à voir et à entendre. Point obscur, noir, non repérable, il fonça vers le soleil et réapparut au-delà, transparent, immatériel. À présent, il tenait résolument le cap. Avec une légère oscillation, il inclina son aile vers l'astre qui le salua en retour d'un reflet argenté.

Le suivant des yeux, Eustache sentit son esprit lui aussi gagner de la hauteur. Il avait déclenché quelque chose qui s'envolait loin de son contrôle, mû par une force qui n'était pas la sienne, mais qu'il avait été capable de libérer. Cette énergie avait sommeillé au fond de son être terne comme à l'intérieur des plaques d'une batterie. À présent, elle retournait à son éther original sans l'emmener – c'eût été impossible – mais le choc de sa décharge le laissait exalté et vibrant. Il ressentit de nouveau la satisfaction qu'il avait éprouvée lorsque Hilda lui avait promis de venir à Anchorstone – ravissement de celui qui voit tous ses vœux exaucés comme cela n'arrive que dans les rêves.

Alors que le bruit du moteur s'éteignait, il se tourna vers les autres, s'attendant à voir sur leurs visages une allégresse semblable à la sienne. Mais de même que leur insouciance l'avait surpris au moment angoissant du décollage, il fut maintenant déçu par leur acceptation prosaïque de cette apothéose. Lady Staveley, qui scruta le ciel plus longtemps que lui, poussa un soupir, mais les autres auraient aussi bien pu regarder quelqu'un prendre le bus.

« Vous rayonnez de joie, on dirait, remarqua lady Nelly. Avez-vous toujours cet air-là quand vous expédiez votre sœur dans le néant ?

— C'est la première fois que ça m'arrive. Je ne m'y attendais pas. Au début, je ne voulais pas qu'elle y aille. J'ai essayé de la convaincre d'y renoncer.

— Soit. Mais maintenant qu'elle est quand même partie, vous pensez que tout est pour le mieux ? »

Eustache considéra cette question sous plusieurs angles avant de répondre.

« J'ai soudain senti que l'air était son élément, dit-il timidement.

— Là, je suis entièrement d'accord avec vous. Et à présent, elle y baigne. Mais, à son retour, ajouta lady Nelly d'un ton espiègle, je lui dirai que, quel qu'ait été le ciel auquel elle est montée, vous étiez, vous, dans le sixième.

— Oh, non, pas ça, je vous en prie ! Elle pourrait se méprendre et penser que j'étais content de me débarrasser d'elle.

— Parce que vous ne l'étiez pas ?

— Mais pas du tout, voyons ! s'écria Eustache, horrifié. Simplement, j'aimais l'idée qu'elle se promène dans le ciel.

— Nous y monterons tous un jour, dit lady Nelly d'un ton presque acerbe. Est-ce que vous aimerez ça ? Est-ce que ça vous réjouit quand l'un de nous entreprend le grand voyage ? À présent, je sais quel genre de cadeau il faut vous faire : une débauche de notices nécrologiques, une *festa* d'enterrements. »

Eustache rit. Il appréciait cette sorte de taquineries.

« Il me semble toutefois que vous vous êtes abstenu de nous offrir ce genre de divertissement, poursuivit lady Nelly. Quand Dick a demandé des volontaires, vous ne vous êtes pas présenté.

— Personne ne s'est présenté, dit Eustache, sur la défensive. Tout le monde voulait que Hilda parte avec lui.

— Cette pensée vous arrange. Moi, je vous assure qu'il y en a beaucoup qui étaient déçus. »

Eustache se troubla.

« Dick ne nous a pas donné le temps de réfléchir. Quel dommage qu'il n'y ait que deux places ! Mais je suppose que tous les autres ont déjà fait un tour là-haut. Hilda, elle, n'a jamais volé, c'est pour cela que Dick a voulu qu'elle l'accompagne.

— Oui, peut-être.

— Elle ne court aucun risque, n'est-ce pas ? demanda Eustache, soudain anxieux. Je ne pourrais supporter qu'elle meure avant moi. Mais quand je les ai vus monter en flèche comme… comme des alouettes, je me suis dit que je n'avais pas de souci à me faire. Je pense que Dick doit avoir beaucoup d'expérience.

— Oui, sans doute. Et si jamais ils devaient s'écraser, ils s'écraseraient ensemble. Dick n'aurait pas la muflerie de la jeter dehors, en guise de lest. Mais ne vous inquiétez pas : c'est un très bon pilote.

— Donc il n'y a pas de danger pour elle, c'est ce que vous pensez ? demanda Eustache qu'on ne pouvait jamais rassurer assez.

— Mais oui, j'en suis sûre. »

Ils étaient parvenus au bord du lac. Il parut à Eustache tout petit, comparé au souvenir d'enfance qu'il en avait gardé depuis ce pique-nique qu'ils avaient fait un soir dans les collines. Cependant, le lac possédait l'étrange pouvoir apaisant des eaux calmes. C'est l'agitation de l'esprit qui est douloureuse ; la vue d'une étendue d'eau presque immobile arrête d'une certaine manière cette effervescence. Ici, pas de berge boueuse, aucun signe n'indiquant que l'élément avait été emprisonné contre son gré. L'herbe courte poussait jusqu'au bord et, près de la rive agrémentée de roseaux, l'onde était claire, étincelante. Au-delà de la végétation plumeuse, les promeneurs apercevaient le reflet de la maison : le rose de la salle des banquets, le gris vif et scintillant de la façade centrale constellé de silex ; les cheminées étirées et ondulantes tremblaient dans les joncs à leurs pieds. La demeure disposait de la totalité du miroir, sans souffrir de la rivalité de Whaplode.

Les autres membres du groupe se dirigeaient à droite, vers la maison. Lady Nelly demeura immobile.

« Regardez cette charmille, là-bas, elle m'a l'air fort jolie », dit-elle en désignant un bouquet de saules dont le feuillage argenté troué d'ombres noires conférait un aspect mystérieux à l'extrémité du lac. « Comme nous n'avons pas d'avion pour partir dans l'azur, nous pourrions peut-être faire un petit tour par là ? Si jamais je tombais à l'eau, vous auriez le plaisir de dire que je suis dans mon élément. Mais surtout ne venez pas me sauver. Ça gâcherait tout ! »

Eustache la regarda, elle et sa robe mauve sur laquelle de petites taches roses révélaient une coquetterie étudiée, mais qui seyait à son âge d'une charmante façon. On voyait à son visage qu'elle n'attendait pas de réponse à sa question. Son léger sourire signifiait simplement qu'elle lui épargnait l'ennui d'exprimer des désirs qui leur étaient communs. Les pensées de lady Nelly guidaient celles d'Eustache.

« À notre retour pour le thé, reprit-elle alors qu'ils commençaient à marcher, nous leur dirons que nous aussi, nous avons eu notre petite aventure. »

Eustache nageait plus que jamais dans la félicité.

« Pourquoi avez-vous parlé d'un "sixième ciel" tout à l'heure ? demanda-t-il.

— Eh bien, parce que j'imagine que vous en gardez toujours un en réserve. »

Leur retour, néanmoins, passa presque inaperçu. Les convives ne firent que lever la tête, les honorant tout juste d'un regard, comme s'ils s'étaient attendus à voir entrer quelqu'un d'autre. Sir John, qui avait pris place à la plus grande des deux tables rondes où était servi le thé, se dressa.

« Venez vous asseoir avec nous, Nelly. »

Eustache ne reçut pas tout de suite un ordre analogue. Il se trouva finalement installé à l'autre table avec Anne, Monica, Victor Trumpington et une chaise vide. Eustache jeta un regard nostalgique à la grande table où son ex-compagne de promenade semblait maintenant séparée de lui par un gouffre infranchissable. Antony y était assis aussi. Le poing sur la hanche, dans l'attitude du pêcheur de *L'Enfance de Raleigh*, il parlait avec volubilité à lady Staveley. Celle-ci paraissait goûter son discours et Eustache constata entre eux une certaine ressemblance familiale. Conversant avec lady Nelly, sir John fronçait parfois le sourcil et rentrait sa tête telle une tortue dans sa carapace comme pour s'abriter de la loquacité d'Antony.

« Monsieur Cherrington, du thé ou du café frappé ?

— Du thé, s'il vous plaît.

— Moi, je ne bois jamais de thé quand il y a du café frappé », déclara Victor Trumpington.

Eustache se demanda si cette remarque le visait. Le visage de Victor n'en manifestait rien. Il était vrai que, par indolence, il arborait toujours la même expression. Au début, Eustache avait eu l'intention d'aimer tout le monde ; s'il n'y parvenait pas, ce serait à lui, non aux autres, qu'en reviendrait la responsabilité. Peut-être Stephen avait-il eu raison quand il lui avait reproché à maintes reprises d'avoir l'instinct d'un accompagnateur et de mal connaître la nature réelle des gens. Il estima, cependant, que le moment était peu propice pour changer sa manière d'être en société.

« Je crains que le café ne me tienne éveillé, dit-il d'un ton apaisant.

— On ne peut passer sa vie à dormir », répliqua Victor Trumpington de sa voix paresseuse.

Eustache ne trouva pas de riposte adéquate. Anne vint à son secours en lui tendant sa tasse.

« Vous pouvez parler, Victor ! s'écria-t-elle. Vous qui êtes un véritable loir !

— Il est vrai que je dors beaucoup plus que Dick. Votre frère semble veiller la moitié de la nuit.

— Il s'est toujours couché tard, confirma Anne.

— Et levé tôt.

— Oui, en effet, il a un trop-plein d'énergie. J'avoue que je l'envie. Encore du café, Victor ?

— S'il vous plaît. Est-ce que son activité politique n'en absorbe pas une partie, de son énergie ?

— C'est ce que nous avons pensé pendant quelque temps. Qu'en dites-vous, Monica ? »

Eustache regarda Monica. Elle avait un visage large qui rougissait facilement et un nez énergique. Ses yeux couleur de groseille à maquereau disparaissaient un peu sous ses paupières gonflées par la migraine et son halo de cheveux raides faisait songer à du foin sec. Sa vivacité et son affabilité empêchaient qu'on la trouvât déplaisante, mais Eustache préférait l'expression sereine qu'elle avait eue la veille au soir.

« Je crois qu'il ne sait pas très bien ce qu'il veut, répondit-elle. Je ne serais pas étonnée s'il retournait en Irak. Il m'en a d'ailleurs parlé.

— Quelle tuile ce serait pour ces pauvres Arabes ! commenta Victor d'une voix traînante. Excusez-moi, Anne, mais vous voyez ce que je veux dire ? Il ne les laisserait pas en paix cinq minutes. Gymnastique avant le petit déjeuner et pliage des tentes avant la fin du jour.

— Je crois que leur façon de vivre lui plaît davantage que la nôtre, dit Anne. Elle lui paraît plus libre.

— Et les femmes arabes ? demanda Victor. J'ai l'impression qu'on n'en parle jamais. Il doit pourtant y en avoir quelques-unes. J'imagine qu'elles se font sans cesse enlever, mais à quoi s'occupent-elles entre-temps ? À raccommoder leur voile, assises sous leur tente ?

— Dick assure que c'est un pays d'hommes, déclara Monica. Les femmes y comptent très peu. Il m'a donné quelques rapports à lire sur la question et m'a demandé de vérifier certaines informations à Londres. Jusqu'ici, nous n'avons pas eu un moment pour les regarder ensemble.

— Je m'étonne qu'ils ne soient pas encore de retour », dit Victor. Il fit mine de consulter sa montre, mais constatant que celle-ci se trouvait sous sa manche, il y renonça. « Combien de temps durent ces virées, d'habitude ? »

Malgré elle, Anne regarda Monica.

« Pas plus de deux heures, généralement », répondit cette dernière. Depuis qu'ils avaient commencé à parler de Dick, elle avait retrouvé une partie de son entrain. « D'habitude, il continue à voler encore trente bonnes minutes après qu'on lui a demandé de faire demi-tour. N'est-ce pas ?

— Oui, il est inutile de le supplier, confirma Anne. J'avoue ne pas autant aimer ces vols que vous.

— Moi, je les adore, dit Monica, puis elle ajouta : Du moins, en temps normal. »

Eustache eut l'impression qu'on le tenait à l'écart comme si c'était à cause de lui que Monica était restée à terre. Lady Nelly avait raison : certains avaient bien été déçus.

« Est-ce que vous pensez qu'ils atterriront dans le Champ de Palmer ? demanda Victor.

— À mon avis, la Laiterie offre un meilleur terrain.

— Non, Dick estime que c'est trop accidenté.

— Pourquoi pas le Vieux Pré, alors ?

— Pas assez long. »

Perdu au milieu de ces noms de lieux qu'il était seul à ne pas connaître alors que, pour les autres, c'étaient des points de repère habituels, Eustache les regarda tour à tour, tel un chien s'attendant à être appelé.

« Là, ou bien sur les Quarante Acres, dit Monica. Sauf que ce terrain est plus loin et que Dick déteste marcher. Je le taquine souvent là-dessus. Il déborde d'énergie pour la plupart des choses, mais il prend sa voiture pour faire cent mètres. Je me rappelle que… »

Elle s'interrompit.

« Est-ce que je vous entends parler des Quarante Acres ? cria sir John depuis l'autre table. À mon avis, Dick ferait mieux de ne pas essayer d'y atterrir. C'est plein de vaches.

— Elles ne sont pas à l'étable à cette heure-ci ? » fit Eustache, désireux de placer un mot.

Son intervention tomba à plat. Victor déclara :

« Ce n'est quand même pas une vache qui pourrait faire capoter un avion.

— Ce n'est pas à l'avion que je pensais, mais aux vaches et aux indemnités que nous serions obligés de payer.

— Vous êtes dur, papa ! s'écria Anne. Nous essayons de ne pas nous inquiéter, M. Cherrington a à peine touché sa tasse, et vous, vous venez nous parler de vaches blessées comme si c'était le plus important !

— Ne me dites pas que vous êtes réellement inquiets, dit sir John. Il est vrai qu'il est déjà six heures. Ils devraient être de retour. »

Il se tut et, pour la première fois, chacun fut saisi d'un petit frisson d'anxiété.

« Moi, je l'ai souvent vu revenir encore plus tard, affirma Monica.

— Qu'est-ce que vous dites ? fit sir John qui tendait à devenir sourd lorsque quelque chose le préoccupait.

— Monica dit qu'elle a souvent vu Dick revenir encore plus tard », répéta Anne en élevant la voix.

Monica rougit légèrement.

« Il est regrettable que vous n'ayez pu l'accompagner, vous lui auriez rappelé l'heure, dit sir John. Je suppose qu'avec vous il serait plus exact. »

Il perçut le bref avertissement que lady Staveley lui adressait du regard par-dessus la théière en argent. Essayant de réparer sa gaffe, il s'enfonça encore davantage : « Mlle… Mlle…

— Cherrington, mon cher, lui souffla sa femme.

— Oui, c'est ça. Mlle Cherrington connaît évidemment moins bien les habitudes de Dick que Monica. »

Un long silence suivit cette déclaration. Eustache se dit qu'il était l'objet d'un ressentiment général. Puis, il se rendit brusquement compte de son peu d'importance aux yeux de ces gens qui ne l'avaient jamais vu avant ce jour et ne désiraient probablement pas le revoir. Ils gardaient une attitude aimable, mais ils menaient, derrière des murs de parc et des clôtures circulaires, une vie à laquelle il n'avait aucune part. Ils mettaient quelque distance entre eux et lui, tous, même lady Nelly, même Antony. Ils le toisaient du haut des fenêtres de leurs chambres impossibles à situer, et lui se tenait tout seul dans la cour, sa valise posée à ses pieds. Il était tout seul, sans Hilda, et durant un affreux moment, il se sentit pareil à un être étranger, une petite créature nuisible qui, de l'extérieur, s'était infiltrée dans ce vieil enclos bien protégé pour y faire des ravages.

« Après tout, Mlle Cherrington a peut-être une aussi bonne notion du temps que Monica, dit Victor Trumpington de sa voix languissante. Qu'en pensez-vous, Cherrington ? »

Eustache sursauta.

« En général, Hilda est toujours ponctuelle, dit-il, très sérieux. Elle y est obligée, à cause de la clinique, vous comprenez. » Il se tut un instant pour laisser la ferveur avec laquelle il prononçait toujours le mot « clinique » faire son effet. Cette fois, cependant, personne ne réagit. Aussi se hâta-t-il d'ajouter : « Mais parfois elle oublie complètement l'heure, beaucoup plus souvent que moi, en fait.

— Espérons que ce n'est pas le cas aujourd'hui, dit Victor. Si nous sortions scruter l'horizon ? »

Tout le monde fut d'accord pour dire que c'était une bonne idée, et ils quittèrent les tables. Resté seul au milieu des canapés, Eustache attendit machinalement Antony, mais celui-ci accompagnait lady Nelly. Avec un serrement de cœur, Eustache les vit se tourner, tout heureux, l'un vers l'autre, comme de vieux amis.

Ils franchirent la grille, passèrent à côté de la chapelle en ruine, gravirent un talus qui dominait la pelouse jusqu'en un point où seuls les toits et les cheminées s'interposaient entre eux et l'horizon.

« C'est par là qu'ils devraient venir, dit Monica. Du moins, si Dick a pris la route habituelle. »

Des yeux, ils suivirent la ligne que son doigt traçait sur le ciel limpide, mais pas la plus petite tache ne vint récompenser leur attention. Le désappointement assombrit les visages tout à l'heure si rayonnants d'ardeur et d'espoir.

« Que faisons-nous plantés ici ? demanda sir John, irrité. Ce n'est pas les chercher des yeux qui les fera revenir. Je pense qu'il est inutile de se tracasser : ils ont dû atterrir quelque part et, si ça se trouve, ils sont en train de prendre le thé. » On aurait dit qu'il essayait de se rassurer et, pendant un instant, Eustache se demanda s'il n'était pas le plus inquiet de tous. « Pourquoi n'allez-vous pas jouer au tennis, vous autres ? poursuivit-il presque avec humeur en se tournant vers Anne qui formait, avec Monica, Victor et Eustache, un groupe guindé. Nous avons un court dont personne ne se sert jamais. »

L'air interrogateur, Anne regarda ses compagnons. Ceux-ci se hâtèrent d'acquiescer, même Eustache. Le mécontentement de son hôte lui semblait plus redoutable que celui de son médecin.

« Bon, voilà qui est réglé, dit sir John apaisé et semblant se repentir de sa mauvaise humeur. Je vous souhaite une bonne partie. Je demanderai à Crosby de téléphoner au terrain de golf pour qu'ils nous envoient deux ramasseurs de balles. On ne peut pas jouer au tennis quand on doit courir après les balles. Vous auriez pu y penser, Anne.

— Personne n'avait suggéré une partie jusqu'ici.

— Exact. Il faut que ce soit moi qui pense à tout. Que voulez-vous faire, Nelly ? Les regarder ou jouer au bridge avec Edith, Antony et moi ?

— Antony ne sait pas bridger, répondit lady Nelly. Il a été mal éduqué. En punition, il devra m'emmener en promenade.

— Ne le laissez pas trop parler, dit sir John en lançant un regard de feinte sévérité à Antony, sinon vous n'arriverez jamais nulle part.

— Ça m'est égal, répliqua lady Nelly. Je ne demande qu'à être suspendue à ses lèvres. »

Sir John secoua la tête comme pour dire que le cas de sa belle-sœur était désespéré. Lady Staveley jeta un dernier coup d'œil au ciel, puis déclara qu'elle devait rentrer pour écrire des lettres.

« Des lettres, des lettres, grommela sir John. Comment faites-vous pour avoir tant de lettres à écrire. À moi, personne ne m'en envoie jamais.

— C'est parce que vous n'en écrivez pas, mon cher, dit lady Staveley d'un ton sec. Je serai dans mon salon, au cas où vous auriez des nouvelles à me communiquer », ajouta-t-elle à l'adresse des autres.

Elle prit le bras de son mari et tous deux descendirent vers la maison, elle se tenant très droite, lui se penchant vers elle.

« Je pense que nous devrions y aller, nous aussi », dit lady Nelly.

Ses yeux adressèrent un adieu plein de regrets aux autres et un signe ravi de bienvenue à Antony. Ils s'éloignèrent, entreprenant la même promenade, en sens inverse, sembla-t-il à Eustache, que celle qu'il avait faite avec elle un peu plus tôt dans l'après-midi.

« Bon, eh bien maintenant que nous avons reçu nos ordres, il faut que nous allions nous changer, dit Anne. Vous êtes tout à fait sûrs de vouloir jouer ? Vous savez, papa ne nous en voudra pas vraiment si nous laissons tomber.

— C'est là où vous vous trompez, Anne, dit Victor. Sir John nous soumettra à un interrogatoire serré pour chacun de nos coups et nous dira comment nous aurions dû jouer. Vous verrez qu'il viendra nous prodiguer ses conseils. Il n'aime pas votre revers, Anne.

— Ça, je le sais, mais je suis trop vieille pour en changer.

— Je suppose que Cherrington est un champion, poursuivit Victor. Monica et lui devraient se lancer dans une partie que nous regarderions.

— Regarder ! C'est tout ce que vous savez faire !

— Et vous, n'est-ce pas ce que vous faites ? »

Anne ne répondit pas. Craignant que les autres ne se méprennent sur ses qualités, Eustache s'écria :

« Je vous assure que je suis nul ! C'est à peine si j'arrive à frapper la balle.

— Oh ! Est-ce bien vrai ? fit Victor.

— Oui, sans doute », dit Anne comme si elle trouvait normal qu'Eustache ne sût pas jouer au tennis et qu'elle s'en fichait de toute façon. « Oh, je vous prie de m'excuser, ajouta-t-elle, se reprenant, j'espère que je ne vous ai pas vexé. Je voulais seulement dire que ça n'avait pas d'importance que vous jouiez mal – d'ailleurs aucun de nous n'est très fort au tennis, à part Monica. Elle joue même en simple avec Dick, et il faut voir avec quel punch ! » Machinalement, tous regardèrent le ciel.

« Je trouve que mon frère manque un peu d'égards, dit Anne brusquement. Bon, je ne me fais pas de souci, il est évident qu'il reviendra sain et sauf, mais maman et papa sont inquiets. Dick se montre vraiment égoïste.

— Ne soyez pas si sévère avec lui ! s'écria Monica. Il faut admettre qu'il voit les choses d'une façon différente, c'est tout. Tenez, il m'a dit un jour que s'il ne prenait pas de risques, il se sentirait mal dans sa peau.

— Ce n'est pas ça qui m'ennuie, répliqua Anne. Enfin... oui, ça m'ennuie, mais comme vous dites, il est comme ça. Non, ce qui m'ennuie le plus, c'est qu'il ne rentre pas à l'heure prévue, de sorte que nous sommes obligés de nous demander s'il lui est arrivé quelque chose.

— Je suis sûre qu'il ne le fait pas exprès, dit Monica avec chaleur. Il oublie tout quand il est là-haut. À présent, j'arrive à le persuader de faire demi-tour, mais il fut un temps où cela m'était impossible. »

Après un moment de silence, Anne demanda à Eustache :

« C'est la première fois que votre sœur monte en avion ?

— Vous voulez dire, avec Dick ?

— Non, pas avec lui en particulier, avec n'importe qui, répondit Anne d'un ton légèrement agacé.

— Non, elle a déjà volé une fois. Mais c'était dans une station balnéaire où un pilote professionnel emmenait les vacanciers faire un tour pour tant de l'heure. Elle n'est encore jamais montée dans un avion privé», ajouta-t-il, navré.

Il sentait plus que jamais qu'ils le rendaient responsable de la conduite de Dick.

«Personne ne l'a poussée à y aller, dit Anne.

— Si, quand même, Dick un petit peu, rectifia Eustache.

— Vous ne trouvez pas curieux cette façon qu'a Dick de pousser toujours les gens à faire quelque chose, sans se demander s'ils en ont envie ou pas, et, une fois qu'ils ont dit oui, de s'en désintéresser? commenta Monica. Je l'ai souvent remarqué. S'il n'avait pas vu Mlle Cherrington hésiter, il y a sans doute longtemps qu'il serait de retour.

— Est-ce que votre sœur a eu le mal de l'air lors de ce vol dans la station balnéaire?» demanda Anne.

On aurait dit qu'elle répugnait maintenant à appeler Hilda par son nom, comme elle l'avait fait, se souvint Eustache, pendant la partie de billard-pelote, la veille au soir.

«Elle n'a pas volé très longtemps ce jour-là. Mais ça m'étonnerait beaucoup. Elle est très forte, vous savez.

— C'est bien l'impression qu'elle donne, en effet, dit Anne. Seulement la résistance physique n'a rien à voir avec ce genre de malaise.

— Dick a horreur des gens qui ont le mal de l'air, dit Monica. Un jour, il m'a dit que si ça m'arrivait, il ne m'emmènerait plus.

— Et ça vous est arrivé?» demanda Victor Trumpington avec un intérêt languide.

Monica rougit.

«Non.

— Anne, cessez donc de lambiner comme ça ! s'écria Victor avec une résolution inhabituelle. Il faut réellement nous remuer, sans quoi vous allez entendre votre père ! Je suis sûr qu'il est déjà sur le court en train de piaffer d'impatience et d'injurier les ramasseurs de balles. Faites votre numéro de "Sœur Anne" et allons-y. »

Les uns à côté des autres, ils mirent automatiquement leurs mains en visière pour se protéger de l'éclat du ciel, mais la lumière ayant perdu de son intensité, le geste devenait inutile. Ils sentirent alors l'air tiède, aussi apaisant que de l'eau, sur leurs paupières. La douceur du jour encore dans sa plénitude les entourait sans vraiment les pénétrer. Leur recherche vaine ne laissait plus place à autre chose qu'à l'anxiété. En silence, ils descendirent la pente herbeuse qui conduisait à la maison.

Après avoir quitté les autres à la porte de l'aile victorienne, Eustache se rendit compte qu'il était inquiet. Il fut surpris de constater que ce n'était pas tant pour Hilda qu'en raison de l'hostilité qui avait paru sourdre de leur récente conversation. Il pensait à présent que Hilda était immortelle : elle pouvait être blessée, mais qu'elle pût mourir lui avait toujours semblé impossible. Il reconnaissait que l'anxiété des autres l'avait gagné, mais en lui subsistait toujours cette étrange exaltation, éprouvée lorsque Hilda s'était envolée dans l'azur. L'idée qu'il se faisait de Hilda était alors parvenue à une sorte de perfection : une apothéose comparable à la glorieuse disparition dans les cieux de Bacchus et d'Ariane. Il ne pouvait imaginer que de l'empyrée, où elle vivait, sa sœur pût choir de quelque manière que ce fût, et surtout pas au sens littéral du terme.

Il eût aimé rassurer les autres en leur disant : « Rien n'arrivera à Dick aussi longtemps que Hilda sera avec lui ! » Mais, songea Eustache en cherchant frénétiquement son pantalon blanc, ils n'avaient pas eu l'air de s'inquiéter pour Hilda. Seul le sort de Dick les préoccupait. Ils ne semblaient pas se soucier du fait, ni même s'en rendre compte, que tous deux couraient le même danger. C'est à peine s'ils avaient parlé d'elle pendant le thé. Et quand ils s'y étaient enfin résolus, la question d'Anne sur l'expérience qu'avait Hilda des vols en avion avait singulièrement manqué de chaleur et d'intérêt. Ils n'étaient plus revenus sur le sujet sauf pour s'enquérir, avec un certain mauvais goût, pensa Eustache, si elle avait eu le mal de l'air. Et même, à les entendre, Dick n'aurait pas tellement eu envie de voler, à l'inverse de Hilda – ce qui était absolument faux. Leur réticence à parler d'elle et le peu qu'ils en avaient dit auraient pu faire passer Hilda pour une sorte de maladie honteuse – et lui, Eustache, un symptôme, quoique plus faible, de la même maladie qu'il convenait de taire également. Tout, à présent, semblait si différent de la veille au soir où l'on s'était montré bienveillant, satisfait, affable. Bien entendu, il y avait eu des moments de froideur, de réserve, surtout de la part de lady Staveley, comme c'était normal entre inconnus, mais pendant le match de billard-pelote, on aurait réellement dit que Hilda et lui faisaient partie du groupe, qu'ils étaient de vieux habitués d'Anchorstone, partageant les plaisanteries, les histoires et les devises propres à la famille. Aujourd'hui, ils semblaient être des étrangers et, qui plus est, des étrangers indésirables. C'était Monica qui avait le plus changé. La veille, elle s'était montrée très gaie et communicative ; encore au dîner, ils avaient bavardé comme de vieux amis. Maintenant, elle le tenait à distance et son regard avait perdu sa cordialité. Eustache répugnait à juger les gens, mais il y avait malgré tout un côté presque inconvenant dans sa façon de parler de Dick : on aurait dit qu'il lui appartenait et qu'elle était son interprète. Même Anne avait un peu tiqué, songea Eustache : à un moment donné, elle avait regardé Monica en ayant l'air de souhaiter qu'elle se tût.

Il ne manquait plus que le pantalon. Eustache avait rassemblé tout le reste. C'était vraiment exaspérant. Rien de si fâcheux ne serait arrivé s'il avait laissé sa tenue de tennis chez lui, au lieu de la juger indispensable à un week-end à la campagne. Pour la porter, pas pour jouer. Il ne fallait pas que Dick, ou les domestiques, le prissent pour un péquenaud. Si on lui demandait de jouer, s'était-il dit, il trouverait facilement une excuse. L'ordre de sir John l'avait surpris ; maintenant, il ne pouvait plus feindre, il était puni.

La pièce contenait deux commodes et un placard aux portes blanches. Celles-ci étaient entrebâillées selon des angles subtilement différents, ce qui augmentait la sensation d'inconfort. La plupart des tiroirs étaient ouverts ; l'un d'eux, carrément sorti du meuble, résistait à tous les efforts d'Eustache pour le remettre en place. Sur le sol gisaient les vêtements qu'il avait ôtés mêlés à ceux qu'il avait sortis à la hâte. Les bouts de deux ou trois cravates regardaient timidement par-dessus le bord d'un tiroir, une boucle de ses bretelles pendait d'un autre. La psyché, qui penchait toujours en avant, et le long miroir fixé au mur multipliaient le désordre par trois. Et en quelque endroit qu'il fût, de chaque endroit de la chambre, il apercevait deux reflets de ses cuisses, trop maigres ou trop grosses selon le point de vue, couvertes, mais tout juste pour demeurer décentes, par ses pans de chemise.

Ils devaient tous l'attendre, de plus en plus impatients. Où diable est ce maudit Cherrington, ou quel que soit son nom ? Qu'est-ce qu'il peut bien fabriquer ? Non content de persuader sa chère sœur d'emmener Dick à la mort, il nous fait poireauter… Et pendant ce temps, sir John Staveley, devant un court vide, passe sa mauvaise humeur sur les pauvres ramasseurs de balles. « Cessez de vous agiter comme ça ! Restez un peu tranquilles ! Savez-vous que je pourrais vous faire fouetter? Pour l'amour de Dieu, arrêtez de pleurnicher, espèces d'imbéciles! »

Que devait-il faire? Inutile de sonner, la sonnette ne fonctionnait pas et, si elle fonctionnait, comment pouvait-il affronter, après dix minutes d'attente, le sourcil levé et le regard furieux d'un valet de pied?

« Vous avez sonné, monsieur?

— Oui. Je n'arrive pas à trouver mon pantalon de flanelle blanc.

— Pardonnez ma franchise, monsieur, mais il y a très peu de chances que vous le trouviez au milieu de ces vêtements. Il me faudrait au moins cinquante-cinq minutes pour mettre de l'ordre dans ce fouillis. Or, c'est ma soirée de congé.

— Oh, je suis désolé!

— Ça ne sert à rien de vous excuser, monsieur. Je viens de dire à mes maîtres que, de tous les invités que nous avons eus, vous êtes celui qui nous donne le plus de travail. Nous nous sommes demandé d'où vous sortiez, monsieur, je vous assure. En tout cas, sûrement pas d'une famille comme il faut, que j'ai dit. »

Désespéré, Eustache regarda autour de lui. Il avait fouillé tous les tiroirs trois fois; à présent, il fallait qu'il recommence. Le premier tiroir saillait de guingois et s'obstinait à ne pas vouloir bouger, dans un sens ou dans l'autre. Le mieux serait peut-être de ranger un peu, de remettre son costume du dimanche, de se rendre tranquillement sur le court (sauf qu'il n'en connaissait pas le chemin) et de dire avec le plus grand naturel: « C'est idiot, mais je viens de découvrir que je n'ai pas de pantalon de flanelle (ou bien, j'ai oublié mon pantalon à la maison, ou bien, je l'ai perdu, ou bien, les mites l'ont mangé, ou bien, il a disparu). Je suis sincèrement désolé, mais ce sont là des choses qui arrivent, n'est-ce pas? Vous pouvez faire une très bonne partie à trois. Oui, je suis d'accord avec vous sir John, ces ramasseurs de balles sont insupportables. Ils ont été mal éduqués, je présume. Mais chez nous, c'est pareil, vous savez. »

Quelle triste perspective! Il fallait, cependant, regarder les choses en face et se comporter d'une manière réaliste : c'est ce qu'aurait dit Stephen. Son ami l'avait souvent mis en garde contre sa tendance à ne pas apprécier une situation à sa juste valeur. Découragé, il ramassa quelques-uns des effets éparpillés par terre et les remit dans les tiroirs. Les cravates impertinentes (il en avait apporté dix en tout; comment avait-il pu penser qu'il aurait l'occasion de les mettre toutes?) rejoignirent leurs compagnes. Ensuite, il plaça les bretelles en feutre jaune, qui semblaient vouloir s'échapper, sur le pantalon de soirée auquel elles étaient attachées. En même temps, Eustache leur donna un petit coup sec. Le vêtement noir glissa, et là, exactement en dessous, tel le soleil après une éclipse totale, apparut le pantalon qu'il cherchait. Oubliant son intention de remettre de l'ordre, Eustache l'enfila avec difficulté, dévala l'escalier et traversa la cour au galop. Il aperçut la silhouette élancée et solitaire de Victor qui, debout près de la grille, s'exerçait à un coup droit imaginaire; même à cette distance, Eustache eut le sentiment désagréable qu'il était nettement surclassé.

« *Hello,* dit Victor, cessant de s'appuyer sur son pied gauche et ondulant vers le haut. Vous avez fait vite. Les filles ne sont pas encore descendues. Je me demande pourquoi les femmes mettent toujours une éternité à s'apprêter? Je vous propose d'aller sur le court et d'y échanger quelques balles. Aucune nouvelle des enfants prodigues, je suppose? » Aussi peu semblable que possible au vaillant Cortez, il jeta un regard distrait au ciel. « Vous êtes inquiet pour votre sœur? » demanda-t-il.

Le ton était amical, sans plus. Eustache répondit que non, pas vraiment.

« Vous savez, d'habitude Dick les ramène », déclara Victor avec une sorte de soupir.

Ils marchèrent en silence sous les marronniers, puis Victor dit :

« Un type que je connais m'a raconté qu'il avait entendu une conférence de vous à Oxford. Les mystiques du XIXe siècle, ou un truc comme ça.

— Oh ! vraiment ?

— Je lui ai répondu que c'était impossible : il n'y avait pas de mystiques à cette époque.

— Peut-être pas au sens où l'était sainte Thérèse d'Avila, risqua Eustache.

— Enfin, quoi qu'il en soit, il a dit que votre conférence était remarquable. »

Cette simple déclaration changea complètement l'opinion d'Eustache. Au fond, il avait mal jugé Victor. Ce n'était pas du tout le fonctionnaire dédaigneux du Foreign Office, il avait au contraire un esprit fin, sensible, qu'il cachait à tous sauf à Eustache. Serait-il prudent de parler mysticisme avec lui ?

Eustache pensa que non, mais il hasarda :

« Il y avait Emily Brontë, par exemple.

— Ah oui, "Couarde n'est pas mon âme" et ce genre de chose. »

Le ton languide de Victor tranchait tellement avec l'esprit d'Emily qu'Eustache dut réprimer un sourire.

« Eh bien, dit-il d'un air de défi, je pense que *Dernières lignes* est plus ontologique que mystique. Elle avait bien dépassé le stade du mysticisme quand elle a écrit ça.

— Je ne sais exactement ce qu'est le mysticisme, mais, dites-moi, est-ce que ça peut passer avec le temps comme une tendance à la bronchite ou aux engelures ?

— C'est du moins ce que pensait Wordsworth. Dans son *Ode: pressentiments d'immortalité…* » Eustache s'interrompit et reprit d'un ton moins professoral: «Bien entendu, Wordsworth parlait d'une sorte de mysticisme panthéiste. Le mysticisme chrétien, c'est autre chose – c'est un aspect de la foi, je suppose – et sans doute ne passe-t-il pas avec le temps, à moins de perdre la foi. Mais le mysticisme panthéiste peut parfaitement pâlir à la lumière du quotidien ou même périr étouffé, je pense, sous l'action de la dure réalité qui bloque les issues de l'âme.

— C'est une citation de votre conférence ? » demanda Victor d'un ton soupçonneux, mais amical.

Eustache rougit.

« Oui. Enfin… la dernière phrase.

— Vous dites que la dure réalité peut… euh… bloquer les issues de l'âme. » Victor prononçait ces mots comme s'il les eût pris avec des pincettes. «Je ne comprends pas. Le mysticisme n'est-il pas un moyen d'y échapper, à cette réalité ? Et, plus celle-ci est dure, plus elle devrait conforter le mystique dans son mysticisme, non ? »

Eustache soupira.

« Dans certains cas, oui, peut-être. Mais ne croyez pas que tous les mystiques soient forcément malheureux ou poussés vers le mysticisme par le malheur. Blake était très heureux, sainte Thérèse, en femme pratique qu'elle était, n'avait pas du tout peur de la réalité. Tous les mystiques possèdent la faculté, au moment de la vision, d'abolir la totalité des faits, à l'exception d'un seul. La moindre intrusion d'un objet séparé de l'expérience, l'ongle d'un orteil, par exemple, mettrait fin à cette expérience. Ce que je voulais dire, c'est qu'un fait peut s'imposer au point que l'esprit est incapable de le modifier. Or, si le réel reste objectivement distinct, comment la fusion serait-elle encore possible ?

— Vous parlez par expérience? demanda Victor en frappant une autre balle imaginaire.

— Non, pas du tout. Je ne prétends pas être un mystique. Je sais, enfin on me l'a dit, que je ne perçois la réalité extérieure que de manière très imparfaite, mais ce n'est pas la même chose. »

Eustache s'imagina en aveugle marchant sans avoir conscience du monde extérieur. Il eut un petit rire gêné. Surpris par l'intérêt de Victor, il était sorti de sa réserve habituelle. Il se demanda ce que penserait Dick de cette conversation si on la lui rapportait.

« Désormais, voilà ce que je dirai quand je raterai une balle. »

Victor lança à Eustache un regard oblique.

« Excusez-moi, mais je ne perçois la réalité extérieure que de manière très imparfaite. Je dois être un mystique car j'ai le sentiment de ne faire qu'un avec la balle quand elle n'est pas là ! »

Se penchant, il joua un autre coup droit imaginaire.

Ils étaient parvenus à un portail ménagé dans l'allée circulaire des marronniers.

« Nous voici au seuil de la réalité », dit Victor.

Le court de tennis, rectangle ocre et brillant de terre battue entouré d'un treillis métallique, s'étendait devant eux. Tout au bout, près d'un petit pavillon, deux gamins, l'air absorbé, faisaient rebondir des balles, jouant à qui les enverrait le plus haut.

« On voit bien que sir John n'est pas ici, grommela Victor. Bon Dieu ! je vais les tuer ! »

Sa voix ne trahissait aucun désir de mettre sa menace à exécution. À leur approche, les garçons interrompirent leur concours avec un admirable mélange de dignité et de hâte. Le plus jeune commença à traverser le terrain d'un air distant, sifflotant avec insouciance.

Une fois dans l'enceinte, Eustache sentit qu'il changeait de personnalité, excitante impression que lui procurait toujours un court de tennis. De nouveau, il était mis à l'épreuve, et bien que saisi d'une certaine angoisse, il accueillait par ailleurs cette expérience avec joie. Il ôta sa veste et retroussa ses manches. Un des garçons s'avança et, jaugeant d'un coup d'œil la valeur d'Eustache, lui envoya deux balles.

« En voulez-vous trois, monsieur ? »

Il parlait d'une voix respectueuse comme s'il s'adressait à Wilding, Tilden ou Norman Brookes. Eustache secoua la tête et cria à Victor qui attendait de l'autre côté du filet :

« Je suis nul, vous savez !

— Tout le monde dit ça. En réalité, vous devez être un champion. »

11

Retour sur terre

Lady staveley avait donné l'ordre de ne pas fermer les rideaux. Elle se disait peut-être qu'à la tombée de la nuit les fenêtres éclairées pourraient servir de balises à l'avion qui, cherchant l'atterrissage, tournoierait au-dessus des bancs de sable de la froide mer du Nord. Ou bien elle espérait l'apercevoir dans le crépuscule et être la première à s'écrier: « Le voilà ! » ou plutôt (elle allait devoir se le répéter) « Les voilà ! ».

Elle était assise face à la grande baie vitrée. Eustache, installé à sa gauche, avait Victor devant lui. Il pouvait, en tournant la tête, regarder le jour déclinant s'attarder sur les têtes des rhododendrons et des azalées blancs tandis que leurs voisins rouges et orange ne conservaient plus que les restes de leur ancienne splendeur. À hauteur d'homme, une fenêtre à treillis, qu'on gardait ouverte, laissait entrer l'air et révélait les vraies couleurs du soir.

Il était presque neuf heures quand ils s'étaient mis à table et ils en étaient maintenant au milieu du repas. Bien que la tension fût devenue plus forte, les convives se montraient moins irritables et les reproches voilés avaient disparu. Ayant presque abandonné tout espoir, ils s'apprêtaient à l'inévitable. Eux, en tout cas, mais pas Eustache.

Les regards qu'il captait, la façon silencieuse dont les domestiques se déplaçaient, sa propre raison lui démontraient qu'il avait peu de chance de revoir Hilda vivante. Mais son cœur affirmait le contraire. L'exaltation ressentie au moment du décollage demeurait en lui ; elle y demeurait même d'autant plus que les visages avaient cessé d'exprimer à son égard le blâme ou l'hostilité. Il ne pouvait leur communiquer sa conviction car il aurait passé pour un sot dépourvu de sensibilité ; il lui arrivait d'ailleurs par moments de partager leur anxiété. En outre, ils ne lui offraient aucune occasion de l'exprimer : feignant de ne pas tenir compte des chaises vides, ils avaient décidé d'un commun accord de ne parler, à plusieurs ou à deux, que de sujets neutres. Quand ils mentionnaient Dick et Hilda, c'était d'une voix normale, comme si ces personnes venaient de quitter la pièce et allaient revenir d'un instant à l'autre.

« Je suivrai la carrière de votre sœur avec beaucoup d'intérêt, disait lady Staveley, et j'espère avoir le plaisir de la revoir. Je regrette qu'elle ne puisse rester ici lundi. Son travail doit l'accaparer.

— Oui, hélas ! » Eustache sourit. « En tout cas, c'est ce qu'elle pense. Elle dit que si jamais il lui arrivait quelque chose, la clinique serait complètement désorganisée du jour au lendemain. »

Les mots lui avaient échappé. Il se mordit les lèvres. Lady Staveley se hâta de redisposer ses couverts restants et émietta un morceau de pain. Elle portait une robe de jour et presque aucun bijou, remarqua Eustache.

« Il faut la convaincre de revenir ici, reprit lady Staveley. Votre séjour aura été beaucoup trop bref ! C'est à peine si votre sœur a vu notre propriété. Et vous n'avez pas fait votre promenade sur la plage. »

Eustache lui assura que cela n'avait pas d'importance.

« La prochaine fois, nous empêcherons Dick de l'accaparer, promit lady Staveley. J'ai repensé à votre première visite chez nous, il y a bien longtemps de cela. Dick n'était encore qu'un jeune garçon, il me semble ?

— Je crois qu'il avait entre quinze et seize ans, mais il me faisait l'effet d'être extrêmement adulte.

— Son anniversaire tombe en juillet, dit lady Staveley. Nous allions... » Elle s'interrompit. « Excusez-moi, c'est idiot, mais j'ai totalement oublié ce que nous avions l'intention de faire. Est-ce que, dans votre famille, on fête les anniversaires, monsieur Cherrington ?

— Oui, bien sûr, mais pour une raison que j'ignore, nous avons toujours fêté celui de Hilda davantage que le mien ou que celui de Barbara – Barbara, c'est ma sœur cadette. Cela n'empêche d'ailleurs pas que Barbara reçoive plus de cadeaux que nous. Quant à Hilda, elle ne tient pas vraiment à ce genre de célébration.

— C'est quand, son anniversaire ?

— En mai », répondit Eustache. Quelque chose le poussa à ajouter : « Elle a eu vingt-huit ans cette année.

— Et Dick en aura trente-deux, dit lady Staveley. Mon Dieu, comme vous me paraissez jeunes, tous autant que vous êtes ! » Eustache vit ses lèvres trembler. Il eût aimé changer de sujet, mais il était peu versé dans l'art de la conversation. Ce fut Victor Trumpington qui répliqua :

« Qu'est-ce que vous entendez par "jeune", lady Staveley ? Moi, je me sens encore plus vieux que mon siège ! »

Ils éclatèrent tous d'un rire qu'Eustache jugea forcé, mais il comprit que c'était pour relâcher la tension, et d'autre part, il était évident qu'on considérait Victor comme un farceur patenté. Il avait le droit de faire des plaisanteries qui, dans la bouche d'un autre, eussent paru inconvenantes. Sentant que Victor venait de gagner loyalement la faveur de leur hôtesse, Eustache se tourna vers Anne qui ne voisinait qu'avec une chaise inoccupée. Assise à la droite de sir John, lady Nelly lui semblait très loin; à la gauche de sir John, de l'autre côté des bougies surmontées d'abat-jour rouges, Monica n'était pour lui qu'une forme floue. Antony était en train de lui parler. Eustache voyait le contour de sa mâchoire: il s'exprimait avec tout son corps, même ses os semblaient discourir. Près de lui, une place vide hérissée de fourchettes et de couteaux.

« J'ai l'impression que nous ne sommes pas très bien placés ce soir », dit Anne. À la différence de lady Staveley, elle portait une robe habillée et s'était maquillée avec plus de soin que la veille. « Maman m'a chargée du plan de table et je n'ai pu me résoudre à séparer la famille.

— Mais est-ce que vous ne l'avez pas séparée? dit Eustache, en promenant de nouveau son regard sur les dîneurs. Tous les Staveley ne sont pas les uns à côté des autres, mis à part sir John et lady Nelly.

— Ils le seront au retour de Dick. Cette place (Anne fit un geste de la main gauche) est la sienne. Celle de votre sœur est là-bas. » Eustache regarda de l'autre côté de la table, s'attendant presque à voir Hilda apparaître devant lui. Il ne sut que répondre à Anne qui, en dépit de sa détresse, tentait de lui donner le change par ses paroles courageuses autant que par son maquillage.

« Si vous jugez que cette disposition est bonne, Dick n'y trouvera certainement rien à redire.

— Il est assez maniaque pour ce genre de détail. Cela lui déplaira de voir que maman n'est pas en tenue de soirée. Il attache beaucoup d'importance aux apparences.

— Tiens, c'est drôle, je l'aurais cru plutôt anticonformiste. »

Anne hésita.

« Dans un certain sens, il l'est (elle parlait de Dick au présent), mais pas dans le domaine vestimentaire. Il ne supporte pas qu'on soit mal fagoté ou débraillé. Il n'arrête pas de me critiquer à ce sujet.

— Vous ? Mais vous êtes toujours très élégante ! » s'écria Eustache, regardant avec une admiration manifeste la robe lavande de sa voisine : elle lui semblait être le dernier cri de la mode. Il lui paraissait inconcevable qu'un Staveley, ou même n'importe quel membre de l'aristocratie, pût en considérer un autre comme mal fagoté ou débraillé. Anne se contenta de répondre :

« Je crains qu'il ne soit pas de votre avis. (Il avait déjà remarqué plusieurs fois chez elle une sorte d'acceptation résignée, non dénuée d'une certaine délectation morose, devant un désagrément.) Mais je vous remercie du compliment. Et j'espère qu'il aimera cette robe parce que je l'ai achetée en pensant à lui, pour la porter le jour de son anniversaire dont maman vous a parlé.

— Et puis-je vous demander pourquoi vous l'avez mise ce soir ?

— Parce que j'en avais envie. » Il y eut un silence.

« Lui avez-vous acheté son cadeau ? demanda Eustache.

— À dire vrai non, pas encore, mais je compte me rendre bientôt à Londres. C'est difficile de lui en choisir un. Que me suggérez-vous ? »

Eustache réfléchit, mais sa réflexion l'entraînait irrésistiblement vers l'idée que Dick était mort, ce dont Anne paraissait convaincue. Il finit par dire :

« Je suppose qu'il a déjà tout ce qu'il lui faut. C'est la même chose avec Hilda, quoiqu'elle soit beaucoup moins bien pourvue que Dick, évidemment. J'ai souvent l'impression qu'elle préférerait, plutôt que de recevoir des cadeaux, qu'on la débarrasse d'un tas d'objets dont elle ne sait que faire. Les présents que je lui offre semblent toujours lui demeurer étrangers, si vous voyez ce que je veux dire. »

Anne eut un de ses rares et doux sourires.

« Oh, oui, parfaitement. Dick n'est pas du tout comme ça. Ce qu'il désire, il le désire très fort, mais ça ne dure jamais très longtemps.

— Une fois qu'il a obtenu ce qu'il voulait ?

— Oui, il désire longtemps les choses avant de les recevoir. Mais je dois dire que parfois il les aime aussi après. Il a gardé pendant des années une blague à tabac que je lui avais offerte. Il en a même fait changer le caoutchouc qui était usé.

— Donnez-lui-en une autre.

— Je voudrais lui offrir quelque chose de plus original cette fois », dit Anne.

Eustache eut un élan de sympathie envers elle.

« Je trouve qu'il faut offrir des cadeaux aux autres, pas vous ? Même si on a souvent plus de plaisir à en offrir que les gens à en recevoir. Bien entendu, certaines personnes les attirent plus que d'autres. Je comprends parfaitement qu'on ait envie d'en faire à Dick. J'aimerais moi aussi lui en faire un.

— Votre présence en est un. »

Anne sourit de nouveau, et Eustache se demanda comment il avait jamais pu la juger froide et indifférente.

« Il a souvent parlé de vous ces temps-ci. Il disait qu'il espérait beaucoup que nous parviendrions à vous attirer chez nous.

— Oh, j'en suis vraiment heureux ! Je croyais que je ne l'intéressais pas tellement : nous sommes si différents ! En revanche, j'ai l'impression qu'il éprouve de la sympathie pour Hilda. Qu'est-ce que vous en pensez ?

— Oui, répondit Anne lentement, vous avez raison. »

Elle attendit que la conversation autour d'eux devînt plus bruyante.

« Et elle, croyez-vous qu'elle a de la sympathie pour lui ? »

Eustache se demanda quelle réponse Anne voulait entendre.

« Ça vous ferait plaisir qu'elle en ait ? »

Anne garda les yeux fixés sur son assiette.

« Je n'ai pas grand-chose à voir là-dedans. Et à vous ?

— À moi, oui. »

Eustache respira profondément. Une vague de bonheur déferlait sur lui. Il ne remarqua l'effet que son aveu avait produit sur sa voisine que lorsqu'il l'entendit s'écrier d'une voix étouffée :

« Oh ! *rien* n'aurait d'importance si seulement ils étaient de retour ! »

Elle s'était détournée de lui et il vit tressauter ses épaules. La voix de sir John, empreinte d'une émotion inaccoutumée, porta jusqu'au bout de la table. Le majordome se penchait sur lui.

« Edie, ma chère, Crosby voudrait savoir s'il doit éteindre les lumières de la salle maintenant ? »

Instinctivement, tout le monde tourna les yeux vers la baie vitrée que le crépuscule bleu pâle faisait virer de l'ambre au vert.

« Est-ce qu'il est tard ? demanda-t-elle.

— Oui, assez tard », répondit sir John avec douceur.

Eustache se rendit compte que les verres à porto et les assiettes à dessert annonçaient la fin du repas. Il ne se souvenait pas qu'on les eût apportés et ne s'était pas rendu compte qu'il avait bu du café, ce qu'il ne faisait jamais.

« Oui, d'accord, éteignez, disait lady Staveley. Je sais que vous préférez les bougies, John. »

Crosby posa une autre question. Eustache n'entendit pas les paroles, mais il vit sir John acquiescer d'un signe de tête. Crosby devait avoir donné quelque signal car aussitôt deux valets apparurent de chaque côté de la table et commencèrent à enlever les chaises laissées pour Dick et Hilda. Quand elle s'en aperçut, lady Staveley s'écria :

« Non, non ! N'y touchez pas ! »

Les hommes hésitèrent un instant, le visage dénué d'expression, leurs grandes mains posées sur le dossier des sièges. On voyait luire les boutons d'argent de leur tenue.

« Si c'est ce que madame désire, remettez-les en place », dit sir John.

Les hommes obéirent, puis descendirent les marches de l'estrade d'un pas feutré. Il y eut le déclic d'un commutateur et la pièce, brusquement plongée dans l'obscurité, ne reçut plus que la lumière dispensée par les quatre paires de bougies.

On se serait cru dans un théâtre au lever de rideau. La baie vitrée en constituait l'avant-scène, la nuit, au-delà, la scène. L'obscurité affluait contre les carreaux ; plus loin, elle se diluait dans le bleu argenté du ciel éclairé par la lune.

La compagnie restait assise, passive, le regard fixé sur la fenêtre, attendant qu'un événement se produisît sur la terre sombre ou dans le ciel lumineux. Comme il ne se passait rien, une pensée traversa l'esprit d'Eustache : « Et si c'était nous qui étions sur scène, la nuit nous regardant de ses mille paires d'yeux et attendant la représentation ? » Mais ce n'était pas à lui, songea-t-il, de commencer la pièce. Et il resta assis à écouter le silence, qui semblait remplir la salle de sa présence. La voix de sir John le rompit.

« Le porto est devant vous, Cherrington. »

Eustache sursauta, l'air coupable, et se hâta de remplir son verre. Puis il tendit la carafe à Anne. Elle allait la passer machinalement à son voisin sans même la regarder quand, soudain, elle changea d'avis et se versa un demi-verre.

Portant le vin à ses lèvres, Eustache se tourna vers elle et murmura :

« À leur retour ! »

Mais Anne refusa de répondre à son toast. Secouant légèrement la tête, elle lui lança un regard à la fois réprobateur et triste, puis reposa son verre sans y avoir touché.

« Je préfère attendre », dit-elle.

On entendait çà et là des bribes de conversation qui retombaient vite telles d'éphémères bouffées de vent par temps calme. Eustache s'abstint d'y participer. Il écouta les autres avec admiration et envie : lady Nelly et Antony qui semblaient trouver sans peine des sujets tout à fait anodins et Victor Trumpington qui restait toujours dans la note rien qu'en étant lui-même. Monica se taisait. À la manière dont sir John et Antony évitaient de la regarder quand ils parlaient, Eustache devina qu'elle pleurait.

Puis au bout d'un certain temps, il y eut chez tous comme le sentiment qu'il était vain de continuer à converser. Lady Staveley, tout en paraissant vouloir réarranger des couverts qu'on avait enlevés, demanda :

« Devrions-nous nous retirer, John ? »

Son mari toussota.

« À vous d'en décider, ma chère. La compagnie des dames est toujours agréable.

— Je suis un peu fatiguée », dit lady Staveley. Son regard ne put aller plus loin que la moitié de la table, incapable de supporter la compassion qu'elle lisait sur tous les visages. « Je n'irai pas me coucher tout de suite, mais je pensais… »

Elle s'interrompit. L'effort qu'elle faisait pour rester aimable l'épuisait. Elle aurait voulu être seule avec sa famille, mais ne savait comment l'exprimer.

« Que diriez-vous d'une petite partie de bridge ? » suggéra sir John du ton d'un médecin prescrivant à son patient un remède classique, mais désagréable.

Lady Staveley imagina le gros roi de pique, la prétentieuse reine de carreau et le valet de cœur canaille en train de se moquer d'elle. Elle s'en fût volontiers passée, mais toute son éducation l'empêchait de montrer qu'elle n'avait pas le courage de respecter une coutume quotidienne. Elle savait évidemment l'indulgence des hommes pour les femmes dont les caprices dérangent les habitudes. En parole, cependant, elle s'inclinait toujours devant la volonté de son mari, et c'était ce qu'elle avait l'intention de faire à présent.

« Peut-être que certains de nos invités aimeraient y jouer, dit-elle. En ce qui me concerne, je... »

Elle s'interrompit de nouveau, complètement désemparée, espérant que son mari allait lui tendre la perche. Mais sir John se contenta de la regarder avec une attention mêlée de perplexité, le menton pressé contre sa poitrine, signe qu'il était embarrassé. Ce fut lady Nelly qui sauva la situation :

« Peut-être pourrions-nous persuader M. Trumpington de nous jouer quelque chose au piano ? Ensuite, certains d'entre nous auront sans doute envie d'aller au lit. »

Lady Staveley s'accrocha à ce fétu de paille providentiel.

« Oh oui, s'il vous plaît, Victor, dit-elle.

— Et pas de caprice de diva, hein ? fit sir John. Ce gars joue comme un professionnel, vous savez, mais c'est la croix et la bannière pour le décider. »

Victor, cependant, était déjà debout et descendait les marches de l'estrade.

« Vous y voyez assez ? » cria Anne.

Victor répondit qu'il connaissait le chemin. L'instant d'après, ils entendirent ses pas résonner dans l'escalier en colimaçon qui menait à la galerie. Quand il alluma la lampe placée près de l'instrument, on vit sa tête et ses épaules dépasser la balustrade. Eustache et tous ceux qui étaient assis du même côté de la table tournèrent leurs chaises pour regarder le pianiste. Il était à présent très loin d'eux, isolé dans l'espace, mais isolé aussi par les sons qu'il tirait de son instrument. Son talent, comme Eustache s'en rendit compte tout de suite, était considérable.

Il joua le Prélude, Aria et Finale de Franck. Noble, déclamatoire, la musique au rythme militaire traversa la pièce d'un pas assuré, la remplissant de drapeaux et de foules enthousiastes – expédition courageuse partant à l'aube de la vie pour obtenir une récompense spirituelle. Eustache crut comprendre pourquoi Victor avait choisi ce morceau : non seulement il semblait fait pour remonter le moral, mais il exprimait aussi les sentiments que l'attitude nonchalante de Victor s'efforçait d'ordinaire de bannir. Ici, au piano, protégé par l'anonymat de l'art, il pouvait, sans se trahir, marcher sur les pas d'anciens héros. Sir John avait raison de dire qu'il jouait comme un professionnel. Il en avait le toucher régulier ainsi qu'une façon retenue et impersonnelle d'exprimer l'émotion. Il n'accélérait pas quand la musique était facile ni ne ralentissait quand elle était difficile. Il exécutait le morceau avec aisance, mais son jeu restait très contrôlé. Il ne privilégiait pas certaines parties pour attirer l'attention, s'attardant sur elles, les détachant de leur contexte. Mais ces qualités de discipline et de maîtrise de soi s'accompagnaient d'un certain aspect mécanique, un manque d'intimité et d'originalité, une tendance à estomper le phrasé au profit de la virtuosité, à jouer sans cesse assez fort et parfois même très fort.

Ce fut pendant le silence qui suivit une de ces salves qu'Eustache entendit l'avion pour la première fois. Ou, plus exactement, il perçut un bruit dont son esprit douta qu'il fût réel. L'instant d'après, le faible et tenace ronronnement était couvert par un autre fortissimo. Il coula un regard vers les autres : ils semblaient n'avoir rien entendu. Ils paraissaient refermés sur leur chagrin ou absorbés dans une écoute respectueuse de la musique. Ils penchaient la tête. Lady Nelly hochait la sienne. Eustache se dit que lady Staveley devait être soulagée de pouvoir exprimer sur son visage la tristesse qu'elle ressentait. Le bourdonnement régulier parvint de nouveau à l'oreille d'Eustache. Si seulement il pouvait avoir une certitude ! Il mourait d'envie de crier : « Assez ! Écoutez, écoutez donc ! C'est eux ! Ils sont de retour ! » Mais s'il se trompait? « Non, monsieur Cherrington, c'était le groupe électrogène. Vous ne pouviez pas le savoir, mais on le met toujours en marche à cette heure-ci. Nous comprenons votre erreur, même si elle est regrettable. »

Il écouta. Cependant, le son, si banal en lui-même, mais d'une telle importance pour eux, s'était évanoui sans que les visages autour de lui pussent témoigner de son passage (il les regarda de nouveau pour s'en assurer). Victor continuait à jouer. La musique semblait triomphale à présent. Elle triomphait de la nostalgie lancinante et du désir insatisfait qui la parcouraient. Alors qu'elle approchait de son point culminant, les traits de Victor, réguliers jusqu'à en paraître insignifiants, se figèrent en un masque sévère, impassible, sur lequel la petite moustache blonde semblait avoir été collée par un farceur. Après avoir plaqué un dernier accord, le pianiste resta un moment assis comme s'il avait une conversation muette avec son instrument ; ensuite, la lumière s'éteignit, sa silhouette disparut et les auditeurs entendirent son pas descendre l'escalier.

Des applaudissements dispersés l'accueillirent.

« Bravo, Victor !

— Merci beaucoup, c'était magnifique.

— Il a raté sa vraie vocation.

— S'il se laissait pousser les cheveux, il pourrait jouer à l'Albert Hall », dit sir John.

Tous s'appliquèrent à rire de cette plaisanterie éculée. Victor, qui avait repris son expression d'homme du monde, déclara :

« C'est un peu sentimental, mais je l'aime assez. »

Personne ne releva sa remarque. Lady Nelly avait les mains posées sur les genoux ; elle les fit glisser jusqu'à son siège et se redressa légèrement. Lady Staveley se leva. Tous l'imitèrent. Ils avaient l'air fatigué, ratatiné – on eût dit des mannequins qu'on avait habillés comme eux, des effigies d'eux-mêmes, indignes de la splendeur de la pièce, des siècles de réussite qui s'y étaient conservés.

« Bon, eh bien, je vous souhaite une bonne nuit, dit lady Staveley d'une voix hésitante.

— Bonne nuit », répondirent-ils d'un ton curieusement respectueux.

Ils s'apprêtaient à la suivre quand sir John dit :

« Allumez la lumière, Victor, s'il vous plaît. Nous allons éteindre les bougies. »

La clarté violente des lampes électriques fit virer les bougies, protégées d'un abat-jour, du rose vif au rouge sombre. Sir John découvrit la sienne et l'éteignit en agitant la main. Eustache essaya de l'imiter, mais il manquait de technique. Alors qu'il se penchait pour souffler la flamme, celle-ci s'éloigna de lui. Surpris, il leva les yeux. Il vit la porte s'ouvrir, se refermer, puis se rouvrir, puis Hilda apparut sur le seuil. Derrière elle, la tête et les épaules de Dick se détachaient sur le ciel. Éblouie, clignant des paupières, Hilda descendit l'escalier avec des mouvements saccadés, telle une marionnette. Dick la suivit en balançant légèrement ses avant-bras.

« Ils sont de retour ! s'écria lady Staveley avec étonnement.

— Nous ne vous attendions plus, dit sir John. Que diable vous est-il arrivé ? »

Dick dépassa Hilda et pressa ses articulations contre la table comme s'il allait entamer un discours.

« Nous avons dû faire un atterrissage forcé, expliqua-t-il. Est-ce que vous étiez inquiets ? »

Victor fut le premier à se ressaisir.

« Non, pas le moins du monde, répondit-il. Nous n'avons même pas pensé à vous. Nous nous sommes contentés de remplir nos devoirs dominicaux. »

Pour une fois, personne ne lui prêta attention. Tous entourèrent Dick comme s'ils voulaient le toucher.

Hilda restait seule, à l'écart, telle une étrangère. Elle ne répondit pas quand Eustache lui fit signe.

Dick se tourna vers elle. Les autres suivirent son regard.

« Nous mourons de faim, dit-il. Y a-t-il quelque chose à manger ? »

Sursautant, lady Staveley se reprit.

« Mais bien sûr, mon chéri, dit-elle, puis s'adressant à Hilda : Vous devez être affamée. Où avez-vous pris votre dernier repas ?

— Ah ça ! fit Dick.

— Bon, vous nous le direz plus tard. Voulez-vous sonner Crosby ?

— Et où est-ce qu'il y a une sonnette, maman ? »

Cette question rappela à lady Staveley que Dick n'aimait pas qu'on lui demandât de menus services.

« Peu importe. Le voilà. Crosby, M. Richard est de retour.

— Oui, madame. Nous avons entendu l'avion.

— Comment ? Vous avez entendu l'avion et ne nous avez rien dit ?

— Nous pensions que vous l'aviez entendu aussi, madame. Et puis nous avons cru comprendre que M. Trumpington jouait du piano. »

Cette remarque fit sourire tout le monde.

Lady Staveley s'approcha de sir John et lui murmura quelque chose à l'oreille.

« À cette heure-ci ? C'est très mauvais pour la santé, mais, enfin, prenons-en si vous le désirez. Apportez-nous du champagne, Crosby.

— Faut-il fermer les rideaux, sir John ?

— Oui, vous pouvez les fermer. »

La nuit fut occultée, puis oubliée.

« Et maintenant, reprit sir John, qu'est-ce que vous préférez ? Que nous vous regardions manger ou que nous allions faire un bridge entre-temps ?

— Nous devons rester ici pour boire à leur santé, se hâta de lui rappeler sa femme.

— Et dire qu'il y a une minute vous vouliez aller vous coucher ! Je ne vous ai jamais vue d'humeur aussi changeante. Asseyons-nous donc et rallumons les bougies. Mademoiselle Cherrington, voici votre place, nous vous l'avons gardée. Vous devez être soulagée de ne pas être à côté de Dick. Il vaut mieux désormais que vous ne vous remettiez plus entre ses mains.

— Je crois que je suis aussi coupable que lui, dit Hilda.

— Il faudra que vous vous expliquiez là-dessus tout à l'heure, ma jeune dame », dit sir John.

Non sans un brin de galanterie, il se pencha au-dessus de sa chaise pour l'aider à se rapprocher de la table. Hilda lui sourit. Puis, comme obéissant à une impulsion, elle leva les mains à sa tête et, d'un geste fier, ôta son chapeau. Reprenant son ton naturel, plus autoritaire que celui qu'elle avait employé depuis son arrivée, elle demanda à sir John :

« Pourriez-vous m'en débarrasser ?

— Avec plaisir », répondit-il.

Tenant le chapeau devant lui d'un air respectueux, il finit par le poser sur la chaise, à côté de sa casquette.

Certains s'en montrèrent surpris, mais lady Nelly et Antony sourirent.

Un valet gravit les marches portant un plateau d'argent chargé de verres qui tintinnabulaient. Crosby le suivait, serrant dans une serviette la bouteille de champagne couronnée de mousse. Tandis que circulait la bouteille et qu'on en apportait une deuxième, Eustache nota avec étonnement la transformation des visages autour de lui. Désormais, tout ira pour le mieux, semblaient-ils dire.

Sir John se leva et frappa la table.

« Et maintenant, buvons à la santé des… buvons à l'heureux retour de ces deux jeunes gens », dit-il.

Tous les convives se levèrent, à l'exception de Dick et de Hilda.

La réponse au toast de sir John ne leur vint pas facilement. Bien entendu, le nom de Dick était sur toutes les lèvres et, dans la merveilleuse allégresse du moment, Eustache ne s'offusqua pas d'entendre quelques voix dire « Mlle Cherrington » au lieu de « Hilda ». Après tout, c'était bien la même personne, et cette personne, c'était sa sœur, Hilda Cherrington, invitée honorée, non, invitée d'honneur d'Anchorstone Hall.

Au lieu de retourner dans le salon, ils sortirent dans la cour et là, sous les étoiles, devant la porte du Nouveau Bâtiment, ils se souhaitèrent une bonne nuit qui, pour certains, était un au revoir. Lorsqu'il fut parvenu en haut de l'« escalier de collège », Eustache remarqua :

« Finalement, ils ne nous ont pas dit où ils sont allés. »

Antony le suivit dans sa chambre et s'assit sur la robe de chambre qu'Eustache avait disposée sur une chaise.

« Les cachotteries, c'est du Dick tout craché. Il adore ça. La simple vérité l'ennuie. À mon avis, ils n'ont pas dépassé Southend. Ta sœur nous le dira peut-être demain, dans le train. »

Eustache se demanda comment il pouvait récupérer sa robe de chambre sans avoir l'air de reprocher à Antony de s'être assis dessus.

« S'il lui a demandé de garder le secret, je la connais, elle ne nous dira rien. Elle n'a rien dit, rappelle-toi, à Victor Trumpington, même quand il lui a posé la question directement.

— Pour ce qui est de Victor, elle a eu raison, déclara Antony en enroulant d'un geste machinal le cordon de la robe de chambre autour de son cou. Autant faire des confidences à un crieur public. Mais à toi, elle le dira certainement.

— Ce n'est pas si sûr. En fin de compte, elle me dit très peu de choses. Mais je me demande pourquoi cela les ennuierait que nous le sachions.

— Oh, je ne pense pas que ta sœur y voie un inconvénient. Le problème, c'est Dick : il adore intriguer. C'est comme ça qu'il a dû embobiner les Arabes. Il les obligeait à deviner ses intentions. Nous ne saurons peut-être jamais où ils sont allés. Ça t'embêterait beaucoup ? »

Il lança à Eustache un regard à la fois perçant et interrogateur. Le cordon de la robe de chambre était maintenant attaché à son cou par un énorme nœud.

« Je crois que ce silence doit étonner sir John et lady Staveley, dit Eustache. Dick et Hilda ont bien dû aller *quelque part.*

— Là, tu entres totalement dans le jeu de Dick. Tu sais, en guise d'exercice, ce qu'il est en train de faire ? Il arpente sa chambre en pensant : "Eustache se casse la tête pour deviner où moi et Hilda avons été." Dans cet ordre car, bien entendu, il se fait toujours passer en premier. De toute façon, la carte postale qu'ils sont censés avoir envoyée nous l'apprendra.

— Nous serons partis bien avant qu'elle n'arrive.

— Si ça se trouve, ils ne l'ont jamais envoyée. Souviens-toi : sir John lui a demandé où ils avaient pu acheter une carte postale un dimanche.

— Oui, c'est à ce moment que Hilda a avalé son champagne de travers. Elle n'a pas l'habitude d'en boire. En fait, elle n'aime pas tellement ça.

— Possible. En tout cas, sir John lui a tapé dans le dos, ce que j'ai trouvé plutôt familier de sa part. »

Eustache se mit à rire.

« Tant que ça ne dérange personne... »

Antony semblait perdu dans ses pensées.

« Enfin, l'important, c'est qu'ils soient rentrés. Je suis sûr que pour sir John et la cousine Edie, c'est la seule chose qui compte.

— Est-ce que pour eux Hilda porte la responsabilité de ce retard ? Ce n'est pas ce qu'ils semblaient penser, mais elle a dit que c'était en partie de sa faute.

— Que pouvait-elle dire d'autre ? Ça, c'est les femmes… je veux dire… enfin, tu vois ce que je veux dire. Si tu connaissais nos hôtes aussi bien que moi, tu te serais rendu compte de leur bonheur. Ils étaient non seulement loquaces, mais presque expansifs. Et le champagne ! Et le toast qu'il a porté ! On se serait cru à un anniversaire ou à un mariage ! Je n'osais pas te regarder pendant qu'il parlait. De toute évidence, il devient un peu gâteux, le vieux.

— Je n'ai pas l'impression que lady Staveley ait trouvé ça drôle.

— Oh, tu sais bien ce que ressentent les mères en pareille circonstance.

— Mais tu viens de dire qu'elle était si heureuse de les revoir !

— Oui, bien sûr, seulement… »

Fixant sur Eustache un regard sombre et énigmatique, Antony bondit sur ses pieds. Attachée à son cou par la ceinture, la robe de chambre s'éleva dans les airs, puis retomba avec grâce autour de son corps fluet.

« Eh bien, on ne tardera pas à annoncer leurs fiançailles, tu n'es pas de cet avis ? demanda Antony d'un air matois.

— Leurs fiançailles ?

— Ma foi, oui, tout semble aller dans ce sens. »

Apercevant son image dans la glace, Antony tira sur sa cape cramoisie.

Eustache se leva à son tour.

« Tu veux parler de Dick et de Hilda ? »

Antony acquiesça d'un signe de tête. Comme Eustache se taisait, il demanda :

« Cette idée te déplaît ?

— Je ne sais pas ce qu'il faut en penser.

— Nous en reparlerons demain », promit Antony.

Avant même qu'Eustache ait eu le temps de répondre, il sortit, un nuage cramoisi flottant sur ses épaules.

La tiédeur du lit accrut encore la délicieuse euphorie d'Eustache à laquelle le vin avait déjà contribué. Quelle soirée mémorable il venait de vivre ! Tous les moments de la journée s'étaient raccordés les uns aux autres, toutes les différences et tous les antagonismes (si c'étaient bien des antagonismes) avaient disparu, toutes les personnes présentes avaient partagé la même émotion. Son séjour atteignait son apogée. L'empyrée qui s'était ouvert à Hilda, tous avaient fini par y pénétrer sans rencontrer d'obstacles. Ce bien-être de l'âme qu'il avait constamment désiré, il le connaissait à présent dans sa plénitude. Il vibrait en lui à chaque regard admiratif posé sur Hilda, à chaque sourire complice qu'il recevait. Comme tout à l'heure, quand l'approbation des autres l'emplissait d'une douce chaleur, il se sentait singulièrement léger et libre. On l'avait débarrassé d'un poids, d'un fardeau, du rocher de Sisyphe.

Il avait achevé l'œuvre de sa vie, et il laissait derrière lui les efforts qu'il avait accomplis comme ceux qui n'avaient plus besoin de l'être. Tout n'était que douceur et béatitude. Et, du haut des interminables remparts de Whaplode, le sourire radieux de lady Nelly le dispensait de répondre aux exigences, même les plus hautes, dont on n'avait jamais fait preuve à son égard. Lady Nelly le justifiait. À la seule mention de son nom, tous les journalistes, hommes d'État, poètes, archevêques et aristocrates s'inclinaient. Il la portait telle une couronne. Elle était son firmament dans l'ordre indisputé où figuraient, à la place qui était la leur, Dick et Hilda, sir John et lady Staveley. Et ils brillaient à jamais, telles les étoiles d'une grandiose constellation. Oh, si seulement il pouvait partager avec Hilda l'ivresse que lui procurait son apothéose à elle ! Si seulement il pouvait glisser le long de ces couloirs, qui appartenaient presque à

Hilda maintenant, et comme un cadeau d'adieu, déposer à ses pieds sa fierté et son bonheur !

« Je comprends parfaitement, monsieur Cherrington. Vous voulez voir votre sœur, c'est tout à fait normal en un moment pareil. Attendez, je vais allumer. Voilà. » Le couloir fut inondé de lumière, sauf aux endroits où de hautes ombres indiquaient les nombreuses portes. Eustache ne savait pas très bien qui était son interlocuteur. Il n'avait pas une voix distinguée. S'agissait-il d'un cambrioleur ? « Oh, mais vous n'avez pas mis votre robe de chambre. Vous allez prendre froid. Vous devriez retourner la chercher. Non pas que votre aspect me dérange, je pensais à votre santé… Ah, c'est l'honorable Antony qui l'a emportée ? Quel manque d'égards ! Allez donc la lui réclamer. Je vous attendrai ici. Ne descendez pas dans la cour, vous risqueriez de vous enrhumer. Passez par la maison, vous n'aurez aucun mal à trouver le chemin. »

Eustache, cependant, mit très longtemps à trouver ce chemin. Les autres couloirs étaient plongés dans l'obscurité et il ignorait l'emplacement des commutateurs. Il commença à frissonner. Et il y avait tant de portes ! Enfin, il parvint dans la chambre d'Antony. La lumière de la lune entrait par la fenêtre. La pièce était plus grande que dans son souvenir, des vêtements gisaient en désordre par terre. Comment repérer sa robe de chambre ? Il ne voulait pas réveiller Antony. À la fin, il y fut obligé. « Antony, où est ma robe de chambre ? Je suis désolé, mais j'en ai besoin pour aller voir Hilda. Je veux lui dire combien je suis heureux. – Ça ne peut pas attendre demain matin ? – Non, je dois le lui dire tout de suite. De plus, quelqu'un m'attend. »

Antony se leva.

« Tiens, la voilà. Fais bien attention à la ceinture. Elle pourrait te faire trébucher ou t'étrangler si elle s'enroulait autour de ton cou. Ça a failli m'arriver. – Ne t'inquiète pas pour moi, je me débrouillerai. »

Réchauffé, Eustache descendit en hâte dans la cour, mais la porte d'entrée du Nouveau Bâtiment était fermée à clé et il dut refaire tout le chemin à partir de sa chambre. Cela lui prit très longtemps et il craignit d'abord que son guide ne l'eût pas attendu. Soudain, une voix sortit de l'ombre. « Ah, vous voilà. Je vois que vous êtes mieux couvert maintenant. Mais qu'avez-vous autour du cou ? – Oh, ce n'est rien, juste la ceinture de ma robe de chambre. Elle fait toujours ça. – Prenez garde à ne pas l'accrocher à un clou. Bon, venez par ici. »

Quelque chose se mit à avancer devant lui. Eustache crut un moment qu'il suivait son ombre. « Cette porte devrait être celle de votre sœur. Regardez, elle a mis sa robe dehors. C'est bizarre, vous ne trouvez pas ? – Elle devait penser qu'on allait la laver et la repasser. Elle n'a pas l'habitude de grandes maisons comme celle-ci. En fait, elle ne voulait même pas venir, vous savez. J'ai dû la supplier de m'accompagner. Dans un sens, cette maison lui appartient à présent. – Oui, mais pourquoi a-t-elle mis tous ses vêtements dehors ? Voici ses bas et son… enfin, tout quoi. Qu'est-ce qu'elle peut bien porter ? Elle ne doit rien avoir sur le dos. Une vraie lady Godiva. » Eustache ramassa les habits. « Frappez, dit-il. Je vais les lui remettre. – Elle ne répond pas, dit le guide. Elle a peut-être laissé ses affaires ici pour aller se promener dans le parc. – Vous n'y pensez pas ! Jamais elle ne ferait une chose pareille, même pas à la maison. Essayez d'ouvrir. » Il y eut un silence. « La porte est fermée à clé de l'intérieur. Cela veut dire qu'elle ne veut pas que vous entriez. Elle veut que personne n'entre. – Je vais l'appeler, s'écria Eustache, angoissé. Hilda ! Hilda ! »

Eustache se réveilla avec ce cri dans l'oreille. Pendant un moment, l'horreur de son cauchemar et sa propre détresse paralysèrent son esprit. Mais bientôt la merveilleuse réalité s'imposa à lui, d'autant plus douce qu'elle calmait ses frayeurs. Il resta couché, parfaitement réveillé, savourant son retour au réel. Pourquoi ses rêves se trompaient-ils toujours ? Celui-ci indiquait que Hilda était sortie nue dans la nuit, alors qu'en fait elle était venue de la nuit, habillée, et même toute couverte de la gloire et de la splendeur d'Anchorstone Hall.

Comme le retour de sa sœur différait du sien, lorsque, de cette demeure, on l'avait ramené à Cambo, petit garçon bourrelé de remords, malade, presque mourant ! À Cambo, où on l'avait reçu avec de brèves paroles, des visages tendus et une anxiété trop forte pour exprimer la tendresse qu'elle traduisait. Pas de champagne alors, pas de veau gras pour l'enfant prodigue qui avait préféré la voie du plaisir au chemin du devoir. Dick et Hilda, eux aussi absents sans permission en quelque sorte, avaient bénéficié d'une chaleureuse réception, et Eustache, quoique de manière obscure, sentait que cet accueil compensait l'autre, le dédommageait des souffrances éprouvées alors. Qu'il était captivant de chercher à discerner une sorte de trame dans sa vie ! En cédant à Hilda (car en dépit de sa tentative de révolte, c'était bien elle qui avait fini par gagner), il avait hérité de l'argent de Mlle Fothergill ; et parce qu'elle lui avait cédé en acceptant de venir ici, Hilda allait hériter d'Anchorstone.

Il n'était pas étonnant, pensa-t-il confusément, que la Justice fût représentée tenant une balance dans ses mains. Il comprit (ce dont il avait toujours douté jusqu'à ce jour) qu'on pouvait savoir ce qui convenait le mieux à une autre personne. On était alors en droit de lui désigner la voie à suivre et d'exercer sur elle une pression morale, quelque résistance qu'on rencontrât. Hilda ne connaissait pas ce genre d'hésitation, pas plus que ne l'arrêtaient les circonstances contraires. Pour lui, cela avait été extrêmement difficile. Mais son succès à lui s'était révélé beaucoup plus éclatant que celui remporté par sa sœur. Il se réjouissait à présent de n'avoir pu réaliser un de ses projets mineurs : se promener sur la plage avec Hilda et revoir l'endroit où autrefois ils creusaient des bassins. Si la promenade avait eu lieu, il n'y aurait pas eu de vol – pouvait-on parler de vol nuptial ? – et qui sait, Anchorstone serait resté sans avenir et Hilda privée de sa récompense. Leur excursion par ailleurs se fût réduite à une pitoyable tentative de retour au passé pour ressusciter les joies de l'enfance, un voyage *à la recherche du temps perdu* qui, en dépit de son intérêt possible en tant qu'expérience littéraire, eût constitué un grave péché aux yeux des hommes d'aujourd'hui : le refus de la vie. Il fallait avancer coûte que coûte. C'est ce que Hilda avait toujours su. Si elle avait d'abord refusé de venir à Anchorstone, c'était parce que, dans ce cas particulier, elle n'avait pas reconnu sa véritable voie. Cependant, elle n'avait jamais eu peur des bouleversements. Elle n'avait jamais partagé la faiblesse qu'il avait pour ce qui était immobile, réduit ou embaumé. Elle ne s'accrochait pas comme lui aux vestiges du passé. L'occasion de lui parler du pèlerinage sur la plage ne s'était pas présentée. Hilda, de toute façon, ne l'aurait pas accompagné. Elle n'aimait pas revenir sur ses pas. Elle n'aurait pas eu envie de chercher une anémone dans une flaque ou de s'arrêter devant le portail blanc de Cambo pour tenter de retrouver les sentiments qu'ils avaient éprouvés lorsqu'ils s'étaient tenus là pour la dernière fois.

Mais Eustache n'en avait peut-être pas vraiment envie, lui non plus : à peine avait-il commencé à évoquer la façade brune, la fenêtre en encorbellement un peu trop monumentale et l'autre fenêtre, à droite, plus petite et mal assortie, les odeurs de cuisine qui s'échappaient de la maison et la voix, à l'intérieur, qui lui criait de se dépêcher, que la vision s'évanouissait, remplacée par une autre. Maintenant, sa voiture, une Rolls-Royce, s'arrêtait devant une porte surmontée d'un fronton de pierre grise où l'on voyait, dans une pose alanguie, deux angelots potelés de style rococo jouer fièrement de la trompette. De chaque côté, aussi loin que portait son regard au-delà du pare-brise, il apercevait les murs imposants de Whaplode, sorte de grand et sublime Palmerston Parade. Puis six majordomes descendirent les marches du perron, leurs visages d'ordinaire impassibles montraient une vive curiosité. « Ils vous prennent pour *quelqu'un d'autre* », murmura le chauffeur en lui tenant la portière ouverte, mais avant qu'il ait pu mettre pied à terre, Eustache s'était endormi.

FIN DU DEUXIÈME TOME

Table

EUSTACHE & HILDA III

Les aventures d'Eustache et Hilda ne sont pas terminées. Retrouvez-les dans le dernier tome de la trilogie, couronné du James Tait Black Memorial Prize lors de sa parution en 1947.

Eustache, toujours étudiant à Oxford, est invité à passer l'été à Venise dans le palais de lady Nelly, où il est censé préparer ses examens. Présenté comme un écrivain par lady Nelly partout où elle l'emmène, il s'attelle pour de bon à l'écriture d'un livre. Dans ce tourbillon de luxe et de culture, subjugué par la société cosmopolite qu'il côtoie et par la beauté de la ville, il peine à croire aux courriers inquiétants qu'il reçoit au sujet de la santé de Hilda. Sa relation avec Dick Staveley, leur ami d'enfance, semble avoir causé à sa sœur aînée un choc aux conséquences irréversibles… Mais ce n'est qu'en rentrant en Angleterre, dans le village de leur enfance, qu'Eustache en saisira toute l'ampleur.

En voici les premières pages…

1

Lady Nelly attend un visiteur

Sortant du frais clair-obscur aux nuances de porphyre de la basilique Saint-Marc, lady Nelly émergea sous l'éclatant soleil blanc de la Piazza.

La chaleur, tel un amant, avait pris possession de la journée ; avec la superbe d'un ténor italien, elle assaillait les sens et s'imposait irrésistiblement. Lady Nelly avança dans la lumière éblouissante ; elle portait des lunettes noires pour protéger ses yeux, et son visage paraissait pâle sous son chapeau à large bord, car la mode du bronzage n'était pas de celles qu'elle suivait. En vraie Vénitienne, elle n'essayait pas de contourner les pigeons, qui se saluaient d'un hochement de tête tout en s'affairant autour de ses pas ; mais lorsqu'elle atteignit les trois mâts plantés devant la basilique elle s'immobilisa et regarda autour d'elle.

Le décor était trop familier pour qu'elle en discerne les détails, même si, comme toujours, il lui réchauffait le cœur sans qu'elle en ait conscience. Henry James avait appelé la Piazza le salon de l'Europe et, en salon digne de ce nom, la place présentait une abondance de sièges. Ceux de droite, appartenant aux cafés Lavena et Quadri, et jouissant du plein soleil, accueillaient déjà de nombreux clients ; malgré sa vision obscurcie, lady Nelly était aveuglée par les vestes blanches des serveurs qui allaient et venaient. Cependant, au Florian, à gauche, où l'ombre tombait sur toutes les tables hormis leurs rangées les plus périphériques, il n'y avait presque personne, et les serveurs se tenaient là tel un groupe statuaire, contemplant en silence leur clientèle inexistante.

Incroyablement sonore, le coup de canon de midi fit sursauter lady Nelly et la tira de sa méditation. Les pigeons s'élancèrent dans les airs comme si le phénomène était nouveau pour eux ; les flâneurs consultèrent leur montre ou scrutèrent le ciel ; il régnait une sensation générale de *détente**[1], à croire qu'une crise venait d'être surmontée et qu'on pouvait se relâcher à nouveau, l'espace de vingt-quatre heures.

Pour lady Nelly il était maintenant clair qu'elle voulait aller au Florian. Alors qu'elle marchait dans cette direction, les serveurs la repérèrent de loin, et se mirent à parlementer, se disputant le plaisir de s'occuper d'elle. Chacun avait un territoire attitré dont il ne pouvait franchir les frontières. Lady Nelly le savait pertinemment, et elle avait son préféré, mais elle feignit de s'installer dans son secteur par le plus grand des hasards. Avec un sourire qui semblait faire le tour de sa tête chauve, l'homme vint à sa rencontre et lui tira une chaise sur laquelle elle prit place.

« *Buon giorno, signora contessa.*

— *Buon giorno, Angelo.*

— *La contessa è sola ?* demanda courtoisement Angelo, parvenant à insinuer que, si étonnante que soit la solitude de lady Nelly, elle était néanmoins appropriée, puisque aucune compagnie n'était à sa mesure.

---

1. Les mots et expressions en italique suivis d'un astérisque sont en français dans le texte.

— *Si, sono sola,* confirma lady Nelly, l'air de dire que le fardeau de la solitude était largement diminué par le plaisir d'être servie par Angelo.

— *La contessa prende un vermouth bianco, come al solito ?* s'enquit le serveur.

— Oui, s'il vous plaît, un vermouth blanc. » Lady Nelly ne parlait jamais très longtemps en italien.

« *Senza gin ?* s'informa Angelo, dont la mine montrait qu'il proposait là une tentation sans doute trop grossière pour un palais averti.

— Oui, sans gin. »

Lady Nelly sirota son vermouth. Il était trop tôt dans l'année, le gotha international n'avait pas encore débarqué à Venise. Être seule ne la dérangeait pas ; elle appréciait les excursions en solitaire, d'où sa visite à la basilique Saint-Marc. Elle qui était assez peu ponctuelle aimait être en place de bonne heure pour le spectacle de la vie. Elle avait commencé à se considérer comme une spectatrice, sans se rendre compte que, pour ses amis, elle demeurait l'héroïne de l'intrigue. Il était rare qu'un contact humain lui soit vraiment désagréable ; elle n'avait presque aucun préjugé, et l'amour qu'elle prodiguait à quelques-uns, elle ne le refusait pas à la multitude. Comme Shelley, elle pensait que l'amour acquérait de la lumière en contemplant un grand nombre de vérités. Sa dignité, qu'aux yeux de certains elle mettait en péril par son non-conformisme, n'avait pas plus d'importance pour elle que sa naissance ; toutes deux étaient inaliénables et toutes deux allaient de soi. Le naturel avec lequel elle se conduisait était sa meilleure arme contre les aléas de la vie. Elle avait conscience que ses charmes risquaient de s'estomper, et elle se donnait un mal fou, non dépourvu d'humour, pour les entretenir ; quant au charme que même ses détracteurs lui accordaient, il ne lui donnait aucun mal.

IV

La légende veut que si on reste assez longtemps sur une terrasse de la Piazza, tous les gens qu'on a connus dans sa vie finiront par passer devant, et lady Nelly attendait placidement l'accomplissement de cette prophétie lorsqu'une silhouette se détacha de la foule qui déambulait à pas lents pour s'arrêter près de sa chaise.

« Bonjour, Nelly », dit une voix polie un peu pincée.

Lady Nelly leva les yeux sur un homme grand et sec d'environ cinquante-cinq ans qui arborait un costume de serge blanc, un feutre blanc flambant neuf et un monocle qui dégringolait dès qu'il ouvrait la bouche.

« Tiens, bonjour, Jasper, dit lady Nelly. Qui aurait cru vous trouver ici ?

— Eh bien, vous, peut-être », répliqua l'homme, son œil s'allumant un peu tandis qu'il y replaçait son monocle. Avec un regard soupçonneux sur le siège que lui offrait lady Nelly et un infime tressaillement comme s'il préparait ses vêtements à quelque épreuve, il s'assit. « Depuis combien de temps êtes-vous à Venise ? demanda-t-il, impérieux.

— Oh, pas très longtemps. Mardi, je crois ; mais je ne sais jamais quel jour on est. Ne me dites pas que vous étiez déjà là, j'en aurais le cœur brisé.

— Je suis là depuis le 20 juin, déclara sombrement Jasper Bentwich. Nous sommes aujourd'hui le 6 juillet, et il n'y a pas un chat dans cette ville, pas un chat, répéta-t-il, la regardant d'un air accusateur.

— J'aime assez ça. Je n'avais pas remarqué ma solitude avant que vous n'arriviez, dit lady Nelly.

— J'imagine que vous avez plein de monde chez vous, lança son compagnon, un reproche dans la voix.

— Non, je suis seule, en fait.

— Vous devez vous ennuyer à mourir. Où logez-vous ?

— Au Sfortunato.

— Hanté, en plus.

V

— Je n'ai rien ressenti, pas plus que quand je le louais avant la guerre. La malédiction est attachée à la famille, pas à la maison.

— Vous en êtes la preuve privante, Nelly, dit Jasper sur un ton qui réprouvait son manque de sensibilité. Pour ma part, cet endroit m'a toujours mis mal à l'aise.

— Mais vous viendrez quand même me voir ?

— Je préférerais que vous veniez chez moi.

— Comme vous voudrez. Vous avez toujours votre cuisinière, la divine Donnizetta ?

— Oui, mais je n'en peux plus des plats qu'elle prépare.

— Je vous trouve bien difficile. Elle est de loin la meilleure cuisinière de Venise. Et la plus belle, à ce qu'on dit. Vous n'arriverez pas à me tenir éloignée de votre table.

— Venez ce soir, dans ce cas.

— Avec joie. Mais accepterez-vous la présence d'un jeune homme ?

— C'était trop beau. » Son monocle dégringola et il le lorgna avec rancœur. « Je vous croyais seule.

— Eh bien, je le serai peut-être. Je ne suis pas sûre qu'il vienne.

— Qui est-ce ? Je le connais ?

— Je ne pense pas, mais peut-être que si. » Elle tenta de lui situer le personnage. « C'est un ami d'Antony Lachish. J'ai fait sa connaissance lors d'un séjour chez John et Edie. Il est tout à fait inoffensif… vous ne remarquerez même pas sa présence.

— Pourquoi inviter quelqu'un chez vous si vous ne remarquez pas sa présence ?

— Je parlais de vous. Moi, je la remarquerai.

— C'est bien ce que je crains, fit Jasper avec humeur. Il sera fatigué par le voyage, non ? Vous pourriez le laisser dîner à la maison.

— Oh, mais imaginez le plaisir qu'il aura à vous rencontrer son premier soir à Venise.

— Bon, dites-m'en plus sur lui.

— Prenez d'abord un cocktail.

— C'est si grave que ça ?

— Non, mais je n'aime pas vous voir assoiffé. Angelo ! »

Un instant plus tard le serveur était à ses côtés. Il adressa un sourire un brin expérimental à Jasper Bentwich.

« Qu'est-ce que vous prenez ? demanda lady Nelly.

— Leur vermouth blanc est un poison, je ne peux pas croire que vous osiez boire ça.

— Essayez le rouge, avec de l'eau gazeuse. Ils appellent ça un Americano, me semble-t-il.

— Americano, très bon, affirma le serveur, regardant Jasper d'un air suppliant.

— Très bon pour les Américains, sans doute, mais très mauvais pour moi. Je pense que je vais prendre un simple gin avec de l'eau.

— Oh, Jasper, c'est impossible. Et à Venise, en plus.

— J'aime le gin pour la même raison que vous aimez vos amis… c'est à peine si je remarque sa présence. Comment s'appelle-t-il, d'ailleurs ?

— Eustache Cherrington.

— Je suis censé connaître ce nom ?

— Non, mais vous m'avez posé la question. Il est à Oxford, à Saint-Joseph. C'est un orphelin qui vit avec sa tante. Il a des examens à préparer, ou je ne sais quoi encore, et j'ai pensé qu'il aimerait le faire ici. Je lui ai promis qu'il ne me verrait pas.

— Pourquoi vient-il, dans ce cas ?

— Pour voir Venise, bien sûr. Et nous nous retrouverons pour les repas. À moins qu'il ne travaille aussi au moment des repas… je ne sais pas.

— Vous n'avez pas l'air de très bien le connaître.

— Non, c'est en partie pour ça que je l'ai invité, pour mieux le connaître.

— Ça ne risque pas, si vous ne le voyez jamais.

— Nous nous croiserons dans l'escalier, et aussi, j'espère, à votre table si hospitalière. »

Élevant son verre de gin vers le ciel, Jasper l'examina d'un œil méfiant.

« J'ai comme l'impression qu'il ne va pas beaucoup travailler.

— Cher Jasper, vous voyez toujours le mauvais côté des choses. Entre nous, il vaudrait mieux qu'il ne travaille pas. Ce qu'il lui faut, c'est du soleil : il a besoin de sortir et de prendre des couleurs.

— C'est le pire détail que vous pouviez me donner. Vous savez combien j'ai horreur des gens incolores.

— Vous devriez rencontrer sa sœur. Elle a de la couleur à revendre.

— Autant que le suggère leur nom de famille[1] ? Très peu pour moi, Nelly, un seul Cherrington me suffit. Elle était destinée à Dick, je suppose ? »

Les yeux de lady Nelly s'emplirent de mystère derrière ses lunettes noires.

« Il s'est beaucoup occupé d'elle, c'est vrai. Ça ne prêtait sûrement pas à conséquence, mais j'ai senti qu'Edie s'inquiétait.

— Rien d'étonnant, mais au sujet de qui ?

— Il est le seul fils, rappelez-vous. Moi, c'est surtout pour elle que je m'inquiète. Dick est assez grand pour savoir ce qu'il fait.

— Admettons. Comment s'appelle-t-elle ?

— Hilda. »

---

1. Le nom Cherrington rappelle *cherry*, qui veut dire « cerise ». *(Toutes les notes sont de la traductrice.)*

Jasper vissa son monocle sur son œil, et aussitôt l'ensemble de ses traits se mobilisa autour pour manifester son indignation.

« Hilda ! s'exclama-t-il. Vous n'êtes pas sérieuse ! Vous plaisantez ?

— Il y a eu une sainte Hilda, vous savez, déclara lady Nelly, apaisante. Hilda de Whitby. Une femme très bonne. Je les associe toutes les deux.

— Whitby ! Que la côte est laide à cet endroit-là ! Mais votre Hilda n'a tout de même pas de lien avec Anchorstone ?

— C'est là-bas que je l'ai rencontrée.

— Cet Eustache sera donc votre neveu par alliance ?

— J'en doute, entre nous.

— Voilà qui se corse ! Le berceau de ce garçon vous est *défendu**, vietato, verboten* !

— Vraiment, Jasper, je ne vous raconterai plus rien ! Vous mériteriez que je vous laisse régler la note. »

Après que Jasper eut mollement tenté de revendiquer cet honneur, ils longèrent les arcades bordées de boutiques vers « l'embouchure » de la Piazza.

« Permettez-moi de vous déposer, dit lady Nelly. Ma gondole est à l'Hôtel Luna.

— C'est très aimable. Mais vous savez que je n'en prends jamais : elles sont pleines de puces et tous les gondoliers sont des fripouilles.

— Pas le mien, protesta lady Nelly. Et il passe des heures chaque matin à nettoyer la sienne. Il la récure de la tête aux pieds. Aucune puce n'y survivrait. Je vous donnerai une livre pour chaque puce que vous attraperez.

— Il est hors de question que j'en attrape. Mais je vais regarder votre gondole et je vous dirai si je suis prêt à m'y aventurer. »

Ils se dirigèrent vers l'embarcadère. Assis sur la balustrade, un gondolier lisait le journal. Il portait une ceinture bleue sur son costume blanc de marin, et un ruban de même couleur entourait son chapeau de paille à large bord. Il se leva d'un bond dès qu'il les aperçut et lança d'une voix de stentor : « Erminio ! »

À cette sommation, la tête et les épaules d'un gondolier beaucoup plus petit et beaucoup plus jeune surgirent derrière la balustrade. L'homme donnait l'impression de flotter dans les airs, mais ils comprirent bientôt qu'il était juché sur la poupe de la gondole, amarrée au bas des marches, prête à les accueillir.

« Ah, fit Jasper, je vois que vous avez Silvestro.

— Une chance folle, n'est-ce pas ? Première arrivée, première servie. Tous les jours, j'ai droit à un déluge de lettres, des messages et des télégrammes implorants, des menaces et des offres de pots-de-vin de padroni désespérés qui assurent que Venise ne saurait être la même sans lui. Sa loyauté envers moi n'en demeure pas moins inébranlable.

— Ça, ça reste à voir, dit Jasper. N'empêche, je vous concède qu'il est au-dessus de la moyenne.

— Et tellement beau, renchérit lady Nelly.

— Oui, peut-être… Mais vous ne trouvez pas ça un peu barbant, ce mythe du gondolier aux yeux noirs, toujours prêt à dégainer une dague ou à voler un baiser ? C'est vraiment surfait. Le plus souvent, ce sont des pouilleux qui empestent l'ail.

— Silvestro a les yeux bleus, objecta lady Nelly avec ardeur, et ils ne brillent pas : ce sont les fenêtres de son âme. L'ennui avec vous, Jasper, si je puis me permettre, c'est que vous vivez à Venise depuis trop longtemps. Je ne suis pas sûre de laisser mon *caro* Eustache faire votre connaissance : vous risquez de lui ôter ses illusions, et je suis certaine qu'il en regorge. Et si je vous faisais admirer quelque chose, pour changer ? »

Elle lui prit le bras et l'entraîna vers la Riva ; Silvestro, son chapeau sous le bras, les précéda pour descendre les marches.

« Allons, n'est-elle pas magnifique ? s'écria lady Nelly. Prononcez donc le mot… je vous en crois incapable. »

Deux petites chaises noir et or étaient disposées côte à côte sur le tapis bleu foncé qui recouvrait le plancher de la gondole. Les bosses jumelles que formait ce siège noir étaient surmontées d'une décoration en bois, ajourée et sculptée, également dorée ; en ogive, elle présentait, sous la pointe, un écu orné d'un « S » flamboyant.

Astiqué, le bois noir de la gondole brillait de façon presque insupportable au soleil ; lady Nelly pouvait s'y mirer comme dans une glace. Les bandes de laiton dont elle était généreusement agrémentée resplendissaient aussi. Tout le vif éclat du jour vénitien, doublé de ses éblouissants reflets dansants, semblait concentré sur ces rutilantes surfaces de noir et d'or.

« Nous disions que votre gondole est magnifique, Silvestro », dit lady Nelly en italien.

Le gondolier sourit, un sourire un peu forcé, comme si le compliment allait de soi.

« C'est vrai, on dirait le bateau de Cléopâtre, admit Jasper. Elle rutile comme un incendie sur l'eau. Mais tout cet or est-il indispensable ? N'est-ce pas un tantinet vulgaire ? N'y avait-il pas une loi somptuaire qui exigeait que les gondoles soient noires ? L'or n'est là que pour satisfaire les *forestieri* qui aiment faire *bella figura* sur le Grand Canal, non ?

— Jasper, vous êtes désespérant. Vous devriez habiter Shoreditch, vous verriez. »

Acceptant le soutien du bras replié de Silvestro, qu'il lui tendait raide comme un pieu, elle avança prudemment sur la planche en bois qui servait de passerelle entre l'escalier et la gondole.

XI

« Attention Jasper, l'avertit-elle. Si vous tombez je saurai que vous l'avez fait exprès. »

S'extirper de l'étroit chenal ne fut pas chose facile. D'insignifiants bateliers qui avaient osé l'emprunter à leurs fins dérisoires durent être admonestés et chassés avec autorité ; il y eut des regards noirs, des haussements de voix, des reparties, des grognements. Mais ils finirent par se retrouver sur les eaux ondoyantes, le dôme gris nuage de la Salute devant eux, au cœur de la Venise picturale.

Pendant un moment, ni lady Nelly ni son compagnon ne dirent mot ; l'impression était trop forte pour être traduite en paroles. L'humeur grincheuse de Jasper ne résisterait pas longtemps à ce spectacle, songeait lady Nelly, et Jasper, par son silence, semblait lui donner raison.

La marée était contre eux, et la gondole, pour échapper au courant, rasait la rangée de palais situés sur leur droite.

« Où voulez-vous aller, Jasper ? demanda finalement lady Nelly.

— Déposez-moi au pont de l'Académie, voulez-vous, Nelly ? Je ferai le reste du trajet à pied. On ne doit pas me voir arriver en gondole, même avec vous.

— Vous ne voyez pas d'inconvénient à ce que j'arrive en gondole ce soir ?

— Pas si vous venez seule.

— Je ne vous promets rien.

— Je ne vous croirais pas de toute façon. »

Devant l'Académie, où le départ d'un *vaporino* avait provoqué de violents remous marron, les eaux agitées empêchaient un accostage immédiat. Jasper Bentwich montrait des signes d'impatience, et quand la barque se rangea enfin à quai, où un *rampino* à l'aspect souffreteux tentait de la retenir, il ignora la mise en garde de Silvestro ainsi que le bras qu'il lui offrait, et débarqua avec maladresse. Son visage affichait une expression irritée quand il se retourna pour dire au revoir. Il recouvra vite une contenance, et alors que, fendant la foule d'un pas résolu, il longeait le mur vieux rose de l'Académie, sa haute silhouette bien droite impeccablement vêtue faisait paraître les flâneurs plus indolents et plus débraillés que jamais. Laisser-aller qui les rendit d'autant plus sympathiques à lady Nelly.

« *E un tipo originale, signor Baintwich,* observa Silvestro. *Ha poca simpatia per i gondolieri, tutti quanti.* »

Lady Nelly ne le démentit pas, même si elle doutait qu'être mal disposé envers les gondoliers soit un signe d'originalité. Silvestro n'avait pas terminé :

« *Mah !* s'exclama-t-il. *Forse ha ragione. Sono lazzaroni, la più gran parte.* »

Lady Nelly s'apprêtait à contester cette assertion préjudiciable lorsqu'il ajouta : « *Scusi, signora contessa, ma mi sono dimenticato... c'è un telegramma e due lettere, une per lei e una per un signore di cui non posso dir el nome.* »

Il sortit les missives d'un des nombreux casiers dont était pourvue la gondole.

Le télégramme annonçait très longuement et avec force excuses qu'Eustache arrivait par le *train-de-luxe** cet après-midi-là.

Une des lettres était pour lui ; la deuxième, lady Nelly l'ouvrit.

ANCHORSTONE HALL,
NORFOLK.

Nelly chérie [lut-elle],

J'ai tardé de façon inexcusable à vous écrire, et à l'heure qu'il est je vous imagine à Venise. Je sais que vous adorez cette ville et je regrette presque de ne pas y être avec vous... malgré la chaleur, les odeurs, les moustiques et les gens plutôt bizarres qui, dit-on, s'y rendent désormais. Quand John et moi avions passé notre lune de miel à Venise (comme ça me semble loin !), il y avait quelques Anglais fort aimables qui avaient des maisons là-bas, ainsi qu'un ou deux Américains, à moitié anglais, bien sûr, une vraie petite société. Nous avions des lettres de recommandation et avions dîné en ville plusieurs fois. Je me souviens que nous avions bien ri, parce qu'une vieille dame, très pointilleuse sur qui elle « recevait », avait même (je l'ai appris par la suite) pris des renseignements sur nous ! Évidemment, comme les réunions de ce genre n'engagent à rien, nous allions partout où on nous invitait. J'avais eu l'impression qu'ils étaient tous un peu *dépaysés** et que l'Angleterre leur manquait secrètement, mais vous connaissez mon attachement à mon pays et à mon cher Anchorstone. Ici, au moins, on sait à quoi s'en tenir, et à mon âge c'est un réconfort ; il faut dire que je n'ai jamais trop goûté les expériences nouvelles ! Même si elles me sont parfois imposées de force.

Dans votre lettre, vous dites avoir apprécié notre petite fête. Tout est bien qui finit bien ! Cela étant, je ne crois pas m'être jamais autant inquiétée pour Dick, même quand il était en France ou qu'il effectuait ces missions plutôt dangereuses en Irak. C'est un garçon adorable, mais j'aimerais de tout mon cœur qu'il s'assagisse. La carte postale est enfin arrivée ; elle venait de Hollande, vous vous rendez compte ! Je suppose que les orphelines comme Mlle Cherrington prennent ce genre de choses plus à la légère que nous jadis, avec les parents et le foyer confortable que nous avions. Mlle Cherrington doit revenir pour l'anniversaire de Dick ; son frère m'a écrit qu'il ne pourrait pas parce qu'il partait vous retrouver. Monica sera là aussi. Je l'aime vraiment beaucoup… c'est une chic fille, mais elle n'était pas très en forme, ni très en beauté, quand vous êtes venue.

Bien sûr, Mlle Cherrington (c'est bizarre, je n'arrive pas à l'appeler Hilda) est ravissante, et encore plus quand elle est nerveuse ou fébrile, et malgré ce que dit John, je crois, et Anne aussi, que Dick n'est pas indifférent à son charme. Vous savez comme il est atrocement difficile de parler avec lui de ce genre de choses. Nous aurions pu lui épargner des tas de problèmes (et pas seulement à lui) s'il s'était confié un peu à nous. Il a une telle crainte de passer pour un « fils à maman » qu'il nous tient à distance. Comme je vous l'ai dit, je ne sais pas quoi penser d'elle. Certes, on ne pouvait pas s'attendre à ce qu'elle se livre beaucoup dans la mesure où tout était si étrange pour elle et (soyons franc) si différent de ce à quoi elle était habituée. Elle a, à l'évidence, un caractère tranché et déterminé, et je la crois incapable de s'adapter. Anne dit que chaque fois qu'elle parle c'est comme si elle renversait les neuf quilles d'un coup. Je ne pense pas que ce soit une croqueuse de diamants, ni une personne intéressée... contrairement à son frère ; parfois elle semblait presque hostile à ce que nous représentons. Mais pourquoi venir, dans ce cas ?

Ce qu'elle ressent pour Dick, je n'en ai aucune idée : elle ne laisse rien paraître. Elle le regarde comme elle nous regarde, d'une manière un peu stupéfaite et *égarée**.

Vous allez trouver que je fais une montagne de pas grand-chose et vous avez peut-être raison, mais j'espère que Dick ne prend pas cette affaire au sérieux, ils viennent de milieux trop différents ; s'il n'est pas sérieux, alors je crois que par pitié pour elle nous devrions prendre certaines mesures, car elle a l'air du genre à risquer de souffrir, et Dick ne s'est pas toujours montré très délicat. Mais bien sûr il se peut qu'elle ait l'expérience suffisante pour savoir ce qu'elle fait, auquel cas nous n'avons pas besoin de trop nous tracasser pour elle.

Transmettez mes amitiés à M. Cherrington… Et plein de baisers à vous, chère Nelly, profitez bien de votre séjour à Venise.

Affectueusement,

EDIE.

« *Scia ! Scia !* » cria une voix alarmée devant elle. Il y eut un bruissement soudain et une vague écumante alors que les gondoliers arrêtaient leur embarcation. Tirée de sa rêverie sur Anchorstone Hall, lady Nelly regarda, à demi hébétée, le fronton au-dessus de la porte. C'était la porte donnant sur le canal latéral ; Silvestro ne voulait pas utiliser l'autre, car le clapot causé par les bateaux à vapeur et les vedettes du Grand Canal était, affirmait-il, une catastrophe pour la structure délicate de la gondole. Lady Nelly se ressaisit.

« Silvestro, un ami à moi arrive cet après-midi. »

Elle avait parlé en anglais, et le regard interrogateur, à la fois perplexe et pénétrant, du gondolier lui fit penser à un labrador s'efforçant de deviner ce qu'on attendait de lui. Elle reprit :

« *Un signore arriva nel pomeriggio col lusso* – elle jeta un coup d'œil au télégramme – *alle due e mezza.*

— *Si, signora. Che nome ha ?* »

Lady Nelly lui montra le nom d'Eustache sur l'enveloppe.

« Cher-riiing-tong, prononça lentement le gondolier. *Nome difficile.* » Puis son œil s'éclaira. « *Sherry è un vino spagnolo molto forte ?* »

Lady Nelly sourit de s'imaginer Eustache comme un puissant vin espagnol et, soupçonnant que le gondolier ne pourrait contester cette étymologie, elle lui expliqua que Cherrington signifiait Cherrytown.

Devant cette traduction innocente et non alcoolisée du nom de famille d'Eustache, Silvestro parut un peu déçu.

« *Come lo distinguo ?* demanda-t-il. *E alto, magro, con baffi pendenti ?* »

L'Anglais typique, grand, maigre et doté d'une moustache tombante ; la description ne correspondait pas à Eustache. Mais il n'était pas facile à décrire. Confrontée à un plein train de voyageurs sortant en masse de la gare, la mine harassée et désemparée, lady Nelly n'était pas certaine de le reconnaître elle-même.

« *È di statura media,* commença-t-elle, mais, chose assez normale, l'expression de Silvestro indiqua qu'il doutait de pouvoir repérer un monsieur de taille moyenne.

— *È giovane o vecchio ?* »

Lady Nelly répondit qu'Eustache avait dans les vingt-cinq ans.

« *Un bel giovanotto* », déclara Silvestro pensivement.

Dans l'intérêt de l'identification, lady Nelly jugea qu'elle ne pouvait laisser passer cette erreur. Eustache n'était pas un beau jeune homme.

« *Non tanto bello, neanche,* rectifia-t-elle à regret.

— *Non bello ? Piuttosto brutto, allora ?* »

Avec eux, c'est tout noir ou tout blanc, songea lady Nelly. Mais on ne pouvait pas dire qu'Eustache était laid.

« *Nè brutto, nè bello,* dit-elle. *Ha una faccia simpatica.* »

Elle était heureuse d'avoir apporté un élément positif à la description physique d'Eustache, mais la réaction de Silvestro s'avéra décevante.

« *Ah, signora contessa, ma ci sono tante facce simpatiche... almeno fra noi Italiani ce ne sono.* »

Lady Nelly concéda que la plupart des Italiens avaient une physionomie sympathique, mais soutint que pour un Anglais celle d'Eustache l'était particulièrement. Puis elle eut une inspiration, et ajouta qu'il avait un visage préoccupé et anxieux – *pensieroso.* Silvestro, cependant, ne trouva pas cette précision d'un grand secours ; en ces temps incertains, avec le coût de la vie qui augmentait quotidiennement, tout le monde avait l'air préoccupé et anxieux.

« *È biondo o moro ?* » demanda-t-il.

Eustache n'était ni blond ni brun ; son teint n'était pas facile à cataloguer.

« *È piu biondo che moro,* s'entendit-elle dire.

— *Forse avrà la faccia lunga lunga ?* suggéra Silvestro, manifestement obsédé par l'idée que les Anglais avaient le visage allongé.

— *No, è piuttosto tonda,* déclara lady Nelly, mécontente d'elle, et en voulant un peu à Eustache d'être aussi quelconque.

— *Forse avrà il naso lungo ?* tenta Silvestro, toujours attaché à l'idée de longueur.

— *No, è corto, credo.* »

Lady Nelly n'arrivait pas à se rappeler comment était le nez d'Eustache ; en fait, son visage tout entier était en train de s'effacer. Silvestro allait sans doute penser qu'elle recevait un parfait inconnu, et le répéter.

« *Sarà vestito elegante, con molto chic ?* demanda Silvestro, d'un ton si plein d'espoir que lady Nelly se sentit obligée de lui avouer que la tenue d'Eustache ne serait sûrement pas très élégante.

— *È sposato, signora contessa ?* » Le gondolier mit dans la question une telle délicatesse que lady Nelly en fut interloquée. « *Per caso porterà un anello matrimoniale, o un altro anello, di stile più distinto ?* »

Lady Nelly répondit qu'Eustache n'était pas marié, et que d'après elle il ne portait pas de bague, qui se remarque ou non.

« *Sarà un tipo un po' comune ?* » résuma le gondolier, et on ne pouvait lui en vouloir, songea lady Nelly. Mais l'attitude de Silvestro envers les invités étant influencée par la conception qu'il se faisait de leur importance, elle ne voulait pas qu'il s'imagine qu'Eustache était un être ordinaire. Comment pouvait-elle le convaincre qu'Eustache méritait la considération même si cela ne sautait pas aux yeux ?

« *E un signore molto studioso,* dit-elle avec espoir. *Fa i suoi studi all'Università di Oxford.* »

Silvestro ne sembla pas grandement impressionné.

« *Ah gli studenti, signora contessa !* s'exclama-t-il, lugubre ; *sono gente che fanno molto disturbo ! Sono tutti comunisti, ma tutti, tutti !* »

Consciente qu'elle devait tout de suite ôter de l'esprit de Silvestro que son invité était un communiste fauteur de troubles, lady Nelly expliqua qu'Eustache ne s'intéressait pas à la politique, mais comptait devenir écrivain lorsqu'il aurait terminé ses études.

« *Un professore, allora ?* fit Silvestro, ravi de se trouver enfin en terrain connu. *Sarà facile distinguerlo, perche porterà la barba e gli occhiali grossi.* »

Pleine de lassitude, et gagnée par un sentiment de défaite croissant, lady Nelly déclara qu'Eustache n'était pas professeur, et qu'il ne portait ni barbe ni lunettes. Elle était consternée par le nombre de négations que le personnage suscitait, et commença à se demander si Eustache avait un tant soit peu d'existence. Silvestro partageait manifestement ses doutes, mais il était bien décidé à découvrir en Eustache une marque distinctive, sinon une marque de distinction.

« *Ma non c'è altro, signora ?* persista-t-il. *Non avrà con sè un cane, per esempio ?*

— *Dio mio, spero di no !* s'écria lady Nelly, non qu'elle n'aime pas les chiens, mais elle ne voyait pas du tout Eustache avec cet animal.

— *Ah ben po'!* s'exclama le gondolier, écartant les mains comme pour signifier que le problème devait maintenant être abordé sous un angle totalement différent. *Sarà lui, il signorino, che dovrà riconoscermi, me Silvestro !* »

Il tendit les bras, se redressa, bomba le torse et fixa lady Nelly d'un regard de défi. Elle ne pouvait nier qu'ainsi renflé, proéminent, souligné et emphatique il était hautement reconnaissable ; elle l'aurait repéré à un kilomètre. Mais Eustache n'avait aucune raison de le reconnaître. Hésitante, elle posa la question au gondolier, qui ne se démonta aucunement.

« *Ma tutti mi conoscono !* s'écria-t-il avec une authentique stupéfaction. *Tutti ! Tutti !* »

Si tout le monde connaissait Silvestro, il s'ensuivait qu'Eustache le reconnaîtrait aussi. Lady Nelly renonça, d'autant plus volontiers que son majordome, vêtu de son irréprochable costume noir, était apparu sur les marches et écoutait la conversation, sans toutefois daigner regarder Silvestro, affront calculé que la nuque rose du gondolier, à présent d'une teinte terre cuite plus intense, semblait lui rendre au centuple.

Juste avant cinq heures, alors que Jasper Bentwich, installé dans la *sala* que tous les touristes tenant à parachever leurs impressions de Venise espéraient avoir l'occasion d'admirer, buvait à petites gorgées son thé de Chine importé, sa domestique lui apporta un mot.

> Jasper chéri [lut-il],
>
> Pardonnez-moi, mais M. Cherrington, comme vous le présumiez, est assez fatigué après son voyage, et si cela ne vous ennuie pas, nous resterons dîner tranquillement ici.
>
> Personnellement, ça m'ennuie beaucoup, j'en ai même le cœur brisé et lui aussi (je n'ai pas résisté à la tentation de lui décrire *un peu* de ce que nous manquions).

XX

Dans l'espoir d'être pardonnée et à nouveau invitée.

Votre déçue et néanmoins dévouée

N.S.

Jasper abandonna son thé, rejoignit son bureau laqué vert et or et rédigea un mot. Mécontent, il le déchira et en rédigea un autre, se terminant par « À votre bon vouloir », mais il détruisit celui-là aussi.

Le troisième message conviait lady Nelly et son invité à dîner le lendemain, sous réserve qu'aucun d'eux ne soit trop fatigué.

•••

(Traduction d'Anouk Neuhoff.)